私史エッセイ

炎女

トロック祥子《サチコ》

はじめに

私は六十二歳。備前に工房を持ち「手ひねりの備前焼」を業《なりわ》いとしている。現在スローライフの典型のような生き方を楽しんでいるが、ここに辿り着くまでの四十年以上、背伸び駆け足の連続であった。

十九歳でハンガリー動乱亡命者、スティーブ・トロックと国際結婚をする。彼は司馬遼太郎著『竜馬がゆく』のイメージモデルだった。東京で学生生活中に妊娠、二十歳でアメリカに移住、長男が誕生する。夫の学業、転職によってアメリカに七年、長女が誕生し、イギリス、次女の誕生、その後日本、ボルネオ、タイと十八年間で十六回の引っ越しをしてきた。

子育てをしながら大学を卒業、備前焼の勉強も続け、一九八三年に備前に工房を建築する。穴窯を築き個展を主として活動。その間に自分自身の気狂い体験、次女のコカイン中毒、長女の結婚と出産、ニューヨークでのチャリティ個展、次女の結婚出産と人並みの人生航路を進んできた。

「家族とは何か」「自立とは何か」異民族との婚姻で、幾度も考えさせられたテーマを、体験から生まれた「記録」と想いで追求をしてみた。

一九六〇年代半ばに、アメリカでウィメンズ・リブ運動の胎動を見たことで、「女性の自立」に関して多くの影響を受けた。ちょうどその活動がマスコミで目に止まるようになった時期で、その後のアメリカ女性そして現在では全世界に拡がりをみせる「女性学」の基盤ともなった。

東京オリンピックの前年、一九六三年に結婚によって動き出した私の生き方を、ウィメンズ・リブ運動での発展と歴史的な重大項と共に、年代を追いながら側道として描いてみた。未知の国々や英語、ハンガリー語を通し、また自然や旅や風俗習慣から多くを学び、それが現在の価値観を持つ考えに至り、今の私が存在している。外国語と比較することで日本語の不思議さを、日本人である自分を再発見した。そして日本語の土台である上古代語「カタカムナ」の勉強を続けている。

「炎女」という痴《おこ》がましいタイトルは、岡山天満屋デパートで展示会中に、ライトに照らされて粘土を練る私の汗を見た書家が送って下さった短冊から頂いた。備前焼の窯焚きを視つめて生きてきた、その炎の照り返しで赤鬼のような私の、二十数年間の窯ぐれ女を象徴している、そんな言葉である。

目次

プロローグ

「ウィメンズ・リベレーション」について談論を初めて耳にしたのは、一九六六年大晦日のパーティである。

アメリカに移住して、まだ英語をあまり理解できずにいた私は、笑顔で七組の夫婦の活発な意見を聞いていた。十二月二十六日付、「ナショナル・オブザーバー」のセンセーショナル・オブザーバーのセンセーショナルな記事について、賛否両論、皮肉もまじえて火花が散っていた。

それは「アメリカ人の夫、全員に勧告！　男性優位の日々はもう時間切れに近い。法律とならわしのダブル・スタンダードによって、犠牲者となり被害者となっているあなたの妻は、新しいチャンピオンを見出した。それはナウ（NOW＝全米女性連盟）、闘争的な新しい女性解放運動が、十九世紀公民権運動から女性が閉め出されていた権利を取り戻そうという夢を持ち、集団行動に出て目論《もくろ》んだ活動だ。……武器を持って立ち上がろうというナウの呼びかけで、大多数の女性が賛同して行進を続けるかどうか、見物《みもの》である」。

女性解放運動が、パーティーの話題に上り俗受けするのは、メディアの興味本位な報道の力が大きい。

まずその一つに、アメリカ国内の航空会社女性客室乗務員が、結婚や妊娠、また二十二歳〜三十五歳に達した時点で仕事を解雇される、企業内規則に反対して告訴したことがあげられる。二つ目には、新聞の求職欄に男女の性別の差により募集することを禁ずる、ガイドラインが発表されたことも、多くの話題を呼んでいた。その他様々な記事が紙面を賑わしたことで、男性・女性の社会的立場の対比が意識されるようになった。

アメリカの男性は、女性に優しく紳士的というのが、一般常識として通用していた。確かに、一九六〇年代の日本の男性は、どちらかといえば女性に対して恥ずかしがりで世慣れしていなかったと思う。それに比べて映画やドラマや雑誌の中で知るアメリカ男性（に代表される西欧の外国人男性）は、いつも女性に敬意を払い、親切で、時には慇懃《いんぎん》無礼に相対しているかのように報道されていた。

実際にアメリカ社会に生活してみると、それは随分違ったイメージだったと気がついた。まずは財布、収入源の獲得者である夫がしっかりと握っている。私の知り合いのほとんどは、夫から毎週生活費として渡される現金内で食費などを賄っていた。家賃、税金、教育費、休暇旅行費用、ガソリン代は夫が支払い、家具と電気製品などの大きな買い物は、夫にお伺いを立て一緒に出かけ決める。妻の新しい衣服、アクセサリーなども、もちろん夫のプレゼントでなければ許可が必要だ。

「へそくり」を作れる日本女性とは大違いで、楽といえば楽だけれど、自分の自由になる金銭を持たない状態は、どうしても夫依存度が高くなる。それが自立していない妻の実像だった。

一九六三年、女性解放戦線のバイブルといわれるほど、爆発的な売り上げとなったベティ・フリーダンの『女性の神秘』が出版された。大都市郊外に一軒家を構えて、アメリカ中産階級の幸せな人妻像と思われていた、女性達の精神的、心理的な不満を一挙に暴き出した本である。

愛する夫と子供達のために家事育児に専念し、パーティーでは有能なホステスを演じ、教会や地域のボランティア活動に力を入れる。家族の送り迎えの運転手となり八面六臂《ぴ》の日々を送っている彼女達が、潜かに隠し持っていた自己実現の夢に火を付けたのである。

本音と建前、外面《そとづら》と内面《うちづら》、家族か自分かと心の中だけで天秤にかけていた女性が、自分の夢や希望や人生目標に対して、はっきりとした意識を持って、自分の立場というものについて考え始めた。それは男性側にとっても、大きな事件である。今まで安穏《あんのん》として家庭を妻に任せ仕事に打ち込めたのが、「ノー」と反論され拒絶される可能性が出てきたからである。男性主権の危機と感じる人もあり、また反対に「女に何ができる。ただの目立ちたがりやか欲求不満の輩《やから》だ」と鼻の先でせせら笑う人達も多くいた。

そのような社会背景の中で、ナショナル・オブザーバーの挑発的な記事は、パーティーの格好の話題なのである。

ニューイヤーズ・イヴ・パーティーは、コロンビア大学付属研究所、ネイビスラボラトリーの同僚が多勢を占めていた。主催者はドイツ人夫婦で、彼女が夫の同僚である。彼は技術者で大企業に勤務している共稼ぎ、子供はなく二人とも三十歳前のインテリ、中産階級の見本になるような人達である。二人はドイツで大学を卒業したあとアメリカ東部の大学院を終え、就職してニューヨークに住みついた。

夫の同僚達は、仕事場が研究所という環境のためでもあろうが、外国人や移民二世の人々が多くいた。メイフラワー号以来のアメリカ人だと、その家系の歴史を誇る人もいるが、元を正せばイギリスやアイルランドの移民、つまり新大陸で新人生を歩み出し、アメリカン・ドリームを築こうという意欲に共通の夢を燃やす、二十代、三十代の集まりだった。それは私達も含めて、皆、未来に大きな希望を持ち、アメリカでの成功に向かって努力していた専門職や研究に熱心なグループといえた。

一九六〇年代前半は、アメリカが米・ソ連の対立で揺れていた。まず六二年十月二十二日、キューバ危機と呼ばれる事件があった。ケネディ米大統領が、キューバにミサイル基地をソ連が建設中だと発表したことに始まった。キューバ海上封鎖を声明文として出し、二十四日には米国海軍が海上封鎖を開始した。アメリカ全土は第三次世界大戦が起きる可能性と、もし開戦となれば史上初めての本土での戦いになるかも知れないと、もの凄い緊張で張りつめていた。幸い約一ヵ月後にはソ連がキューバからミサイルの撤去をし、海上封鎖は解かれて、まず最初の危機は脱出することができた。

一九六三年十一月二十二日、ケネディ大統領がダラスで銃撃により暗殺された。テレビの生中継で米全土に放映され、翌日日本へも衛星初放送で届いたニュースである。若く強く逞しい大統領、新しいアメリカを建設できる星と敬われていた人の、あまりにも無残な死に、人々は自由の国であり理想郷だと信じていたアメリカの底に潜む野蛮さ、非常さと脆さに目を向けざるを得なかった。ジョンソン副大統領がダラス空港で、ジャッキー・ケネディ未亡人を横に、大統領宣誓を行ったことを覚えている人も多いだろう。

その夏ワシントンDCでは、人種差別撤廃を掲げた二十万人もの人々が平和行進を行い、マーティン・ルーサー・キング・ジュニアのあの有名な演説があった。

「私には一つの夢がある。それはジョージアの赤い丘に前奴隷たちの息子と、前奴隷を持った主人の息子たちが、兄弟という名のテーブルに一緒に座ることができるだろうという夢である。……いつか皆、神の子として黒人も白人もユダヤ人もキリスト教徒も、プロテスタントもカトリックも全ての人々が手を繋ぎ、古い黒人霊歌の『ああ、とうとう自由だ。神よ、我々はついに自由になった』を全土から自由を求め続ける限り、歌うことができるだろう」

このスピーチは集まった学生、黒人、公民権運動に携わっている人々を心から揺り動かした。そして平等な人間という基本テーマが固まっていったのである。

日本ではオリンピックを翌年に控え、国力を挙げて道路網を拡充し、新幹線、モノレールの敷設、競技場などの施設建築に力を入れていた頃である。太平洋を隔てているとはいえ、一九六三年の日・米の社会的な空気の差は、あまりにも違いすぎていたようだ。

その頃の私は、女子大学に進学し、一緒に上京した名古屋の友人と二人で、高田馬場駅近くに小さなアパートの一室を借りて、新しい人生の一頁を開けようとしていたところだった。もちろんこれが自分の一生を決めるきっかけになることなど夢にも思わず、親元から離れて女の子二人で、ままごとのような生活を楽しんでいた。

三年後の大晦日に、アメリカ人、ユダヤ人、ドイツ人などと共にアメリカの社会情勢を論じ、ウィメンズ・リベレーション運動談議に加わり、新しい年を迎えようとする自分の姿など、逆立ちしても想像もできない十九歳の女の子であった。

第一章

国際結婚

東海道本線上り夜行列車の固い座席に、名古屋から十時間余りゆられて新世界が始まった。武蔵野美術大学に合格した友人と二人で、高田馬場駅から徒歩三分の地に、八畳に半間の入り口、炊事場付きのアパートを見つけ、学生生活に入った。折りたたみ式の卓袱台兼勉強机、本棚と整理戸棚を並べて置き、布団を二組敷けば、もう足の踏み場もない小さな空間だ。トイレは共同、風呂は町の銭湯通いである。新しい洗面器に花の香りの石鹸、真っ白なタオルを抱えてネオンの下をくぐって通う。ふっと急に大人の仲間入りでもしたような、澄ました顔をしていたのではないだろうか。

一九六三年三月、東京オリンピック前年のことである。地下鉄東西線の昼夜突貫工事で、道路は鉄板敷、ドンドン、ガンガン頭の割れるような賑やかすぎる騒音が渦巻いていた。急変化を遂げつつある時代の持つ勢いとスピードに影響され、ただ女子大に通うだけでは、一日が何となく物足りなく感じられた。波間に漂っているだけでは時間が惜しい、自分も一緒に走り出したい気持ちになる日々だった。

一九六〇年六月十九日に新安保条約が自然成立する前、十五日は右翼、新劇人、全学連など五百八十万人を動員した国会前デモで、東大生樺美智子さんが死亡する大事件になった。翌年には革新的運動を取り締まるため、政治的暴力行為防止法案が衆議院で強行可決された。その後参議院では継続審議となり、結局六二年五月には廃案となったが、学生達の間では国会に対する不信感が根強く続いていた。また六一年のソ連核実験再開に抗議をしたり、若者の政治的関心は日本国内のみでなく、ベトナム戦争反対などにも拡がっていた。

早稲田あたりでは学生運動も活発に続けられ、政治意識を持つことや、現存社会に反発し改革することが、学生として為すべきことだという雰囲気が強かった。

親からの仕送りは、真面目で大学へ通い勉学に励む学生には充分であろう。しかし私は籠から飛び出した小鳥。十九年間育くまれた封建的だが温かく安全な場所から、二十四時間自分でコントロールできる、大きな世界に羽ばたいている。幼い頃から本の虫で、日本文学、世界文学全集はほとんど読破していた。かの有名な神田古書店街で、好きな作家の初版本を手に入れるのが夢の一つだ。仕送りだけでそのような贅沢はとてもできない。

気軽に始めた、駅前のクラシック喫茶店のアルバイトがきっかけとなり、自分では想像もしていない未来の扉がそぉーっと開き、吸い込まれてゆくことなど知るよしもなかった。

豊かに流れるクラシックの名曲、ベートーベン、モーツァルト、グリーグ、チャイコフスキーなどのメロディを吹き消すように、店内では学生達がいきいきと政治議論を闘わせ熱中していた。お膝元の早稲田の学生が常連だが、国公立や私立大の面々が、ハードコアの学生運動から少し距離をおき、理想論や改革論に夢を語っていた。

私は何も分からないまま、頼まれると集会のビラ配りを手伝ったり、台湾独立運動デモ行進に加わったりして、自分ではいっぱしの活動家になった気分だった。猫も杓子も学生運動に自己主張をしていたわけではなく、開放的な恋愛に生きがいを見出す人や、アルバイトに精を出す人も多くいた。田舎から上京したばかりの私には、大人っぽい議論や行動する人達を、現実離れしたドラマを見ているように眩しく見つめている日々だった。

この時代の世相を振り返ってみたい。ライシャワー米国大使は、一九六三年一月に原子力潜水艦の日本への寄港を申し入れた。これに対して、湯川秀樹氏をはじめとする日本原子物理学の科学者、研究者たちは、その安全性に疑問を持ち、政府に対して安全確認を要求する声明を発表した。

部分的核実験停止条約は、日本、米、英、ソ連により八月に調印された。しかしフランスのドゴール大統領はこれに不参加を表明し、中国は条約に反対を表明した。核の驚異は人々の心にじわじわと沁み込んでいった。佐世保や横須賀などアメリカ軍基地を抱える港では、安保反対国民会議が米国原子力潜水艦の寄港反対集会を開催した。

オリンピックの前景気で、戦後日本から脱出を図り近代日本の新生を世界にアピールしようと、世の中はがむしゃらな高速回転で動いていた。首都高速の部分開通によって自家用車の販売は一層拍車がかかった。翌六四年の三月にトヨタ自動車が月産一万台の日本初記録を達成し、八月には都内の車が百万台を突破したという。数寄屋橋交差点に騒音自動表示器が設置されるほど、東京は何もかもが加速力を持ち活気に満ちていた。

それにつれて社会の情勢の変化も目覚ましく、女性の職場進出や女子学生の数も多増した。それもそのはず、大学で女子学生の比率は、全国平均で三十七パーセントに上り、大学生三人に一人は女子学生になる。一九六二年に出版された暉峻康隆著の『女子学生亡国論』が派手な話題を呼んでいた。終戦直後に生まれた子供達が進学年齢に達し、今や女子といえども学問することが望ましいという風潮が生まれた。たとえそれが短大でも、社会勉強とか就職の資格、花嫁修業の飾りでも、高度経済成長の波に乗って、女子の高等教育への道は目にみえて拡大した。戦中戦後に勉学に志を持てなかった親の代わりに、子供には可能性をと中産階級のシンボルのようになっていた。四年制大学や大学院へ進学する女子の数は限られていたが、短大文化は花盛りといってよいほどであった。

郊外の団地建設や建て売り住宅の普及で、ピアノが一般家庭へ少しずつ浸透した。伝統的な日本の文化や考え方が、アメリカナイズされた「経済・金銭」と中心軸に据える価値観に移ってゆく時代といえる。現金収入を求めて農村から都会へ働きに出る若者や壮年層が急増したことで兼業農家が四十パーセントを超えた。三ちゃん農家（じいちゃん、ばあちゃん、かあちゃん）の出現であり、日本の基盤である社会構造が激変していった。

テレビ受像機も千四百三十五万台に増え、アメリカについで世界第二位。「鉄腕アトム」のテレビアニメが茶の間を占領し、力道山のプロレス放映など家庭の中で娯楽を楽しむようになっていった。その影響で映画の観客動員数が最盛期の半分（五億千二百万人）となる。若者はボウリング場に集い、少女雑誌の週刊誌化が始まり、キャノンは大会社として初の週休二日制を採って、「バカンス」という言葉が流行した。所得倍増計画が波に乗り始め、人々の意識は「仕事」と「娯楽」（まだレジャーという言葉は生まれていなかった）の二本立社会へと変わっていった。

世の中の変化はめまぐるしいものであったが、私は大学と学生運動の下っ端役とアルバイトに充実した日々を送っていた。現実の十九歳よりほんの少し背伸びをして、自己満足をしていた。

スティーブから食事に誘われたのは、ちょうどそんな生活が身に着いてきた四月末のことだ。彼は二十五歳、金髪碧眼のハンガリー人で、早稲田大学大学院で国際経済を専攻する留学生だった。

アルバイトをしている名曲喫茶の常連で、そこに集う学生達にハンガリー動乱亡命者としての体験を話していた。学生運動の方法や革命について、また有効的な活動や運動方針などを他の留学生も交えて議論していた。

一九五六年のハンガリー動乱の時、彼はデボレツェン大学の二年生で、多くの学生と共にロシア軍タンクの行進に対向して抵抗を続けていた。

ハンガリー動乱という事件は、一九五三年スターリンの死によって表面化してきた。ソ連の信奉者であり共産主義のマーティャス・ラーコシは、一九四七年から五三年までの間巨大で非現実的な重工業政策を採っていた。国内の農業生産の全てを中央政府が管理するという方針は、農業、畜産業就労者の反撥を買い、彼らは国に牛や豚を奪われるよりも殺した方が良いと決めた。このために食料品の供給が激減し、この政策の失敗を招いた。その結果ハンガリーは現実的に、ソ連の経済的農奴制度下に置かれるようになっていった。

一九五六年二月、フルシチョフ大統領は第二十回党大会で、スターリニズムを批判した。このことにより、スターリンを信奉していたラーコシの立場は弱まり、この後ハンガリー国内で共産党内部からも、改革への圧力が高まってきていた。そして一九四五年共産党農業大臣で急進的な農業改革を主張したため、役職から追われ冷酷に扱われていたイムレ・ナジを一九五三年再度党に呼び戻さざるを得なくなった。長年の党員だったジョージ・ルカーチ等が「ペトルフィ・サークル」を発足させ、「人間的な共産主義」を議論しはじめていた。

しかし十月二十三日、大学生達が首都ブダペストで、「ナジを首相に！　ソ連に反旗を！」と叫び大がかりなデモを行った。その夕方には国家公安委員会の何者かが、他のデモ隊に発砲するという事件が起きた。パニック状態になった政府によってハンガリー国軍が動員されたが、多くの独立班は彼らの所持する武器をデモ隊に差し出した。これが革命の第一歩となった。

二十五日にナジのひきいる政府が発足し、この中にはヤーノシュ・カーダーも参加していた。十一月二日、三日にはナジの政権が強力になっている様相を見せていた。なぜならば、ブダペスト労働者協議会は十一月五日から予定されていたゼネストを中止すると発表していたからである。しかしナジの多政党政治への移行の示唆、ハンガリーの中立制を選択する表明に対して、クレムリンでは強い不信感を募らせた。そして十一月一日には、既にソ連軍がハンガリー国境を越えて進軍していたのである。

絶望感を抱くナジは、ハンガリーは中立国であると宣言し、全世界に対してこの容認と援助を要請した。不思議なことに、この期間中にカーダーは首都から姿を消していた。

十一月四日、ソ連軍に連れ戻されたカーダーはソルノク経由でブダペストに入り、「革命労働農民党」政府の首相として任命された。このためにカーダーは、当時ハンガリーでは一番忌み嫌われた人物となった。約二万人が逮捕され、二千人が処刑され、数千人がソ連の強制収容所に送られたといわれている。これに加えて約二十万人の若者を中心とする、有能な人々が亡命という形で国を離れて行った。一九五八年にソ連軍によってルーマニアに監禁されていたナジとその賛同者は、ハンガリーに連れ戻され処刑された。カーダーはこの処刑は彼の意志ではないと表明し、ソ連の衛星国としてその後政治家としての有能さを発揮していった。

大学二年の秋、ハンガリー動乱で亡命を余儀無くされたスティーブの、日本に留学するまでの体験は困難なものだった。

彼の父親は弁護士で、第二次世界大戦に徴兵されるまで、ウィーンとブダペストに法律事務所を構えて活躍していた。しかしソ連軍の駐留とバックアップにより、共産党が勢力を伸ばしていった。一九四五年一月に共産党の農相イムレ・ナジが、ハンガリーの歴史上、最も革新的な農地改革を施行した。それは全土のうち三十五パーセントを小作人に払い下げをして、封建君主制度下続いてきた地主を壊滅させるというものだった。

この農地改革で、父はぶどう園を取り上げられ、わずかな屋敷周りの土地を残されただけとなった。母方の父親は、ハンガリーで私立銀行を創立した人物で貴族だが、もちろん全ての財産は没収された。ブダペストのマンションも、敗戦で家を焼失した人々に分け与えられたため、何組もの家族が移り住んできた。

このような状況下で、父は共産国になってからのハンガリーに絶望的な思いを持っていた。ブルジョワで特権階級の出身者は、社会的経済的に制裁を受け、不遇な生活を忍ぶしかなかった。父は仕事につけず、お嬢様生活しか知らなかった母が、ゴドローの大学でフランス語、英語、ロシア語の翻訳の仕事で家族の生活を養うことになった。母の両親、妹を含む親子四人、父の弟達、乳母と九人の大家族を、働いた経験のなかった母一人で支えたのである。

父はハンガリー動乱直後には、ハンガリーの将来について悲観的な考えに達し、一人息子に危険は伴うが、広い世界へと亡命する道を勧めた。オーバーコートの裾に祖父母の金の結婚指輪を縫い込み、チーズとパンを手に、徒歩でオーストリアへの国境を越えた。フランスのマルセーユからアメリカ行きの貨物船に乗り、じゃがいもの皮むきなどできる仕事を何でもして、アメリカへ政治亡命者として渡ったのである。

ニューヨークでは、続々と到着するハンガリー難民に対して、温かい手が差し伸べられた。共産主義の脅威に向かい、身を捨てて戦った若者達は、アメリカを先頭に世界中から援助があり、新世界での学業や仕事に優遇的なチャンスを与えられた。

彼も運良くモンタナ大学から奨学金をもらい、ヘレナ・モンタナで数学を専攻する学生になった。カトリック信者であることも幸いして、教会や信者から経済的支援を受け、二年で大学を卒業した。

その後南カリフォルニア大学大学院で、原子物理学を勉強している時に、ポーランド系のパデラフスキー基金から、日本への奨学金支給の幸運に恵まれた。なぜハンガリー人が日本へ親近感を持っているのかと、不思議に思う人も多いだろう。日本では、ハンガリーという東欧の小国に対しての知識は決して深くない。首都がブダペスト、農業国でトカイというシェリー酒のように味の濃いワイン、作曲家のバルトークとコダーイ、ジプシー音楽というのが、一般的なイメージではないだろうか。

歴史に興味がある人は、蒙古のジンギスカン遠征、オスマントルコの支配、オーストリア・ハンガリー大帝国などを知っているかも知れない。ところが、ハンガリー人の多くは親日家だといってもいいすぎではないくらい、日本に好意を抱き、日本に憧れを持っている。つまり蒙古から西に来たのがハンガリー人で、日本に辿り着いたのが日本人、先祖は同じで、我々はいとこ同士だというのだ。

一九六一年日本での第一歩は、日本語の勉強をしつつ、京都大学で東洋哲学の講義を受講することから始まった。京都では「母と学生の会」や京都留学生寮の世話になり、金髪、碧眼、中肉中背の二十三歳の彼は、沢山の人と知り合い親切を身一杯受けて、心地良い二年間を古都で過ごした。

ちょうど司馬遼太郎氏が『竜馬がゆく』を執筆している折であった。若き革命児とはどんな人間だったのか。彼はそのイメージづくりを探っていた。司馬さんの同人誌の友人と留学生の会を通じて交流があったスティーブは、その関係で司馬さん夫婦と出合い、以後長年に渡って懇意にしてもらった。

二年間の京都生活後、彼は早稲田大学大学院に移った。東京に住むハンガリー人達と共に、亡命体験者としての立場で、学生運動や革命について日本人学生と交流し、助言などをしていたのだ。

若い頃の私は、約束時間に遅れる相手を長く待ったことがない。傲慢で短気と思われても弁解できないほどはっきりしていて、せいぜい十分間待つのが限界だった。

初めてのデートに誘われた時、待ち合わせ場所は高田馬場駅の改札口。待てど暮らせど現れない外国人を四十分も待った。待ち合わせ場所と約束時間を聞き間違えたのかも知れないという思いと不安、そして相手が外国人だという遠慮が、私をその場所に釘止めしていた。

何の理由で遅れたのか記憶にない。彼に連れてゆかれたのは、友人のアパートだった。そこで手料理のハンガリー料理なるものを、生まれて初めてご馳走になった。「鶏のパプリカ煮」という、赤いソースにサワークリームの白と、ピーマンの緑鮮やかなシチューで、とてもお洒落《しゃれ》な感じがした。

西洋料理といえば、イタリアかロシアが主流を占めていた頃だ。珍しもの好きな私は、上京して以来友人達と、台湾料理、韓国料理と万国旗を集めるように、様々な味を探し食べ歩いた。乏しい小遣いのほとんどが、古書代外食代だったかもしれない。田舎町から突然世界の中心地のようにみえる大都会に住むと、見るもの聞くもの食べものすべてが興味の対象になり、小さな冒険心を満足させる。

このハンガリー人の家庭料理は、癖もなく食べやすく、興味津々《しんしん》の私は材料や作り方を細かくメモにとって帰宅した。玉ねぎ、パプリカ粉、骨付きぶつ切り鶏肉、トマト、サワークリーム、ピーマン、塩、こしょう。この中で知らないのはパプリカ粉とサワークリーム、何とかなりそうな予感がする。

祖父母と両親に大切に育てられた私は、わがままで負けん気の強い少女だった。人に物怖じをしないだけでなく、食べ物に対しても同様で、子供のように何にでも素直に興味を持つ性格である。

早速自分の部屋で実験した。パプリカ煮の試作は、なかなかの出来だったと思う。私はハンガリー人達を、恐れ気もなく自作パプリカ煮パーティーに招待した。好評と喝采を得て、単純に幼稚な私は大喜びをしていた。新しいことにチャレンジして、大成功を治めたのだから。

しかし事は意外な展開を見せてきた。日本へ来て三年、ハンガリーを離れて六年が過ぎようとしていた彼に対して、私は良妻料理人候補として強い印象を与えてしまった。学生運動から名前だけの英会話教室の助手、そしてデートに誘われ、お決まりのコースを辿り七月七日婚約、九月七日結婚と超スピードで突進、気がついたときには指に金の指輪が光っていた。

南カリフォルニア大学時代、彼はハンガリー女性と婚約していた。日本へ留学し遠距離恋愛を続けていたが、婚約解消したという。

白人崇拝意識の強かった日本で、彼は恋愛相手に不自由はしなかったが、二十五歳になりそろそろ落ち着きたいという気持ちが生まれてきていたのだろう。健康で生きいきし、キスをしたこともない女の子は、経験豊かな彼からみれば、貴重品かつ有望な相手だった。

早稲田の教授の家に下宿をしていた彼の部屋を訪れ、何とも異様な匂いに気分を悪くしたことがある。原因は押入れに突っ込んである汚れた靴下がいっぱいつまった袋だ。父以外間近に男性のいない家庭では、男の人の匂いは薄く、働き者の母の石鹸の香りの方が強いものだ。つい日頃の長女のお節介が顔を出し、汚れた靴下の煮沸消毒、きれいに畳んで返したことが、彼をいたく感動させてしまった。人のためではなく、自分の気分を悪くさせないための行為だったが、無知というのは時として予想外の結果を生み出す。

折角見つけた女の子を逃がさないように、押しの一手で迫る相手に勝てるはずもない。ハンガリー動乱で亡命したというドラマのヒーローに驚嘆の念を抱き、同情し、好意へと変化していったのも自然の成りゆきだった。

アメリカの移民とはいえ、無国籍の亡命者、どこの馬の骨の分からぬ相手を、跡取り娘の婿として親は認めるはずがない。四十年の昔のことである。法律を専修している友達と無国籍者との婚姻について、六法全書を調べたり、尊敬する先輩や先生に相談してみた。一人として賛成する人はなく、知人からもすべて猛反対された。

父は当時五万円という大金を使って身上調査をしてくれたが。彼の実態は何もつかめなかった。反対をすればするほど頑なになる私の性格を知る父が先ず折れて、とにかく勘当という憂き目だけは避けられたのである。

七月七日上京した両親、彼の親代わりになってくれた下宿先の教授夫妻、数人の友人達と共に、狸穴にあるハンガリー料理店で婚約式の小宴を持った。サーモンピンクの紗のカクテルドレスを新調し、婚約記念に彼からもらった真珠のネックレスを身につけて、たぶん私は単純に喜び、輝いていたことだろう。両親の胸の内には、どんな想いが去来していたことだろうか。長女を一人で都会に出してしまったことを悔やみ、外国人と共に生きると胸を張ってはいるが、まだたった十九歳の未熟な我が子を見つめ、笑顔の下に張り裂けそうな心を隠し、どれだけ心配していたことか。私は親を悲しませる、残酷な娘だった。

東京よりも京都の滞在が長く、友人も多いという彼の提案で、結婚式は京都市河原町三条カトリック教会で挙げた。現在教会は愛知県犬山市の明治村に、移築保存されている。木造の美しく落ち着いた教会である。

東京四ツ谷の聖イグナチオ教会で公教要理を勉強していた私は、結婚式の前日にオダノヒュー神父様から洗礼を受け、結婚式は丸山神父様にしていただいた。父に西洋人形のように裾の広がるレースのウェディング・ドレスを作ってもらい、大丸デパートの美容室で厚化粧されて、私は十九歳の花嫁となった。

結婚式にこぎつけるまで、決して単純な道のりではなかった。式を待つ三日前に、私は京都から実家に呼び戻された、祖父を筆頭に親戚の人達が座敷につめていた。私はまるで罪人のように、中央に据えられ叱責された。しかし甘やかされて育ち勝気な私は、涙は流しても、結婚を取り消すことも譲歩もしなかったのだ。旧家に生まれ、何代か遡れば周囲は皆親戚縁者という田舎では、前代未聞のとんでもない事件なのである。強情な私に対して両親はまた折れるしかなく、娘を取り返す一縷の望みさえ失ってしまった。親の恩、子知らずの典型的な姿といおうか。私は財産相続を放棄することで、自由の身となった。

披露宴は南禅寺に近い都ホテル。二人とも学生だからと、会費制で祝ってもらった。彼と懇意だった友人がすべて取り仕切ってくれ、私はただ人形になって言われた通りに動いている幼さだった。何十人の人々が集ってくれたのか、記憶はセピア色に薄れてしまった。

比叡山から伊勢志摩国立公園賢島へ、二泊三日の新婚旅行を終え、駆け足で東京へ戻ると、また学生生活に追われる毎日となった。中間試験が間近にせまり、レポート提出、デモ参加など忙しい。早稲田大学からグライダー・フライイング航空クラブの男の子達、東京家政大学からは私のクラスメートの女の子達が集まり、八畳のアパートは狭い食堂のようにいつも満員だった。角の八百屋や近くの魚屋とは、持ち前の田舎育ちの人なつっこさで親しくしてもらった。夕方には浴衣に着替えて、夫の帰りを待ったりした。私の一生のあいだでたぶん、心配も不安の一カケラもない、一番幸せなひとときだった。

京都時代に司馬遼太郎さんみどり夫人と親しかった夫は、東京に移った後もいろいろと世話になり、ジャーナリズム関係の多くの方々と知り合いになった。

ある日、沖縄の旅から帰宅したばかりという平林たい子女史の家を訪問した。色鮮やかで大胆、しかしていねいに描かれた紅型染めの布を手に取ってみたのは、初めての経験だった。子供の頃日本舞踊の稽古をしていたので、紅型染めの名前は知っていたものの、実物を見た感動は大きかった、文学全集に入っている彼女の作品は読んだことがあるが、話を伺い目の前に座っていた女流文学者より、私にはあまりに強い紅型の記憶が焼き付いた。

「生きる」ことは「出合い」と表裏一体のものではないだろうか。

人の生命は卵子と精子の出合う受精に始まり、出産と同時に子宮内の閉ざされた環境から、両親や家族など外界に出合う。成長するにつれ、学校に先生に同級生に遊び友達にとその出合いの場は拡がってゆく。就職すれば職場の人達との係わりが生まれ、また社会への多様な関連が深まってゆく。初恋、進学、就職、結婚、出産、転勤、病気、加齢など人の一生は「出合い」と「別れ」によって、ジグソーパズルのように複雑に仕組まれているのではないだろうか。

娯楽や趣味なども、ある時ある場所での出合いによって成り立ち、それがきっかけとなり生活に深みと味わいが加わる。技術や知識や理解が増すことで、人間は人格を育て、他の生物とは異なる一生を送ることになる。

どのようなきっかけで人は出合うのか。偶然というには不思議としかいいようのない、巡り合わせもある。かといって必然などと大袈裟《おおげさ》にいうのは、私の趣味ではない。ただ視点と認識の違いによって、偶然と必然の間を揺れ動いているのかも知れない。

　大阪サンケイ新聞社の企画で、国際結婚をトピックにした座談会が行われた。日本では国際結婚がまだ珍しい頃である。一般的に国際結婚は、終戦後の日本ではアメリカ駐留軍兵士と飲食業に携わる女性間が多かった。戦後二十年を過ぎて、中産インテリ階級子女の国際結婚が、ようやく口の端に上がることも少しずつ起きてきた。宮部タキ記者の司会で、イーデス・ハンソンさん夫妻、私達ともう一組との三組で対談したと思うが、何も細かいことは覚えていない。


　倉皇《そうこう》している内に、私は体の変調に気付いた。診断は目出度く妊娠である。しかしここで考えてもみなかった、重大な問題が出てきた。夫はハンガリー人だが亡命をしてアメリカの移民となった。移民というものはアメリカに住み就職をする権利を認められているだけで、アメリカの市民権はもちろんまだ取得していず、無国籍のままだった。パスポートではなく移民証明書を一枚持って、日本へ留学生として入国していた。

　日本の法律では、結婚により新戸籍を獲得する。生まれた子供は自動的に親の戸籍に入り、日本国籍を有する日本人となる。私達の場合、カトリック教会もアメリカ大使館も婚姻は認めても、新戸籍を作ってくれるわけではない。当然の話だが、子供の戸籍はどうなるのだろう。

戸籍謄本に婚姻の届け出は記載されたが、私はまだ父の戸籍に入ったままである。私が出産すると子供は私生児として登録され、早川なにがしとして日本国籍をもらえるだろう。まだ日本への難民は少なく、戸籍法が改正される前の、四十年も昔の話である。

父の戸籍に入れることを反対する夫は、子供は自分の姓を名乗らせるべきだと言い張った。日本で出産すれば子供は私生児か、無国籍かの選択しかない。絶対無国籍にするわけにはゆかないと、急遽アメリカに戻ることを決めた。まず自分がアメリカ市民権を取得して、その上でわたしをアメリカへ移民として呼び寄せるというのである。一九六四年正月、夫は単身カリフォルニアへと飛び去っていった。

私は一人東京に残り、少しずつ膨らみはじめた腹部を隠しながら女子大へ通っていた。たとえ中途退学であろうと、とにかく一年は終了させたいと考えていた。未来に向けて夢を紡ぎ勉学に励んでいるクラスメートから、私は一人浮き上がり、注目される存在だった。

両親や親戚の人達は、戦後の進駐軍兵士と一緒になった日本人妻の悲劇の数々をまだ忘れない年代である。父もシンガポールへ出兵していた。いかに日本が所得倍増のかけ声の下で、オリンピック開催にむけて国際的に背伸びをしていても、敗戦や戦後の苦しい生活は決して忘れられないものだった。

東京の大学に行かせたことが原因となり、大切な娘が弄ばれただけではなかったのかと、どれほど心を痛めていただろう。想像するだけで息苦しくなる。

周りの心配を気にせず、当人は至って暢気で、夫を完全に信じていた。人を疑うのが不得意な性格で、すぐ誰でも信用しては時々失敗をくり返していた。騙すより騙される方がいいと、勝手に思い込んでいるのだから、どうしようもない。

私は結婚式直前に洗礼を受け、カトリック信者になった。高校時代に教会へ通い始め、東京でもキリスト教の勉強を続けていた。浄土真宗の家に生まれたのに、なぜカトリックになったかとよく聞かれる。祖母は私を叱る時、菩提寺の地獄絵図の前で説教をした。仏は悉皆《しっかい》成仏、極楽往生を教えるのに、なぜ針の山や血の池で苦しむ人々を助けないのかと、子供心に不信感を抱いていた。高校時代ダンテの神曲を読んだが、ただ物語としての理解しかなかった。キリスト教に地獄があっても、それは都合の良いことに、身に沁みた恐怖感ではなく現実感も無かった。浅はかといえばそれまでであろう。薄暗い板の間の冷たさ、罪の意識、祖母の声音は忘れようとしても忘れられない程身に沁みたものである。

とにかく疑うよりも信ずる方を重んじる私は、神の前で神聖な結婚の誓いを交わした人を心から信じていた。皆が心配するように、捨てられるとか、夫が帰らないなどという不安は全く持たなかった。楽天的に育ててくれた親に感謝するべきだろう。彼からの連絡を待ちながら、目立つ躰で一年生の終業式に誇らかに出席した。三月に東京のアパートを畳んで実家に帰り、待つことしばし、ようやく夫から市民権取得の電話があった。

これには出合いの妙としか言いようのない、有り難い巡り合わせがあった。マリン・カウンティに住む彼の友人が、ちょうどその時サンフランシスコ市長と知り合いだったことが、一連の幸運の始まりだった、市長の骨折りで、当時移民局長をしていたロバート・ケネディ氏に連絡を取ってもらい、異例の速さで市民権の試験に臨むことができた。在米年月が受験資格ぎりぎりであり、移民枠に余裕のあったハワイで、晴れてアメリカ合衆国市民の権利を得ることができた。

夫からの電話の後すぐ上京し、彼の指示通り私はアメリカ大使館へ乗り込んだ。閉門時間が近づいても、夫から届くはずの電報は来ず、係の人も困りはてていた。私はただガンコに「電報が来るはずだから、届くまで帰れない」と頼んだ。若かったから、必死で押し通す強さが出せたのだろう。暗くなってから電報は無事到着した。私はアメリカ市民の妻という権利で、移民ビザを交付された。親切にしてくれた係の女性の名前も知らないまま、私は自分の立場だけを言い続けた、規則を少し折り曲げて融通をつけてくれたその人に、心から感謝の気持ちを送りたい。

ビザを取れないまま日本で出産していたら、その後の人生は大きく変わっていただろう。想像することも難しい。道は続くべき方向につけられ、「なるようになる」のかも知れないと思うようになった、最初の経験である。

妊娠八ヵ月となれば、早産の恐れもありうるという理由で、日本航空から搭乗を拒否されてしまった。外見の子供っぽい私は、初妊婦で腹部もそれほど大きくなかった。アメリカ人から見れば、ジュニア・サイズ、少々太り気味の女の子にしか見えない。妊娠月を適当に偽《いつわ》り、パン・アメリカン航空機でハワイとロスアンジェルスで給油着陸したあと、アメリカ大陸を横断、三十数時間かけてニューヨークまで、遠く未知の旅となった。

二十歳になったばかりの私は、どんな顔をして日本を離れて行ったのだろう。羽田で別れた両親の心の中は不安で押し潰されていたと思うが、「前へ進め」、どうにかなるさ一辺倒で楽天的な女の子は、きっと目の前だけをじっと見据え、胸をはって腹部を突き出して歩き去ったのかもしれない。

第二章　ニューヨーク・長男

水色のペーズリー模様のマタニティドレスに身を包んで、私はニューヨーク・ケネディ空港に降り立った。生まれて初めて乗った飛行機でとうとうアメリカに来たんだと、緊張と長旅の疲れでくたくたになりながら、ドキドキ鳴る胸に両手を押し当てていた。一年前には夢にも思わなかった外国にいる、必然の結果として、運良くここまでこられたのに、自分自身の上に起きているという現実感が湧いてこない。あまりに違う現実を前にすると、驚く気持ちの方が事実より大き過ぎて、自我喪失気味となり、意識がピントぼけするのかも知れない。

東京からの飛行機には日本人乗客は少なく、もちろん周りの会話は英語ばかり。スチュワーデスの日本語だけを頼りに、どうにか辿り着いたという状態だった。まだ航空運賃は非常に高価で、商用以外の日本人客は少ない時代である。日本人の海外旅行が自由化されたのは、一九六四年四月、私の旅より二ヵ月前に始まったばかりだ。常夏のハワイもハリウッドのあるロスアンジェルスも単に乗り継ぎ地点に過ぎず、何一つ記憶に残っていない。

日本のパスポートと、初めて手にしたドル紙幣と、夫の住所を書いたメモを入れたハンドバッグをぎゅっと胸に抱き締めて、只ひたすら人の波に揉まれていた。心に余裕の無い時は目は存在するだけで何も見ていない。もちろん観察する余裕などないだろう。風景も人も音も匂いも、何一つ思い出すことができない。

ケネディ空港には、夫と伯父が迎えに来てくれるはずである。見渡してまず第一に驚いたのは、周囲は外国人ばかり、誰の顔をみても皆、似ていて区別がつかないのだ。当たり前のことだが、オリンピック開催以前の日本で外国人は目立つ存在であり、一般的にいえば直接会話をしたり同席する機会は少なかった。本当の意味で国際交流——つまり人間対人間として触れ合ったのは、オリンピックの時まで無かったといっても言い過ぎではないだろう。周りの人達は体格が良く、髪や眼や肌の色は多種多様でも皆外国人ばかりだ。自分で探すより、見つけてもらうより仕方ない。焦ってもどうしようも無いのに、日本を離れた時より不安は募るばかりだった。

夫と一緒に暮らしたのは、わずか五ヵ月しかない。彼がアメリカ市民権獲得のため去ってから、六ヵ月離れていたことになる。お互いに知り合って、ようやく一年強に過ぎないのだ。正直なところ顔さえはっきり覚えていないのだから、情けない話である。

「この人かな？　いや違う。向こうの人かな？　でも少しもこちらを見ないし、違うんだろう。どうしよう」

懐には二百ドルのみ。当時移民として出国する場合、日本政府が合法的に許可した金額である。一ドルが三百六十円の換金レートの頃だ。私は英語を話すことも、もちろん理解することもできない。夫の寄宿先の住所は持っているが、果たしてその場所が近いのか遠いのかも知らない。振り返ってみればあまりに無謀な話だ。しかし信ずることは強い。私は夫の出迎えを一途に信じていたから、旅立つ時に躊躇《ちゅうちょ》はしなかった。だがアメリカに来てたった一人、外国人の真中に立ってみると、その時の分まで心細さが被さってきた。

夫と伯父は、到着ロビーの人混みの中で、カクレンボをしているような小さな私を見つけてくれた。幸いに日本人の妊婦はただ一人。まだ東洋人の旅行者は少ない時代で、私は目立ったはずである。

大男の伯父の運転で、ニューヨーク州の北に位置する、コネティカット州スタムフォードの彼の家へ向かう。

車中で私は自分が結婚した相手の顔を改めて見つめ、まるでピクチャー・ブライドのように、行き場のない不可思議な想いにかられていた。「この人が私の夫なのか?」まるで見知らぬ人に出合った気がする。必死に走り続けてゴールに到着した途端、目前に拡がる景色が、想像していたものとは全く違う場所と入れ替わっている。そんな宙に浮いた、あやふやな感覚だった。

一方夫の方は、日本を離れた時の妊娠初期で細身の私しか知らない。膨らんだ腹部をかかえ、長旅の疲れと新しい土地や人への不安で、強張った表情の女の子に戸惑っていた。しかし舟はもう漕ぎ出されたのだ。行き先には荒波に巻き込まれることも、暗礁に乗り上げることもあるかも知れない。平凡で穏やかな人生航路から、あえて困難な道を選んでしまう、そんな自分自身に、私はまだ潜在意識下でしか出合っていなかった。

同居させてもらうことになった伯父の家族も、ハンガリー動乱の亡命一家である。伯父と呼んでいるが遠い親戚にあたる、母とまたいとこで幼い頃は一緒に遊んだと聞く。伯父とは十歳位年下の伯母、彼女の母親、幼女二人に猫一匹がストロベリーヒル通りの閑静な住宅地に住んでいる。伯父はエンジニア、伯母が設計士の共稼ぎ家庭で、母親が孫の世話と家事をして留守を守っている。ハンガリーから来て間もない母親は全く英語を話せなかった。

家では主としてハンガリー語が話され、私には英語で話しかけてくれるが、どちらも異国語、ほとんど何も理解できない。音の感じで言えば、日本語はおとなしく柔らかい。抑揚も少なく平坦に聞こえる。それと比較するとハンガリー語は感情の起伏が豊かで、まるで小銃でも連続射撃しているように、歯切れの良い強い音の連発に聞こえる。彼らの話す英語もハンガリー語的英語で、私の耳には大差なく響く。猫や小鳥や食べ物の話題でも、何も理解できない私は、自分の至らなさを責められているのではないかと、ビクビクする毎日だった。

夫はコロンビア大学付属のネイビス研究所に就職していた。毎日州境を越えて、ウェストチェスター・カウンティ、ダッブスフェリーの町へ、四十分以上かけて通勤している。伯父の家に一人残された私は、日々変化してゆく自分の躰や出産への恐怖心、日本への郷愁など、表面はいつも笑顔で繕っているが、心の底にどうしようもない淋しさを隠し、元気そうにふるまっていた。

夫との会話は日本語。心の深みや微妙な揺れを伝える語彙には欠けるが、日常会話に不自由はない。彼の帰宅を首を長くして待つ私には、ただ日本語で話ができる、それだけで幸せだった。

母の送ってくれた出産と育児の本を隈なく読み、暗記するほど覚えてしまった。近くに日本人は誰もいないし、日本語の本を持ってくる才覚さえ無かった。まるで無人島に一人残された心境で、言葉の意味、コミュニケーションの道具としての重要性を身につまされて教えられた。今まで意識もせず話してきた日本語、日本語を思想の土台にして育った自分自身に初めて向き合った時といえる。まだアイデンティティという言葉が流行語になるずっと以前のことである。

言葉という媒体によって、自分自身を説明し証明し理解する、コミュニケーションの原点に気がついた。言葉が足りなければ、いかに身振り手振りで不足部分を補ってみても、本当の私という人間を人には分かってもらえないことが、はっきりと見えてしまった。

私は何なのか。言語とは文学とは、哲学とは何か、出産を待つ日々いつも考えていた。雑読、乱読の本の虫だった私は、手の届かなくなった日本語を恋しく想い、日本語の綾や色合いに焦がれていた。心の中に溜ってゆく思いは塞ぎ止められ、「国際結婚」に伴う不足も不慮も短所も含めた、現実的な困難な面にも気が付かざるを得なかった。自分が人一倍人懐《ひとなつ》こい人間だという事実を、一人で過ごす時間が増すほどに息苦しい思いで感じていた。

七月四日、アメリカ合衆国独立記念日に、長男が無事誕生した。六ポンド三オンス（約二千九百グラム）の小さな赤ん坊は、びっしり生えた黒い毛髪と蒙古斑が目立った。白人社会では珍しいが、ジンギスカン率いるフン族の後裔を自称するハンガリー人にも、時折みられる新生児現象として知られている。

病院で、日本語の分かる看護婦はたった一人。第二次世界大戦中彼女は従軍看護婦として南方で働き、日本人との係わりを少し体験していた。私の覚束《おぼつか》ない単語のオンパレード、「イエス」「ノー」「サンキュー」「アイムソーリー」「ホワット」「オーケー」レベルでも、どうにか入院生活を無事送ることができたのは、ひとえに彼女の心遣いのお陰だ。笑い話にしかならない失敗談をいくつか残して、母の縫ってくれた浴衣を着た私は、母乳を与える新米ママ開始と、怖《こわ》ごわ退院した。

息子といると、母親になった実感より、いつも隣にいてくれる仲間ができたという、喜びの感覚の方が大きかった。泣きやまぬ彼をあやし、睡眠不足の夜続きでも、常に日本語で話しかけられる相手のいることが、私には最大の救いだった、赤ん坊が理解することも返事を返してくれるはずもないのに、とにかく生きた人間――あまりに頼りな気で小さいけれど――と、母国語で心置きなく話せることは本当に幸せである。

八月末、夫の職場に近いニューヨーク州ダッブスフェリーの丘の上のアパートに引っ越しをした。一DKのささやかな我が城である。これが私達引っ越し人生の第一歩になるとは知るよしもなく、私は息子と二人だけの生活に心からほっとしていた。もうハンガリー語の機関銃射撃を受けなくてもすむし、一日中見張られているような閉塞感を味わわなくても済む。息子を砂場に連れてゆくか、伯母から譲り受けた乳母車を押して散歩に出るか、コインランドリーのある棟に洗濯にゆく以外は、一日中息子と遊んでいた。

『スポック博士の育児書』の初版は一九四六年である。戦前の子育ては厳しく、「親業とは、子供を人間として可能な限り迅速に、ムチで打って型にはめこむことが必要であり、その時代の基準に従って『自立』させる」という慣習があった。この育児書の書き出しは、「あなたは自分自身で思っているより、自分を知っている」というものだ。そして親に対しては、気を楽にして自分の直感を信じることを教え、また子供の情操面での発達にこだわる画期的なものである。

この本は一年間で、何万ものアメリカ人家庭のあり方と育児法を変えた、第二次世界大戦後帰国した兵士達は、戦争で失われた時間を必死で取り戻そうとした、新興住宅のマッシュルーム的な増加に伴い、ベビーブームが湧き起こり、スポック博士の唱える新子育て法は、アメリカにおける人間形成の過程を変えていった。一九五〇年代半ばには、放任主義的と解釈できる枷《かせ》のない育児法により、コントロールのきかない子供達が異常増加した。

一九五七年版では、「子供は指導を必要とするだけでなく、それが無いと惨めになること」、「子供を尊重することは、親が自尊心を捨てるものではないこと」の二本柱で、より現実的な育児法に発展した。私は改訂版の育児書を辞書と首っ引きで読み、聖書のごとく崇めて子育てに専念した。

「ハーイ、マーガレット。ハウ・アー・ユー」と近所のおばさんに呼びかけられる。その度に戸惑いながら、慌てて部屋に逃げ帰ることが多かった。

私のクリスチャン・ネームは「マルグリット」、ハンガリーの王女の名前を守護聖人として夫が選んでくれた。アメリカでは「サチコ」と覚えてもらうのは難しい。「マーガレットと呼んで下さい」と、自己紹介したのが混乱のもとになった。二十歳までサチコで通してきた人間が、所変わればとしてもマーガレットと呼ばれて、ピンとくるはずがない。「サッチ・アズのサチです」と英語で言えるようになったのは、ずっと後年になってからだった。

たまたま返事をしてしまうと、「赤ちゃんは何とかかんとか……」と早口で質問されてしまう。とにかく掴まらないように逃げるが勝と、笑顔を残して部屋へ走って戻った。

アメリカで生活している以上、英語を習う必要性は嫌が上にも押し寄せてくる。単語の暗記をしようと、小さな辞書の一頁分をブツブツ壁に向かって繰り返しても、単語はただのモノ、生きた言語の動きには繋がらない。

英語を学ばなければと自覚した私は、隣町に地方自治体が設置した夜学に通うことに決めた。それは移民のための英会話教室で、近隣からアメリカの市民権を取りたいと願う人達の学校である。イタリア系生徒に混じって、舌足らずの私が今でも巻き舌の「R」が上手に発音できるのは、この時の同級生達のお陰といえよう。

上背のある優しい女の先生に励まされつつ、何ヵ月通ったことだろう。普段息子への話しかけは専ら日本語ばかりが、少しずつ英単語も加わるようになった。息子と友人からもらった子猫が私のメチャクチャ英会話の相手となり、とにかく微々ながら英語に慣れた。

外国語を覚えることは誰でも可能だろう。ただ、何百回何千回の繰り返し練習を続ける意志と努力ができるかどうかの違いではないか。簡単に理解し使いこなす秀れた能力の持ち主は別格として、一般的には「継続は力なり」の範疇《はんちゅう》に入ると思う。

一歳児がコトバの意味をわかって、自分の口からそのコトバを発する時のように、それまでの天文学的な繰り返しで、自分の脳にそのコトバを染め付けてゆくことと同様と考えてもよい。大人になれば大脳に蓄積された知識と判別能力を使って、幼児より効率的に記憶、整理、使用はできる。しかし数知れない反復練習の成果が、ある結果に繋がるという方式に変わりはない。恥も外聞も羞恥心も心の片隅に追いやって、勇気を前面にただただ繰り返すのみである。

車社会のアメリカに住むには、車の運転免許が絶対に必要となる。アパートから十分ほどのネイビス研究所に、夫はボックス型の中古フォードで通勤していた。徒歩で通えぬ距離ではないが、アパートは小高い丘の上に建っているため、帰路は苦しい上り坂の連続になってしまう。

土曜日、日曜日は休日、誰もいない研究所の公園のように広い敷地で運転の練習をすることになった。黒くて大型の車には、パワーハンドルはなく、エイヤッとハンドルを全力で回さなければならない。アメリカの車の大きさと比べれば子供サイズの私は、座席を一番前まで押し出し、クッションを二枚重ねて座れば、目は前方確認可能な高さ、足はやっとクラッチ・ペダルに届くようになる。

夫の指導のもと、日曜日毎の練習は続けられた。後部座席にベビー・キャリッジを固定して、まず安全確認。息子は眩暈《めまい》に悩まされながら、後窓から見える木々の重なりや空や雲を眺めていただろう。決してスムーズとはいえない運転では、ゆっくりと昼寝でもしながらという贅沢は無しだ。曲がり切れず幾度か大木にぶつかりそうになったり、のろのろ運転だったり、エンストの常習犯である。夫にはもどかしい思いをさせたが、少なくとも私は車のハンドルが握れるようになっていた。短気な私とは違い、大らかな遊び心で運転の手解きを授《さず》けてくれた彼の我慢強さに、尊敬と感謝の気持ちを捧げたい。

車が古かったので、エンジンオイルの漏れが気になり、いつもガロン缶をトランクに積んでいた。夫の月給は五百ドル。車の月賦、出産費用の支払い、アパート代、食費、光熱費と差し引いてゆくと、親子三人と猫一匹が食べてゆくぎりぎりの生活だった。ガロン缶は壊れたベッドの足替わりに使い、寝返りを打つたびにベコンベコンと賑やかだった。今でもガロン缶を見ると、おかしくてつい笑ってしまう。

出産後幾分太目になった私は、着られる服がほとんど無かった。伯母からもらった花柄のカーテンでワンピースやスカートを縫い、マタニティドレスをリフォームさせたりと工夫をした。ディスカウント・ストアで真白なブラウスを買ってもらった時は、幸せで飛び上がりたいほどだった。娘時代は父の行く洋服屋で、親の懐の心配など一切せず、男物の生地でワンピースやコートを仕立ててもらっていた。あの贅沢さは別世界のことだと、自分の掌で握り潰れるくらいの小さな財布を手にして、ようやく気がついた。

もちろん食費も最低限しか使えない。キャベツ一個買うと一週間持たせようと大切に料理をした。お陰で残り物と合わせた珍料理、新メニューが続々と誕生した。農家に育った私は、食べ物を粗末にすると祖母からこっぴどく叱られた。好き嫌いも多かったが許してもらえず、母が人参を摺りおろして料理に混ぜ込んだりと、いろいろ工夫してくれた。そんな経験がいつの間にか身に沁みついていたから、私も同様の工夫ができたのだろう。

その頃唯一の贅沢は、アメリカに行き初めて飲んだソーダポップ類だった。高校三年生頃コカコーラがようやく名古屋の喫茶店に出始め、あの薬くさい舌につきさす西洋ラムネを、ちょっと気取って飲んだことがある。しかしアメリカではその味と色は何種類もあり、ビン詰めされたものがズラリと並んでいた。聞いたこともないルートビア、クランベリー、ラズベリー、トロピカルフルーツなど林立する中で、私はジンジャーエールとクリームソーダが大のお気に入りだった。週に一本、一リットル瓶を私専用に確保した。月末になるとこの空き瓶をスーパーマーケットに返し、幾らかの十セントコインを手にした。このささやかな瓶代が、緊急時の夫の有料橋通行料金とパーキング代になった。彼はもう一度修士課程を続けようと、マンハッタンにあるコロンビア大学大学院へ通学していたからである。

私と結婚し、市民権取得、長男の出産などで、彼の大学院の勉強は中途半端になっていた。アメリカ社会で他人より抜きん出るためには、大学卒業資格だけでは限度がある。特に夫が就職した研究所では同僚の多くが、修士や博士号を持つ専門家だった。そんな環境に刺激され、元来勉学好きの彼の願いが叶って、一日の仕事疲れにも負けず、夜間クラスへ通う生活になった。

ままごと遊びの延長上にあるような生活だったが、落ち着いた毎日はたぶん幸せ家族を絵に描いたものだったろう。若さは気楽さを溢れるほど抱えていることと同じ気がした。

一九六五年、ハンガリー政府の外交政策に進展があり、高年齢のハンガリー人の外国旅行が許可された。航空券を送り経費の保証をして、母のアメリカ訪問が実現した。

一ＬＤＫでは手狭すぎるので、廊下をはさんだ向かい側の二ＬＤＫのアパートに移った。東京で結婚してから、第三回目の引っ越しとなる。折りたたみ式ベッドとシーツを買い、準備万端整えて母を待つ。

二人の再会は七年の歳月を隔てて、ようやく達成された。ちょうど私の二十一歳の誕生日、三月六日のことである。ハンガリー動乱の後、外国へ亡命した長男の動向が全く不明の日が長く続いた。人を介して順次生存の消息が伝わり、その後文通も可能になって安堵するまで、長い長い年月を重ねてきた。

逞ましく成長した愛する息子のみならず、日本人の嫁、可愛い初孫と共に二ヵ月余り、ゆっくりと過ごす。第二次世界大戦後移民としてアメリカに渡ったり、動乱後亡命したりして離れ離れになっていたまたいとこや遠い親戚とも出合い、お互いの健康と無事を喜び合う日々だった。ニューヨーク郊外だけではなく、ワシントンＤＣまで足を伸ばし遠縁の人達を訪ねたこともある。

ちょうどポトマック河畔の桜並木は満開で、自由自在に枝を拡げた大木には、ずっしりと花が群がっていた。日本の桜には、華やかさの陰に物悲しい風情が潜んでいる。湿気のせいもあろう。待ちわびた春の象徴、長い冬のあと花の薄紅の優しさも加えて、日本の桜には特別の趣がある。歴史に残され詩歌に綴られ、人の心に生死を表象させる桜の意味は、日本人にとり独特の感情を生み出す。しかしワシントンDCの桜は、ただただ豊潤で派手やかだった。

その春、ニューヨークでは世界博覧会が開催されていた。ベビーカーを押しながら、まだ寒さの残る広い会場をゆっくり散策した。米ソの宇宙開発競争が活発化し始めた頃なので、宇宙局のパビリオンは大人気だったと思う。一九六二年二月二十日、アメリカはグレン中佐を乗せた最初の人間衛星、フレンドシップ七号の打ち上げに成功した。翌六三年六月十六日に、ソ連は世界初の女性宇宙飛行士テレシコワを乗せた人間衛星、ボストーク六号の打ち上げを世界にアピールした。会場を訪れる蟻のような群衆は、科学の目覚ましい発達に驚嘆し、各国の文化の違いに好奇心を満たされ、未来世界へ関心を深めた。

「小さな世界」というアトラクションは、世界中の各々お国自慢の民族衣装を粧った人形達が、歌と踊りを披露していた。博覧会終了後この設備は、ロスアンジェルスのディズニーランドに移転した。ヒット曲となったテーマソングを聞くたびに、晴れた空の下四人で回った博覧会を思い出す。

アメリカは自由の国である。個人の好みのまま、どこへでも出掛けられるし誰とどのような会話をしようが、国から統制を受けることはない。第二次世界大戦戦時下の日本では、言論や行動の弾圧が行われた。国益を守るためのものであっても、人間としての尊厳と信頼を甚《はなは》だしく害するものである。

当時のハンガリーは戦時下ほど厳重な束縛は無かったが、「壁に耳あり」という不信感は根強く、警察への通報を心配せずに自分を表現できる雰囲気ではなかった。母はこのアメリカでの自由さを、どれほど楽しんだことだろう。

彼女が同居した二ヵ月間に、私はハンガリー料理の数々、風習や習慣、家訓などの他に、ハンガリーの童謡、童話、幼児遊びなどを丁寧に教えてもらった。貴族の流れを汲む、背が高く穏やかな母の目に、日本人の嫁はどう写っていただろうか。嫁と呼ぶにはまだ子供っぽい娘に対して、内心ではいろいろと心配してくれたと思う。子供が子供を育てているのだから、何かと歯痒い点も多かったと思われる。母からは一度も叱られた記憶がない。明らかに私が間違っていても、やわらかな眼差しで静かに他の方法を教えてくれる人であった。気分に高低差の大きな私は、母から「大人の女性」という一つの素晴らしいお手本を示され、少しずつ自分の感情をコントロールするスベを見習っていた。

私との会話は英語、夫と孫にはハンガリー語という二本立ての日々の中で、ほんの少しだが私もハンガリー語に慣れてゆけた。彼女が来てくれたお陰で、私は強制的に英語で会話をせねばならず、いつの間にか単純な日常会話には不自由を感じなくなっていた。

母のみやげのハンガリー童話集の中から、眠る前の息子に片言ながら読み聞かせる習慣もできた。ハンガリー語の発音は、日本語によく似た母音なので、ローマ字式に読めば発音しやすい。英語の二十六アルファベットに比べ、四十音と多いが、Ａ、Á、Ｅ、É、Ｏ、Ó、Öやｃｓ、ｓｚ、ｌｙ、ｎｙなどの複合子音により、根本発音が増える。

同じ丘のアパートに、日本人夫婦が二組入居し、夫の同僚や近所の子供連れの若い人達とも、ようやくつき合いができるようになり落ち着いた日々が続いていた。

ネイビス研究所では、アメリカ合衆国の祝日、例えば独立記念日やレイバーデイ週末に家族連れの同僚が集まって、よくバーベキューパーティーをして遊んだ。ジャンボサイズのステーキ、ホットドック、焼きとうもろこし、グリーンサラダに焼きじゃが芋のサワークリーム乗せは定番のメニュー。ビールを飲みツイストを踊り、大騒ぎをして楽しんだ。

そんなパーティーで初めて、スイカのウォッカ入りという代物に出合った。丸いままのスイカに、くりぬき器でトンネルのように穴を垂直に開ける。ウォッカを惜し気もなくドクドクと流し入れると、浸透圧現象でウォッカはスイカの組織に沁み込む。自然の甘味にアルコールが隠し味、ついつい食が進み、後片付けをする頃には千鳥足という人も出る。

年の瀬も押しつまった十二月十六日、カリフォルニア州スタンフォード大学の研究所に急遽、就職が決まった。夫は打ち合わせのために四、五日出張し、私はまだ見ぬサンフランシスコに胸を高鳴らせていた。太平洋の向こうは日本なのだ。アメリカ生活に慣れ、それなりに順応していても、日本や家族への恋しさは消えることは無かった。いや、反対に水面下に閉ざされていた分だけ、異常増殖していたのではないだろうか。

十二月三十一日となり、アパートを又貸しする予定が流れてしまった。一月半ばまで私達が住み、引っ越し準備をするつもりでいた。しかし借りるはずだった友人が態度を変えたことで、その日のうちに引っ越さねばならなくなった。

朝仕事に出掛けた夫から、夕方Uホールの貸トラックで帰るから、荷物をまとめておくようにと電話があった。カリフォルニアに出発する日までの二週間、スタムフォードの伯父の家に下宿することに決めたという。

前日正月用に買い込んだ日本食品を、皆ダンボールに投げ込み、大車輪で引っ越しの作業に取りかかる。

まず息子と猫を一部屋に閉じ込め、洋服や靴類を箱にほうり込む。パッと袖たたみして、とにかく目立つものから片付けてゆく。押し入れの中を急いで掃除し、風呂場とトイレの大掃除にかかる。途中で息子に昼食を食べさせてから台所の掃除に手を付ける、ガスレンジとオーブンを磨き、戸棚や冷蔵庫の食品をまとめ、冷凍庫の氷を溶かしながら庫内の清掃もしなければならない。食料が詰まっている時はあまり目立たない汚れも、いやに汚なく見える。中性洗剤でせっせと磨いてゆく。千手観音にでもなったかのように、手も足も頭も体も、段取りをつけた順番に急ピッチで動かし、てんやわんやで夕方までに引っ越し荷物を、どうにかまとめ上げた。

私の十八回の引っ越し人生の中で、一番効率の良かった記念すべき日になった。若さがこのハードワークを可能にしてくれた、無我夢中のパッキング成功物語である。

伯父の家に荷物を下ろし、夫がトラックを返しに行った後、屋根裏部屋まで運び上げる。息子を寝かしつけて、すぐまたニューヨークまで戻って、夫の同僚宅でのニューイヤーズ・パーティーに出かけた、と日記に書いてある。

ウィメンズ・リベレーションの話題に花が咲き、男性優位社会終焉の将来を憂えた男達は、盛んにグラスを重ねている。遅いビュッフェ形式の夕食とおしゃべりに興じつつ、新しい年を待つ。「蛍の光」を腕を組んで合唱し、シャンパングラスを片手に、トンガリ帽子姿の面々は輪になって、時計が十二時を打つのを待つのだ。

「ア・ハピー・ニューイヤー」の合図で、誰とでも抱き合い、キスをして新年の幕明けを祝う。それからはダンスの時間。体と体がぶつかり合う狭いリビングルームで、ろうそくの灯は揺らぎ、新年の馬鹿騒ぎは踊り疲れる三時、四時まで続いた。

なんとまあ、エネルギーの火の玉を撒き散らし、ぶつけ合っていたことだろう。引っ越し騒動にもめげず、一歳半の息子と猫にも目を配りつつ、とにかく慌ただしく忙しかった大晦日で、一九六五年が終わった。

第三章

カリフォルニア・陶芸との出合い

新年が明け十五日朝、カリフォルニアへ、車で大陸横断六千キロの旅が始まった。

アメリカでは転職による移動がごく日常的に行われている。日本のような終身雇用制度ではなく、個人能力いかんで職業や職場を選ぶことが、自分の目標の実現と、出世への近道とされている。そのために就職してからも大学院へ通い、専門職になる訓練を受ける人達が多い。夫が転職を決めたSLAC（スタンフォード・リニア・アクセレレーター・センター）での待遇は、給料は三十パーセント増だ。仕事は、水平加速器内で電子や陽子などの粒子を原子核にあてて核反応を起こさせ、その分析にコンピューターを用いる時代の先端をゆくもので、大学院での受講も可能という好条件であった。

牽引用のUホールに、引っ越し荷物をぎっしりと詰め後部バンパーに繋ぐ。車の上にも荷台をつけ、スーツケースやとり敢えず旅に必要なものを固定する。後部座席は息子と猫の生活空間で、私は助手席でナビゲーター役、準備万端整えて出発である。ネイビーブルーの新車マスタング（一九六五年型）は、重い荷物など気にもせずよく走る。

まずワシントンＤＣに寄って、親戚にしばしの別れを告げる。第二次世界大戦後、祖国を離れた夫の親戚は、ニューヨーク、ワシントンＤＣ、オハイオ州北部のクリーブランドと西海岸のカリフォルニア州サンフランシスコとバークレイに住んでいた。ハンガリー動乱時に一緒に亡命した友人達も、アメリカ大陸の各地に点在し、それぞれがアメリカン・ドリームの達成を目標にがんばっていた。

次の宿泊地はオハイオ州ディトンである。同じ村出身の幼なじみの友達がいるのだ。ハンガリーを出たのは同じ頃でも、皆自分の生活を築くのに忙しく、なかなか会うことができない。それ故、旅の途中の一宿一飯は、ハンガリー人同士ではごく当たり前に行われる。

友人の家に午後遅く着き、夕食のテーブルを囲んでお互いの近況をぶつけあう。同年齢なので、夫の友人知人も大体皆結婚して、子供は二、三人とよく似た生活環境にいる。旧交を温めるのみでなく、将来役に立ちそうな情報を交換し、再会を約してまた我が道を進んでゆくのだ。

ハンガリーの人々には、同国人であるという観念とプライドが、日本人と比べるとずっと濃いような気がする。ハンガリーから極限状況の中を飛び出してきた同志、仲間意識も強いのであろう。ハンガリー動乱で故国を捨てて、新天地で自分だけの力を信じて世界を切り拓いてゆく。そんな暗黙裡の苦労や努力に対する労《ねぎら》い。健康で、この無限にもみえる可能性を秘めた国に足を地につけて生活できる喜び。政府に干渉されず自由に発言、行動できる人間らしい生き方など、お互いに声には出さずとも、理解し感謝しているのだろう。

ハンガリー国内にいれば親戚以外の地方に住む人間とは交流がない。しかしアメリカ大陸の広大な土地では、地方出身とか方言などに関係なく、ハンガリー人、ハンガリー語という共通点で強く結ばれている。亡命後約十年もたてば、当時学生だった若者達は学業も終え、企業に就職し、異人種と結婚し家庭をつくって、落ち着いた生活を送っているのが多勢だった。

ハンガリー人同士のネットワークは厚く敷かれ、どの土地に行っても情報がゆき渡っていた。そして行く先々に住む知人に心安く紹介してくれる。初めて出合う人でも、長年連絡のとだえていた遠来の友を迎えるように接待してくれた。助け合うのが当たり前だとでもいうように、包容力の大きな人達に沢山出合うことができた。

ハンガリー人は、よくこんなジョークをいう。「スーパーマーケットや駅や空港など、人が多く集まる場所では、ハンガリー語を使ってはいけないよ。隣にいる人がハンガリー人だという確率は、他国人と比べると格段に高いんだからねェ」と。つまり、「それほど多くのハンガリー人が世界中に散らばってしまったんだ。共産主義のせいでね」。四方に国境を持ち、武力では一人立ちできなかった祖国。時代にゆがめられた同朋の悲哀に対する想いが重なっているのであろう。

後年、私もハンガリー語をすぐ隣で聞く機会が何度もあった。幸いというか、東洋人の顔をしている私が、まさかハンガリー語を理解できるとは夢にも思わない人達は、あからさまに文句をいったり、いろいろな噂話を周りを全く気にせず話をしていた。時にはあまりにも面白い話題がいや応なく耳に入り、つい一人笑いをしたこともあった。彼らからみれば、思い出し笑いをしているヘンな女とうつったことだろう。心臓に毛の生えた三十代には、別れぎわに「ヴィソントラーターシュラ、さようなら」とウィンクして、相手を驚かせて楽しんだこともある。

アメリカに住んだ六年半の間、私の触れ合った日本人のつき合い方と、ハンガリー人のそれとは随分違っていた。そして、アメリカ人はまた異なっていた。国民性の違いというだけではない、その差とは何だろうか。

一九六〇年代半ばのアメリカに住む日本人は、多分にエリート族に属していた。大学や研究所、大企業の支店で役職を持つ社員、政府関係者などとその家族が多く、少数派として芸術や音楽に携わるアーティストや留学生であった。

大都市を中心に居住している日本人は、各地の日本人クラブの会員で、日本人同士のネットワークが強力に存在した。私のように国際結婚をしている人間は、純日本人グループには入りにくい雰囲気だった。だからといって、国際結婚をした者同士のつき合いも、個人としてのもので、組織化されていなかったと思う。二十代の私達のような学生結婚でアメリカに移住してきた者は、まだ新しい少数のグループだった。学生結婚以前のほとんどの国際結婚は駐留軍兵士と日本女性であり、年代も家庭環境も価値観も異なっていた。国際結婚をしてアメリカに在住といっても、横のつながりは無く、全く違う社会に属していたのも当然だったといえる。

日本人だ同胞だとはいえ、広いアメリカ、住む場所が違えば出合いも限られ永住者と短期滞在者という立場の差も、距離をおくつき合い方になる。渡米してすぐの一年強、ニューヨークに住んでいた時に知り合った日本人は、片手で数えられるほど少ない。どこに行けば、そしてどうすれば日本人と出合えるのかということさえ分からずに過ごした。ニューヨーク市内に住んでいれば、出合いもふれ合いもあったことと思われるが、郊外のアパート暮らしで、生活圏は小さく単調なものだった。カリフォルニアでの二年半後にニューヨークにもどった時は、マンハッタンに住んだ。日本人とのつき合いが格段に拡がったことを思えば、地域的な要素が、出合いの場をつくる大きな一因であることがわかる。

一般的にいうならば、アメリカでの社交はレストランで接待することは少なく、互いの家を訪問し合うパーティー形式が主である。ピクニックやバーベキューなど庭先や公園で簡単に人を招きまた招かれたりもする。

日本では、きれいに掃き清められた玄関から客座敷または応接間までの空間に限られることが多い。台所や茶の間は、親戚かよほど親しく気の置けない友人でない限り、手の内は見せないものだ。いわゆる他所行きの顔をずっと保つ必要があり、内と外の差ははっきりと画されている。

アメリカではその正反対といえる。訪問するとまずコートや上着を、客用寝室かマスターベッドルームに置く。その後洗面所とトイレの場所を示され、ようやく客間や居間で集っている先客に紹介されるという手順。身をまず整えてから、その日のグループに加わる。じっくりと一夕を楽しむ。パーティーに辿りつくまでの慌ただしさ（子供に早目の夕食を与えたり、ベビーシッターにいろいろ指示したり、自分のおめかしの最終仕上げをしたり）に一息いれて、非日常の世界へ飛躍するちょうど良い準備時間となる。相客に出合う前に生活の場を垣間見ることでその家の夫婦の好みや傾向がわかり大変役立つものだ。それは小さなことのようだけれど、主催者と親しくなる前には、相手を知る有効な知識となる。

例えば、玄関のドアを開けて、まずプランターにどのような観葉植物や花があるか、廊下には誰の絵や版画が飾ってあるか、書棚にはどんな本が並んでいるか、また部屋の色調は暖色系か寒色系か、洗面所にはどんな小物が置いてあるか……など、その家の主の趣味や好みを一瞬で観察できる。まるで探偵みたいだが、初対面の相手の個人的な傾向を知ることは会話の潤滑油となる。少なくとも話題の糸口にはなるだろう。普段の生活空間に人を招くことは、その人間を明示することと同じだ。体裁ではない本音の自分を見せて、相互理解が生まれる。

「あなたはこれについてどう思うか」という言葉で会話は進展してゆく。へらへらと笑ってごまかすわけにはゆかない。西洋での会話は、相手の目をみて展開する。日本の礼儀とは対照的だ。三十年ほど前のことだが能面を求めたいと、ある面打ち師を訪ねたことがあった。いろいろ拝見して（一応手袋を用意し、ふくさを持参し礼をつくしたつもりであったが）、「あんたは失礼な人だ。人の目をみて話をするもんじゃない」と叱られてしまった。「そうか、西洋に十年も暮らしていると、外国流の人づき合いがいつの間にか身についてしまった。日本に帰ったら日本流にしなければならないのだ」と改めて気付かされた。そういえば、よく「なまいきだ」とも私は批判された。きっと物怖じせず、自分の意見を言う姿が不遜で不遠慮にみえたのだろう。女性は慎ましやかで丁寧で受動的であるべしという、日本の固定観念を忘れたことが問題だった。

西洋で日本式女性を演じることは禁物だ。自分の確固たる答弁ができなくても、語彙が足りなくても、聞かれたことに対して少なくとも「イエス」か「ノー」か「分からない又は知らない」かを、はっきりさせなければ会話の流れの外に押しやられてしまう。パーティーで一人孤立する淋しさや空しさは経験した者にしかわからない身の低さを痛感させるだろう。ひいては招いても面白味のない客というレッテルをはられ、その家へ招待される回数は減ってゆく。

職業上での取り引き、政治がらみのパーティーなど損得計算が働く場所では、どんな相手でも、客として招かねばならない場合がある。しかし個人的なつき合いにまでは進まず、仕事に区切りがつく時につき合いにも終わりがくる。

日本人同士では、相手の職業上の肩書き、出身地や卒業した大学、年齢などによって対応の仕方が決まる。自分より目上の人であれば、敬語の度合いが異なり、互いの立場を守る会話になる。唯一この枠をはずしても許されるのは酒席だが、今まで謹厳実直であった人が、突然タガがゆるみすぎて周りを驚かせた場に何度も居合わせたことがある。日本では大目に見られる酩酊状態は、西洋のパーティーでは許されない。ビュッフェ形式の大きな会で、日本人同士が隅に固まって群れている光景など、社交術の違いで、仕方のない現象だろう。

私が出合ったハンガリー人のつき合いは、もしこういう形容が許してもらえるなら「ねっとりと永く」と結びつきが深いような気がする。

ハンガリー語にも丁寧語はあるが、日本の敬語とは異なり、相手とは個人対個人の間柄なので、身分の上下をあまり気にせず会話をする。というより第二次世界大戦以降、万民皆平等になってしまったので、元貴族とか王族の家系といっても、形骸のみで、過去の栄光にしがみついている抜け殻だと馬鹿にされることが多々ある。二人称敬語は初対面の場合、礼儀として用いるが会話が進むとはずされることが多い。亡命人同士は会話の急所に入れるし、大仰な身振り手振りを加えると、いかにも親しみが倍されるように感じられる。挨拶で抱擁したりキスしたりされるのは居心地悪いが、誰とでもなじんでゆくプラス思考は、日本人の私には羨ましいほど人の良さに通じる気がした。簡単略的に言えば日本人が知人もしくは友人というレベルだとすると、ハンガリー人は親友もしくは遠い親戚のような感じがあった。

そしてアメリカ人はＴＰＯをわきまえた親しさで、近づいたり離れたりする社交術にたけているように思われた。

翌朝、昼食用のサンドウィッチまで手みやげにもらい、西へ西へと出発する。

ミズウリ州セントルイスでは、ミシシッピ川岸に立つ一九二メートルのステンレス・スチール製の巨大アーチ、ジェファーソン国立発展記念館を見学。これは第三代アメリカ大統領ジェファーソンが一八〇三年にフランスからルイジアナを購入して、領土を発展させた記念に一九六五年にセントルイス市に寄贈されたものだ。西部へのゲートウェイとして、シンボルマークになっている。私達も西部へ初挑戦。空にそびえ立つ銀色のアーチは、アメリカの途轍もない巨大さを目の当たりに見せられた気がする。

カンサス州に入り行けども行けども、とうもろこしや小麦、大麦畑の中を西南に進む。オクラホマ州アマリロ、ニューメキシコ州の砂漠地帯にあるアルブカーキ、そしてアリゾナ州へとルート66を突っ走る。

仮免許を持っている私も時速百キロで真直ぐ伸びるハイウェイを運転した。ホリデイシーズンをはずしていたので、車の通行量も少なく、宿泊は道路沿いのモーターホテルになる。大陸横断旅行ともなれば、名所旧跡を訪ねたいが、夫の転職のための引っ越しでは、のんびりするわけにはゆかなかった。

一月中旬のグランドキャニオンは雪のため通行止めで、残念ながら横目で看板を眺めて通り過ぎた。フーバーダムを越えてラスベガスでは我ら二十代のヒーロー、エルビスプレスリーのショウをみて、カリフォルニア州サンタアナの友人宅に小休止となった。夫が南カリフォルニア大学に在籍中、世話になったアメリカ人でカトリック信者の家庭である。私と息子の初顔見世を済ませ、次なる会う機会を約束し、太平洋沿岸を北上するハイウェイ・ワンで、全行程八日間の旅を終えてパロアルトに着いたのは、二十三日夜十時過ぎであった。二十六日にモーテル暮らしから近くのアパートに引っ越し、ようやく時計の振り子のような生活は静かになった。

アパートは町の中心部を南北に走るエル・カミノ・レアルというメイン通りから一歩入った、プール付きの木造二階建てのこぢんまりしたものだ。スタンフォード大学への通勤通学に便利な場所で、外国人も多く住んでいる。偶然ハンガリー人や日本人もいて、私達にとっては気楽で快適な住空間となった。息子と同年齢の子供も幾人かいて、カリフォルニアなまりに染まってゆく頃には、ニューヨークのフォーマルさは薄れ、すっかり西部風のカジュアルな生き方を楽しめるようになった。

カリフォルニアでの如才のない友好的なつき合いに慣れ、日々の生活パターンが落ち着き、安心したせいか急に歯痛に悩まされた。この頃のアメリカでは医療保険の中に歯科治療を加えると、保険掛金が数段高くなる。夫はスタンフォード大学の医療保険に加入し私達も家族被保険者となっていたが、歯科は全額自己負担であった。アメリカでの歯科治療費は目の飛び出るくらい高価だ。

日本への往復航空券と治療費を合わせてもまだお釣がくる程の高額となる。どうせ必要経費ならば、と夫が旅行費をローンで借りてくれて、目出度く里帰りが実現した。四月十一日から六月三十日まで、渡米して以来初の里帰りである。アメリカに来て約二年、まもなく二歳になる息子を連れての旅となった。歯痛さまのお陰と手を合わせる。

手紙でどのように近況を報告しても、実際に顔を合わせてみなければ実態はわからない。国際電話も大変高価な時代で、本当に緊急を要する時にしか使えないものだった。顔色や言葉の調子、躰全体から受けとる元気さ加減など、理屈ではないもっと瞬間的本能的な印象で状態の良し悪しは判断できる。両親や祖父の喜びと安心は、どれほどのものだったろうか。お先真っ暗で羽田から送り出した娘が、初孫を連れて帰ったのだ。とにかく今まで無事でどうにかがんばっていることを認めることができたと思う。両親はまだ四十代半ば、若いおじいさんおばあさんであった。私は実家で母に甘え、友人達と一日中口が疲れるほどしゃべり、出産で痛めた歯の治療も全て完了した。

日本の居心地のよい二ヵ月半もあっという間に済み、帰国の準備をしなければならなかった。船便で、正装用の和服やぞうり、洋服に加えて乾物などの食料品も送る。アメリカでは、私の洋服はジュニアサイズ、つまり子供用の売り場で見つけねばならない。成人用の小さなサイズは選択肢も少なく、自分の好みに合うものがあまりなかった。親に甘えてあれこれ揃えてもらい本当に大助かりだった。夫の給料が上がったとはいえ、この旅費のローン代は毎月支払わねばならず、私の衣料費をまかなう余裕などとてもできない相談だった。本や辞書、包丁も二、三本入れて、和食器と共に送った。親心は、どれだけ有り難いものか。成人したとはいえ、親の目からみれば子供はいつまでも子供で、心配の種である。自分が親になって初めてわかる親の恩というが、感謝しつくせない深い親の想いと愛情を改めて理解できる。

カリフォルニアに帰ると、ちょうど夏休みに入っていた。どこの大学でも夏季講座の特別集中授業が行われる時期である。引っ越しをしてすぐ、息子をスタンフォード大学付属の保育園に週三日通園させて、私はその午前中だけの短い時間に、心理学の聴講生になり講義を聞いていた。夫がスタンフォード大学に勤務していたので、家族は（無料か有料か忘れてしまったが）特定の学科を聴講できる特典があった。

私は英語の日常会話に不自由をしなくなったが、「貴女の意見は？」と聞かれて正確な表現で返事ができない。インターナショナルな環境の大学町は多民族が混在して生活している。パーティーの席で政治、宗教の話題は禁物だが、歴史や文化、生活習慣、芸術などはお互いに興味を持ち、会話はどこまでも拡がってゆく。

日本人として育ったが、日本の歴史や文化は、あまりに身近にあり、改めて考えたこともなく、他人に説明する機会などほとんど無かった。というよりも結婚前はそんな話題に興味も持たなかった。

パーティーの席上で、日本通らしき人に「能と歌舞伎はどう違うのか？　いつ頃どのように発達したのか？　なぜ男が女役をするのか？」とか、「江戸文化とサムライ文化は同じではないのか」とか「明治維新は革命なのか」とか質問されても、全然答えることができない。文学作品に描かれた歴史の断片や高校の歴史の試験のために暗記した年号など何の役にも立たない。

せめて、自分が稽古していたお茶・お花・日本舞踊、または寿司・天ぷら・スキヤキ等の日本についてなら答えることができただろうが、悲しいかな、そんな質問はほとんど来ない。勉強しなければ……という思いは日毎に強くなっていった。受け売りや横流しでも良いからと、日本に関する記事を載せたナショナル・ジオグラフィックやリーダーズ・ダイジェストを読む。日本という国や文化や日本人がどのようにアメリカ社会に紹介されているかを知らねばならない。自分の無知さ加減を身に沁みて感じる日々だった。

家族三人に猫一匹の生活に安住しているわけにはゆかないではないか。

ニューヨークに住んでいた時はユダヤ系の友人が多くいたが、スタンフォードに来てクウェート、レバノン、サウジアラビア、エジプトなど中近東出身の友達が沢山できた。アメリカとは一線を画した文化や価値観を持ち、徹底的な男尊女卑の世界だった。アメリカに留学するとか交換教授で来る人は、アラブ社会に於て超エリートで、拓けた意識を持つ人々だったろう。親しくなった友人から「男子出産まで、何人でも子供を産み続けなければならないの……」と打ち明け話を聞いた。母や祖母の年代の女性と同じ立場に生きねばならない、オキテのようなものに縛られている彼女をみると、何とも理不尽な思いを抱き、女は子供を産む機械じゃないぞと腹が立ったものである。

私は結婚直前に洗礼を受けて、カトリック信者になっていた。カトリック教会は避妊を禁じ、中絶など絶対に許されないと教えていた。つまり、神から授かった生命は何事があろうと、人間が勝手に消すことは決して許されないという厳しいものである。

生命を尊重することは正しい意見だ。子供を欲しいと願い祈っても、卵子と精子の出合いがあっても必ずしも新しい生命が誕生するとは限らない。子宮内の状態や体温など微妙な差で場が壊れれば流産してしまう。人体の構造や発生生物学を学べば学ぶほど、生命が生まれるその驚異的な仕組みに感動するだろう。そんな大切な、全く同じものは二つとない生命なのである。しかし近親相姦やレイプにより妊娠させられたり、中学生高校生など低年齢のデートによる妊娠でさえも中絶を許されるものではなかった。

カトリック教会が一番はっきりと反対の立場を表明していたが、他のキリスト教宗派も同様に中絶には反対をしていた。非合法な中絶はアメリカ各地で水面下で行われている。その結果、生命の危険にさらされたり、不妊となったり、精神的ダメージを受けたりして、女性だけにツケが回され不公平だと考える人々が多く存在していた。

一般的に中絶合法化が話題になる前の、一九六六年十月にワシントンDCで、二十八人が創立メンバーとなってNOW（全米女性連盟）が設立されていた。

東部でのウィマンズ・リブ運動の中心課題は、ERA（合衆国憲法上での男女同権）を求める政治的な動きとして展開されていた。少人数で結成されたNOWの会員は一年弱の期間で千三十五人にまで増えた。ERAに加えて州毎に差のある全ての中絶禁止法の廃絶や公的保育施設の拡大、そして人材募集広告上での男女性差別の廃止などの達成を目的に活動を拡げていた。

一九六七年八月三十日、旧式な衣服を身に纏ったNOWのメンバー達は、ニューヨーク・タイムズ社の前で、その封建的な見解や運営方針に抗議するためにピケを張った。新聞社の前で行われた出来事に、社の方もこれを無視することができず、記事として報道をした。女性が手をつなぎ、組織や既存の価値観、慣習として定着してきた男女差の問題を表面に押し出して、一般大衆にその事実を訴えている。そして女性にも男性と同様の職業上の選択や待遇を、要求していった。

年末にはサンフランシスコでも、雇用機会均等委員会の地方事務所の前で、男女差別の廃止を決議しなかった委員会に対しての抗議デモが行われた。

　このような女性達の運動に社会はまだ冷ややかな眼を向けていた。「マドモアゼル」「レディズ・ホームジャーナル」「マッコール」誌などに最初抜粋として紹介され、一九六三年に発行されたベティ・フリーダン著の『女性の神秘』がベストセラーになり、彼女がＮＯＷの初代会長となった。膨大な数の主婦からインタビュー形式で始まった質問は、家庭に安住して家事・育児にいそしむ女性達が、心の中に空虚感を潜在させ、自分自身の人生に対してその意味も自信もいかに喪失しているか、表面では平穏無事な日々を送っていても、内心にはうつ的状態であり、自殺を考える人が多く存在していることを浮き彫りにした。郊外の瀟洒な住宅、電化製品の数々、学校への送り迎え、ＰＴＡや教会活動、夫や子供や友人達のためにみがく料理の腕前等、幸せな主婦の生き方のように見えるが、「自分自身の本来はあるべき人生を歩んでいない」という不満と不条理を抱えたまま、何とかつじつまを合わせて生きる女性が多くいる現実を提示したのだ。特に大学で高等教育を受けたが、結婚により家庭に縛られたままの女性達に、この挫折感は大きく見受けられた。

　しかし内心に不満をいだく女性が多数いたとしても、ほとんどの女性が結婚に夢を持ちつづけ、女性の自立よりも、よりよい家庭を築くことを目標としていた。そのような人々にとってウーマンズ・リブ運動はまだ対岸の花火のようなものであったろう。

　個人、個人の立場からみれば、彼女達は男女同権について、雇用機会均等について、また無給奉仕、有給奉仕についてなどは興味のある問題だったが、身に沁みて決断を求められる程切迫さを感じず、物質的には恵まれたアメリカ社会の中を漂っていた。ウーマンズ・リブ運動の展開よりもより大きな社会的関心は、アメリカの外交問題である。

一九六二年二月、アメリカ国防省は南ベトナムに軍事援助司令部を設置したことを発表し、軍事顧問四千人を派遣した。

ケネディ大統領は、キューバに対して全面禁輸を指令した。十月にはソ連がキューバにミサイル基地を建設中と発表し、キューバの海上封鎖にアメリカは踏み切った。いわゆる「キューバ危機」である。一触即発のような緊張のあと、ソ連がキューバのミサイル撤去を通告してきたことで、一応の決着がついたが、約一ヵ月間の緊迫した大事件となった。このことからも明らかなように、共産勢力拡大に対する危機感は増大していった。

翌一九六三年五月、南ベトナムでは仏教徒や市民が、ゴージン・ジェム政権の仏教徒弾圧に反対して大がかりなデモを起こした。死亡者も出て、またその後、サイゴンの街頭で僧侶が焼身自殺をとげたことは、世界中に大きく報道された。軍事クーデターも起こり、南ベトナムの混乱は継続していったのだ。

そんな不安定な政情の中、十一月二十二日に、ケネディ大統領がダラスで遊説中に暗殺された。東京オリンピックの前年で、日本の家庭にも、約千四百三十五万台のテレビの普及率を誇っていた。日米間のテレビ宇宙中継実験に成功し、その翌日に暗殺のニュースを受信したことになる。

翌一九六四年八月には、米駆逐艦がトンキン湾で北ベトナムの魚雷艇に攻撃された。これを理由に、米軍は北ベトナムの海軍基地を爆撃した。副大統領から昇格したジョンソン大統領は、上下両院から戦争遂行権を付与され、南ベトナムへのかかわりを深めていった。

六五年初めには、サイゴンで反米デモが起き戒厳令が公布されるなど、ますます不穏な情勢となっていった。そんな中、二月七日、アメリカは北ベトナムのドンホイを爆撃、一ヵ月後には米海兵隊が南ベトナムのダナンに上陸して、アメリカの直接介入が始まった。

六六年、アメリカ国防省はベトナム戦争に「聖域なし」を発表した。南ベトナムでは反政府デモが激化し、米軍機はハノイ、ハイフォンなど住宅密集地を空爆していった。この年九月三十日には、南ベトナム駐留アメリカ軍は三十一万七千五百人と発表され、南ベトナム政府正規軍を上回る状態であった。

六六年の十月には、サンフランシスコで数千人のヒッピーが集合して、愛と平和を願う「ラブ・イン」を開催した。もちろんベトナム反戦運動は、首都ワシントンＤＣでもＳＤＳ（学生民主同盟）を中心として、学生達の大がかりなデモ集会が行われていた。学生達にとっての反戦運動は、自分の徴兵制度に関する反対運動と、個人の自由な思想を守るために、身近な問題である。

一九六五年四月に、二万五千人で始まったベトナム戦線に送られたアメリカ兵の数は、六五年末には十八万四千人、一年後の六六年末には三十八万五千人、そして六七年末には四十八万六千人と急増していった。戦死者の数も一万五千人となり、この半数は六七年中に死亡している。ベトナム側の損傷も報告されてはいたが、政府発表の戦争経過はいつも不明確な数字がつきもので、実際とは異なりが大きかった。

明日は我が身となる徴兵に反対して、次のニクソン大統領が一九七三年に徴兵を中止するまでの間、徴兵カードを燃やしたり、返還したりすることは、日常茶飯事の出来事だった。約五千人が公衆の面前で、徴兵カードを返還するところが、ニュースで大きく取り上げられたりした。

個人的にベトナム戦争に反対する著作者の数は多く、約二万人が徴兵制度違反の罪で起訴されて、四千人が投獄された。（このうちほとんどは六ヵ月から一年の間に釈放されたが、何パーセントかは四、五年留置されたままだ。）一万人以上の若者が地下に潜り、また多くがカナダや他の国へ逃亡し、二十五万人は最初から徴兵登録をしなかった。そして十七万二千人は、良心的参戦（兵役）拒否者となった。

カリフォルニアへ移った時、夫は二十八歳である。徴兵を受ける可能性のある年齢で、もしベトナム戦争が激化すれば、どのようになるかわからない、ぎりぎりの線にいた。しかし、大学院生や家族持ちは、ある程度考慮されていて、徴兵条件の順番では安全圏にいるが、移民として市民権を取った若者は、落ち着かず気にしていた。友人の何人かは、徴兵の該当から逃れるために結婚したり、大学院へ入る人達がいた。

徴兵殿《しんがり》年代のベンジャミン・スポック博士を始め、多くの著名人が反戦行動を起こし、応援や幇助、扇動などの罪で起訴された。そして数多くの徴兵年齢の若者たちは彼らの示唆に従い、自分の行動方向や目標を決めた。

ウーマンズ・リブ運動はまだ開始されてまもなくだったが、「ノーという男性にイエスといおう」をスローガンに、女性側からも反戦運動に参加をしていた。後に新左派となっていったフェミニスト達は、こんな女性達の行動を責め、怒りもしたが、一九六八年頃は、女性問題を直視しようとの賛同者を多く得るようになる。

学生を中心としてスタートした反戦運動は、徐々に一般民衆の間にも浸透してゆく。暴力的なデモではなく、集会許可を当局から受けた平和行進へと変わり、乳母車を押した母親達も参加するようになり、巾広い層へと拡がっていった。

そんなに世の中のざわめきを片耳に、私達はカリフォルニアの開放的な生活になじみ、多くの楽しみも見つけていった。

ニューヨークの凍てつく冬の厳しさ寒さはなく、三月の雨期シーズンの終わり頃は、丘も公園も道路沿いも、一面野草の花畑となる。カリフォルニアは、まるで桃源郷のようだった。夫の仕事も学業も順調で、私もニューヨーク時の、移民の夜間英会話教室ではなくて、州立短期大学の夏期講座で英語の講義を受けるくらい、アメリカの生活に慣れてきた。あっという間に冬から夏へ、月日は移っていった。

一九六七年の夏休みに、ハンガリーの父親を招きたいという夫の望みで、彼の訪問が決まった。緑内障を患い目が不自由になっていたが、少しでも見える間に夫も会いたいし、孫にも会わせたい。ハンガリーを亡命して既に十年以上、今の自分を見せ安心させたい思いからであった。

アメリカでは、「ドウ・イット・ナウ。ペイ・レイター」（今すぐ行動を。支払は後で）と、平均的なサラリーマンは銀行から先取り借金をして、毎月ローンとして返済する仕組みが行き渡っていた。長男の出産費用、母の旅費、引っ越し旅行、私と息子の里帰り、そして父の旅費など、すべてローンを組み替えながらの生活である。

三人の一週間の生活費は七十ドル。アパートの家賃、光熱費保険料などの必要経費を除いたあと、全てローンの返済に当てていた。貯金をする代わりのローン代金だった。

隣町マウンテン・ビューのショッピングセンターにシアーズという大きなデパートがある。まず掃除機とミシン、贅沢品だが、ステレオと四、五枚のレコードを月賦で購入した。ペリーコモやフンパーディンク、プレスリーとベートーベンとシューベルト。何とも好みにまかせた自由な取り合わせである。

ニューヨークでの月五百ドルの生活から、三十パーセントの収入増となり、ようやく人並みと言えるような生活が可能になった。私は裁縫は苦手だが、既製服は高価なので面白い端切れを見つけてきては、何でも縫っていた。カーテンやテーブルクロスはいうに及ばず、息子のズボンや自分のパーティードレスまで暇を見つけては作った。紙製の洋服パターンは幾種類もあり、型紙に沿って切り、縫うだけの簡単な作業だ。ついでにレース編みや棒針編みで、夫のセーターからコースターまで、家中に手作りのものが増えていった。二DKの小さな空間ながら家庭を守り、子育てをしながらモノを創る楽しさを見つけていった。商品の溢れるアメリカで、下手でも個性的な手つくりの品々は、友人達からほめられ喜ばれていた。私は一人で満足感を味わい、手仕事の細やかな努力をした良い気分に浸っていた。まだまだ未熟な人間だということは、本人が一番知っている、しかし、どんな小さな一面でも、人に認められる自分を発見し、またピギーバンク（子豚型貯金箱）にコインを貯めてゆくように、遅々とした積み重ねでも、ほめられることで、自信を生み出す土台になった。英語も初歩、主婦兼母親業もかけ出し、体も小さく……であれば、どうしても劣等感の量が増す。小さなほめ言葉一つもらうことで、一日中ニコニコするほど、私は幼く単純人間だった。

さて父が同居することで、言葉の問題が改めて大きく出てきた。彼はフランス語、ドイツ語、イタリア語、ロシア語は堪能だが英語はほとんど話せない。私も息子も意思の疎通を図るため、嫌でもハンガリー語を使わねばならない羽目に陥いった。

子供が生まれた時、いや国際結婚をした時、夫が日本語を話せても、漠然と英語を習得する必要性を感じていた。しかし、ハンガリー人との結婚には、夫の家族や親戚や友人と会話し、お互いに交流し合うために夫の母国語の理解が必要になるという自覚をほとんど持っていなかった。毎日の生活を父と一緒に、朝食の好みや用意から始まって全てのことに伺いを立て、通訳してくれる夫のいない時間を三人で話をしなければならない。この逃れられない現実に一歩でも近づこうと、私はハンガリー語教本を求めて、ＡＢＣから習い出した。カタコトにまでも辿りつかない、情けない有り様だったが、少なくとも努力は続けた。

夫が夏期休暇を二週間とり、私達はテントを車に積んで四人で北西部を一巡りする旅をした。まずヨセミテ国立公園でキャンプをし、ハーフドームや巨大なセコイアの樹々の間を散策した。アンセル・アダムスの白黒写真集で見た壮大なヨセミテの生きた森や岩や流れの色と音と匂いは自然の物凄さを突き付けてくる。胸一杯に吸い込む空気にも流れる風にも、何万年も前の原始の時代からの同じ生命の奥行き、延長線上にいると感じる。日常から離れて、時間と空間が無限大まで続いているような風景の中に立つと、心の奥からウワーとさけび出したいような感動を味わう。

息子と二人でピョンピョンと走り回り、氷河からとけ出した手の切れそうな流れの中、陽光と雲の動きにつれて色を変える小石をみつめたり、草原に寝っころがったりした。子供の頃レンゲ畑で遊んだように、言葉のことも時間も何もかも忘れて、自由な自分に浸っていた。

ソルトレークシティを過ぎ、グランド・テトンとイエロー・ストーン国立公園へとキャンプを続ける。国立公園や州立公園にはテント用とキャンピングカー専用のキャンプ場が備わっている。午後三時頃までに到着すれば、大体泊まる場所を確保できた。まず、テントを張り、夕食用のフライパンやヤカンなどと食料品を車から下ろす。チャーコール（バーベキュー用炭団《たどん》）で火を熾しスープとバーベキューで簡単な食事を済ませ、洗い物をして食料品を車のトランクに戻すと、長い長い夜の時間がやってくる。オイルランプを灯し、キャンプファイアーなどの催し物があれば、そこをちょっと覗き、あとは寝袋の中にもぐり込む。シャワー設備のあるキャンプ場では、息子と一緒にシャワーを浴びて、さっぱり着替えをする。しかし目の不自由な舅にとって一日中車にゆられてきたあとの夕暮れの薄暗さが、どっと疲れの出る時だった。

イエロー・ストーン国立公園ではオールドフェイスフル間欠泉の噴出に歓声をあげ約八千九百平方キロの広大な公園の見どころの一部を車で回り、熊や鹿を眺めたあと、ヘレナ・モンタナまでが片道である。夫がモンタナ大学在学中に世話になった、カトリック信者の家族を表敬訪問したいという舅の希望で、この長旅を計画した。アメリカに亡命したあと、モンタナ大学からの奨学金を受けた彼は、二年間で卒業をして、その後ロス・アンジェルスへと移った。アメリカに住み、初めて夫を家族の一員として迎えてくれたアメリカ人だった。その家のおばあさんは、カナダのケベック州出身で、父は流暢なフランス語で会話を弾ませていた。生き生きした彼の声やうれしそうな顔は、また改めて私に「言葉」というものの大切さや難しさを考えさせた。

帰路はグレイシャー国立公園でサンハイウェイのヘアピンカーブを走り、はるか眼下に森林火災の煙や消火活動をしているヘリコプターを見つけた。アメリカの雄大な自然、そのスケールの大きさをひしひしと感じさせる光景だ。シアトルからマウント・レーニア（レニアー火山）国立公園で高山植物の間を走り、オレゴン州クレーター・レイクは六百メートルの溶岩壁が噴火口を囲み濃紺の湖が眼にしみるようであった。

カリフォルニア州に戻り、ナパ・ヴァーレイのぶどう畑とワイナリーは、この旅の最後の思い出である。共産圏になる前、父は裏山一帯にぶどう畑を所有し、小規模ながら、自家ラベルのワインを製造していた。夫もまたできればワインの製造に携わってみたいと夢を持っていた。カリフォルニアでワイン作りを見学するのは、現実味を帯びた楽しみでもあった。いつかワイナリーを買い、小さなレストランを開けるといいな、と空想したこともある。

夏期休暇の旅行中を除けば、私はまたフットヒル・カレッジの夏期講座の受講に忙しかった。英語を正式に学ぶために入り、その後秋の新学期からは普通の学生と同様フルタイムで勉強をする予定を立てていた。

夏期講座では基礎英語とアメリカ史を受講したが、二教科とも宿題があり、予習復習をしなければ、とてもクラスについてゆけなかった。息子は三歳、ちょうど反抗期の始まる手のかかる時だ。私は家事、育児、大学そしてハンガリー語の勉強も加わり、頭は混乱し能率は下がり、四苦八苦する毎日を送っていた。ハンガリー語は同じアパートに住むエルジネーネおばさんから、会話と読み書きを週三回教えてもらった、ハンガリー語は人称により語尾が変化するので、ただ単語を覚えれば済むというものではない。接続語、接尾語など細やかに対応しなくてはならない。人称をぼかし主語をはぶいても意思の通じる日本語が母国語の私には、一つ一つ人称を覚えるのは大変なことだった。発音こそアエイオウと音に出し易いが、子音の複合音、例えばシュ・ジュ・チュ・テュと母音につくウムラウト　母音変異　A—Á、i—í、u—ú、ü、e—é、O—Ó、Ö、Őなど困難なものも多い。英語の発音とは舌や唇の動きも異なり、夢にもアルファベットに追いかけられる日々だった。しかし、とにかく教えてくれる人がいる間にやっておこうと、ついがんばりすぎる。

子供が一人しかいない間に、英語力を身につける必要性は誰の目にも明らかだった。いやそれ以上に自分自身それは絶対不可欠のことだとわかっていた。

このジレンマの解決策として、私が短大を卒業するまでの一年間だけ、ハンガリーの祖父母が息子を預かってくれることになった。可愛い盛りの息子と離れるのはとても辛いが、このチャンスを逃せば、私がきちんと英語を勉強する時は来ないかも知れない。英語圏で子供を育て教育するには多くの時間を子供と過ごす母親である自分が教育を受け、正確な英語力が絶対に必要だ。片言の寄せ集めでも、ピジンイングリッシュでも日常の会話はできるだろう。しかし子供の成長と共に、母親として教え、示し、討論をし意見をきちんと表明するためには、私の持っている語彙では不可能だ。日本語とは文法上根本的に思考する方法が違う英語で、相手を説得するには、長い作文が必要になってくる。自分の脳の中に日本語と英語を共存させ整理しなければ、咄嗟の反応も返答もできない。アメリカの市民権をとるためには英語力は必須であり、全ての面から、少しおまけをつけてみても、私の能力ではとうてい間に合わない。

ハンガリーに帰国する舅の手を引いて、幼い息子は旅立っていった。

息子のいない我が家は、東京時代と同じように学生の雰囲気が戻ってきた。夫はＳＬＡＣでフルタイムの仕事をしながら、スタンフォード大学大学院で統計学の修士過程に正式に入学した。

私は、東京家政大学で一年間学んだ単位を幸いにもそのまま修得単位数として認めてもらうことができた。夏期講座の単位に加えて一年間で卒業するための必須科目を選択したのち、フルタイムの学生として勉強を始めたのである。

アメリカの学生生活は、日本のようにゆっくりと優雅ではいられない。科目ごとに変わる教授の参考書の文例がフットノートとして必要になる講義を三つも選ぶと、本の山に囲まれてレポートを書かねばならない。英語初級の私には、クラスでノートをとり参考書を読むだけで脳が満杯になってしまう。

クラスメートはアメリカ人が多数で、私より三、四歳年下の学生だった。中に外国人や結婚している学生も混じり、皆我が道をゆくという感じで、日本のガリ勉タイプは少なく、マイペースの学生生活を送っているように見受けられた。

必須科目であるパブリック・スピーキング（公の席での話し方、雄弁術）講座では、各々が興味のある話題を選ぶ。リサーチし自分の見解をまとめて、十五分〜二十分間クラスで講演し、その後質疑応答することになっていた。私のように、アメリカに来てからようやく三年、この国の生活習慣に合わせるのに懸命だった人間には、政治経済の主題は難しかった。

一九六〇年代は、アメリカの社会を揺るがす、国際問題が激増した時代である。黒人運動から始まった公民権運動、男女同権を軸にしたウーマンズ・リブの始まり、全米各地で暴動を伴った学生運動、そしてベトナム反戦運動と人々の関心は「人権とは？　平等とは？　平和とは？」と考える社会の大きなうねりの中にのまれていた。

家庭内の小さな守られた世界に安住していた私は、大学に復帰したことでいやが応にもこのアメリカ社会の一員となり、世界の動きに目を向けてゆくようになる。

さて、ここで六十年代の社会の動きを大雑把にまとめてみたい。なぜならば現実生活の私はただ学生であることを満喫していたが、潜在意識下で、「自分」を改めて見つめ、考え始める方向へ動き出していた。夫の目を通してのアメリカではなく、私個人とかかわりの生まれたアメリカ社会。この国の市民となり、一生アメリカで生きていくだろう自分の立場。二十三歳になり、遅まきながらのそんな視点で自覚を持ち始めた。私の関心は広く浅く、とりとめのないものだけれど、社会や世界の変化は他人事ではなく身にしみるものが多い。

アメリカとソ連の緊迫した関係は、原子力兵器の均衡の上に、それがボタン一つで吹き飛ばされる可能性を秘めて双方が危険性を認識して保たれていた。

ベビーブーマーの多くは、経済的に親の庇護のもと、豊かな学生生活を送っていた。その中で世界滅亡という危機感を深く持ち、その恐怖から逃れるために、学生運動をしながら革命を信じ、既存観念で組織されている社会を壊し、自分達のユートピアを確立することを夢みていた。

第二次世界大戦後のアメリカは、世界で一番裕福で強い国を標榜している。工業の発展は目覚ましく、清教徒的な謹厳主義で臨んでいる。ビート族と呼ばれた若者達は、単純な物質主義かつ順応主義（慣習主義）的な社会に反旗を翻した。

ビート族とは、広辞苑によると「うちひしがれた世代」の意で、第二次世界大戦後の反逆的なアメリカの若者のことである。アメリカで始まった、ウーマンズ・リブ運動を語るのに、このビート族の女性達をはずすことはできないほど、男女の差なく若者達の新しい動きが目立つようになっていた。

五十年代の終わりには、それまで社会の底辺で個々に小さな主張をしていた人々が、時の変化する潮流に乗って公けの場に現出するようになる。サイレント・ジェネレーション（静観する世代）に刺激を与え、今まで政治的発言をしなかった大多数の若者が六十年代には主張し参加しそして爆発力を持つほどの底力を生み出す団体の基礎となっていった。余談ながら、サイレント・マジョリティという呼び名が定着したのは、一九六九年に時のニクソン大統領がTV発言をした後である。それは反戦運動に参加しないアメリカの大衆の意味だが、そのサイレント・マジョリティの発言や行動で、ベトナム戦争が終結に追い込まれようとは、ニクソン大統領も知らなかった。

それまでのアメリカ女性にとり、唯一の選択は結婚し母親になることだった。しかし高等教育を受けられるようになった多くの女性達は、慣習に縛られて男性の後をついて歩くことに不満を持ち、自分を表現し自分の人生を歩みたいと考えるようになってきた。

ビートは、そんな考え方を持つ女性達に、新しい世界に生きる可能性を与えた。定形型に表現しなければ認められなかった詩や文学も、自由自在に正直に自分の心を見つめ、主観的な言葉を重ね合わせた表現に変わる。話し言葉を用い、素直に喜びを悲しみを畏れを怒りをぶつけることができるようになった。

数え切れないほどの才能と勇気を持つ女性達は、家を飛び出し「社会通念的理想の生活」を投げ捨てて、自分の可能性を探り証明するために、グリニッジビレジやサンフランシスコへと移動し始めた。この動きは後のウーマンズ・リブ活動よりずっと以前のこと（五十年代）であり、この女性達がまず変化の第一歩を踏み出したので、次世代の女性運動の、社会の根幹をゆるがしてゆく基礎が作られたといえる。

ビート族はヒッピーとも呼ばれるグループを生み出し、いわゆる既成価値に対して、新しく自由な個人や群れが出現していった。マスコミに取り上げられる頻度も増し、彼らは政治的社会的見解を表現するために自費出版で情報紙や小雑誌などの発行をし、その存在が広く知られるようになった。

ビート族にとって、全ての枠から飛び出す一つの手段としてドラッグ（麻薬、主として大麻とLSD）が必需品である。カリフォルニアでは一九六七年に禁止されるまで、大麻やLSDは簡単に手に入れることができた。というより、フリースピーチ集会にゆけば、誰からともなく麻薬を手渡され、薬のゆらぎに体をゆだねた会衆は一つの大きな波にまとまる。平和で満ち足りた感覚の中で、詩歌の朗読を聞いたり、ヒンズー教や仏教や禅思想などの話に耳を傾け、皆で大合唱をしたりと現実の社会から遊離したやすらぎに浸っていた。開放的な性交渉を自由に持つ機会も多く、若者達は親の世代の価値観に体で反抗をしていった。

フットヒル・カレッジでも、学生主催の集会やパーティーが時々催されていた。元警官だったクラスメートが持ってくる大麻を吸い、クッキーに入れて焼き、ツイストに身をくねらせて、私の第二回目の学生生活は弾んでいた。学生ホールで行われたダンス・コンペティションで、私はスタミナと踊りでディスコ・クィーンとして優勝したこともある。嘘のような本当の話だ。流れる汗と棒になった足と、動きつくした体の脱力感とともに心からの満足感を味わい、一晩中踊り明かしていた若き日の一コマだ。

楽しさに溢れているような学生生活は、ただ浮かれていられる環境ではなかった。クラスメートの中には徴兵でベトナムへ行く男の子達もいる。現実の厳しさから、特に独身で貧しい生徒は徴兵を逃れるスベもなく、帰還後の学費を生み出すために戦場へと出ていった。昨日まで机を並べていた若者は、今日はもういない。戦場での極限状態におかれて身体障害者となり、精神障害者となりクラスに戻ってくる人もいた。明るくナイーブだった人が、口も聞かなくなり、急に他所の世界の住人になってしまった。

ベトナムは地理的には遠い。その影響を直接受け、人格まで変わった友人が身近にいると、アメリカの一面であるベトナム戦争の現実に目を瞑れなくなる。ドラッグカルチャーも、ベトナム戦争の結果として大きな社会問題になっていった。

大人も、政治家の論理も、自分の身に徴兵が起き得ないため、大上段な思想論と短絡的な決断で戦争遂行を押し通していった。一九七三年一月二十七日にベトナム和平協定調印が為された。軍事直接介入から約八年間泥沼化したベトナム戦争は、全米各地で行われた大がかりな反戦デモを芯にして、アメリカ人の価値観を変えていった。

学生運動も黒人の人種差別反対運動も、女性運動も男女同権運動も、雇用機会均等運動も中絶廃止運動も、皆、ベトナム反戦という一つの人道的な旗印と共に展開されていったのではないだろうか。

ドラッグにダンスにビートに浮かれて見えた若者達は、社会の条理や圧迫から一時逃避するために、反の方向へ行動を強めていったのではないか。

私にとりフットヒル・カレッジの一年間は外では反戦運動や政治への係わり、内にはウーマンズ・リブへの目覚め、特に自分とは何かという原点を考えさせた、大きなステップになった。短大卒業のための必須科目で美術の単位の必要だったことが、私の陶芸への出発点となった。クラスは選択制で、美術史、絵画とデザイン、そして陶芸コースがあった。英語力の足りない私には美術史は、参考書や専門用語も多く、とても手に負えない。また絵もデザインも、小学校での写生や落書きしか経験なく、できるはずもなかった。子供の頃泥んこ遊びを好んでしていたので、粘土ならどうにかなるかも知れないと、軽い気持ちで陶芸を選択したのである。

アメリカ人の先生、ミスター・ベンソンはとてもほめ上手で、歪んだろくろ作品（とても作品とは呼べる代物ではないのだが）や紐作りの植木鉢らしきものを、過大評価してくれた。私の気持ちが高揚したのも無理はない。

ガス窯と電気窯があり、広いアトリエで学生は好きな量の粘土を自由に使い、釉がけをする設備が整っている。大きな作品はタタラや輪積みの技法で、またはろくろで挽いたものを二つ、三つと組み合わせて成型するなどと、何でも遊ぶことができた。

ハンガリー人学生、ヴッキーと親しくなり、彼女の作品にハンガリーの文様や縁飾りが効果的に応用されているのを見て、目を瞠った。私も負けずに日本の伝統的な縄紋模様や家紋などをデフォルメして、オリエンタル調と気取ったりした。粘土に触れている間は、雑念が一つも入ってこない。集中する充足感と喜びを、意識して知った日々である。

普段体格の良いアメリカ人の間で、十分に伝わらない英語で生活をしている。詳しく説明をしたくとも、表面をそっと掠める程度の伝達力しかない。言葉が通じないことは、心が通じないのと同じくらい辛いことだ。焦り、ためらい、恥じて口を噤む——そんな私が、ようやく自由に息をする場所を、粘土という相手に見つけた。

「好きこそモノの上手なれ」とは言い古されたことわざだが、私は作陶に熱中するだけで幸せだった。一生懸命やっていれば、口は一言もきかなくても褒めてもらえた。こんな天国的気分は経験したことがない。小さくなっていた自分を解き放つ場が与えられ、いのちの喜びが湧き出てくる幸せを満喫していた。必須科目の授業時間以外はアトリエに通いつめて、先生の激励に答えるべく、嵩張る大作を作り続けていった。この上なく楽しかったこの体験が、将来自分の生きるスベになるとは気付きもせず、私は粘土と遊び癒されていた。

ミスター・ベンソンの友人の陶芸家にバークレイのポール・ヴォルコスがいた。私達陶芸専攻の生徒は、車に分乗してカリフォルニア大学のアトリエを訪ねたり、またアメリカインディアンの伝統作品を見学したり、美術館の特別展を合同鑑賞に出かけたりと課外活動も盛んに行われた。日本にいた間は陶器は身近にありすぎて、造形とは何か、デザインがどうかなどと、考えてみたこともなかった。慣れ親しんでいるもの、当たり前のものとして気にもせず見ていた。カリフォルニアという土地で、アメリカ人先生の下で、粘土が好きな仲間達の間で、私は創作されてゆく素材の、どんな形にも育ってゆくその自在さと可能性に、自分の夢を重ね合わせていたのではないだろうか。はっきりと自覚したわけではないが、二十三歳で子持ち、主婦という鋳型に固定されて身動きできない自分と、学生でモノを創り出せる自分とは、まるで別の人間に思えた。

その時、その場に合わせて多重人格的な生き方を学んだのも、この一年間だった。日本では八方美人と少し蔑まれ笑われるような対応も、多人種、多言語、多価値観の社会で生きるには、相手によって自分をカメレオンのように変化させ、不必要な摩擦を起こさない努力が必要となる。独自の考えや表現に固執することが大事な時もあるが、ゆらぎの巾を許容する生き方は、より自然で大切なことではないだろうか。

アメリカに移って以来、ずっと夫の後にかくれていた私が、私個人として人に認められたのは、フットヒル・カレッジの学生時代が最初だった。言葉にも態度にも考え方にも自信がなく、いつも縮こまっていたのが、ようやく一人の人間として存在しても良いのだと納得できた。

欧米では、いつも個人の意見が会話の中心になる。「あなたはこれについて、どう思うのですか」と聞かれる。一般論や常識論ではなく、「私はこう思う。感じる。こういう意見を自分としては持っている」と返答しなければならない。私も学生という立場から、主婦として母親として日本人として、その時々に応じて多面体の返事ができるようになっていった。

夫は仕事をしながら続けていた学業も終わり、オペレーションズ・リサーチ（経営管理・軍事上の作戦など）の複雑な問題について、数学的分析により、人と機械の操作の研究・改良を行う技術」の修士号を取り卒業した。

私は必須科目を終えた後、リアルエスティトエージェント（不動産管理人・土地ブローカー・不動産屋）としての資格を取ろうと、他の州立大学とかけもちで夏期講座を受講していた。十月には州試験を受ける目安がつき、苦手な数学や法律にも必死で取り組んでいた。

アメリカで仕事をするためには、とにかく資格が必要となる。スーパーマーケットやデパートの売り場で働くなら専門は必要ない。給料も安いし保障もない場合が多い。もし夫が病気になったり、事故にでもあえば、三人の生活はたちまち暗礁に乗り上げてしまうだろう。助けてくれる家族や親戚もない私達は、異国で生きる安全弁の一つとして、私が何か一つ資格取得をする必要性を感じていた。ちょうどカリフォルニアでは、土地開発や新興住宅が増えていった時期で、不動産業は将来性のある職場だと考えられていた。小柄な私は、日本語まりの英語と笑顔で、アジア系の顧客に対して受けがよく、この仕事に向いているだろうと教授が進めてくれたのだった。

息子をハンガリーに預け、勉強に専念していた私達の上を、あっという間に期限の一年間が飛んでいった。

第四章　ニューヨーク・長女

一九六八年八月九日、四歳になったばかりの息子が義妹に同行されて、一年ぶりに我が家に帰国した。

髪を七三に分けて、すっかりハンガリーの男の子に変身している。日本語はもちろんのこと英語もほとんど忘れてしまい、ただハンガリー語だけを正確に話す。

環境が変わると、たった一年間でこれほど変化するとは夢にも考えなかった。大人の物差しには、生きてきた年月分の土台の上で蓄積された行動や思考で存在するが、三歳から四歳という育ち盛りでは、目前にある何もかもを吸収し、水が器にそって動くように、自分をその環境に同化していったのだろう。親元から突然離されて、言葉もよく通じない祖父母や伯母や近所の人や親戚など、初めて顔を合わせ、人々の間で息子はとまどい、恐がり、怒り……どれほど心細い想いをしたことだろうか。親である私達の都合で、勝手に移動させられたという理不尽な仕打ちに対して、遠く離れたハンガリーからでは、三歳の子供には何の手だてもない。

私は自分も懸命に勉強をするのだから、一年くらい離れていても許してもらえるだろうと軽く考えていた。記憶の中の息子とは全く違う異国人になった我が子をみて、浮かれていた学生から、母親である自分、ズシッと重責がのしかかる、現実に連れ戻された。

帰宅する前日に三教科のファイナル・イグザム（最終試験）が終わった。カリフォルニアに移ってから二年六ヵ月、最初の半年はスタンフォード大学で心理学の聴講生、息子が保育園に通っている間だけのパートタイムの学生を一年間、そしてハンガリーに預けた一年分の単位と合わせて私は短大を卒業するまでにようやく漕ぎつけた。私の英語伝達能力は進歩し、不自由を感じない。アメリカに骨を埋めることに決め、アメリカ市民権も取得した。これから人並みの家庭をつくり、言葉や習慣のハードルを乗り越え、アメリカ人として生きてゆくつもりになっていた矢先のことだった。

想像とはあまりに異なる息子との再会は、とにかくハンガリー語を使わねば話ができない。義妹の助けを借り、文法などおかまいなし、支離滅裂、悪戦苦闘の毎日である。母親という立場の責任感だけが強かった私は、向こうで甘やかされて育った息子の躾をしようとあせり、空回りの努力をしていた。自分の子供時代の経験から、祖父母とは孫を甘やかすものだと単純に思い込んでいる。彼はハンガリーでは充分すぎるほどかわいがられ大切にされていたに違いない。しかしお互いに言葉もままならない。祖父母だといわれても納得できにくい日々を重ねていくうちに、甘やかすという状態でどうにかバランスの取れた日常に落ち着いていったのだろう。

帰って来た息子に対して、私は母親面をして叱ったり、注意をするのだがよく通じない。言葉の強い調子で彼を制し、教えたいと思うが、内容は追いつかずという状態だ。二人の間で不平不満が渦巻き、泣きたくなるような一時期だった。

息子の帰国が近づいてから、私はアパートに居住していた老婦人から、毎月ハンガリー語の特訓を受けていた。しかしまだハンガリー語を話さねばならないという必然性も実感も薄く、実践に使えるところまで理解も進歩もしていない。だが息子と会話ができなければ、母親失格である。切羽つまった私は、どうしてもハンガリー語で日常会話ができるようにならなければいけないのだ。アメリカに移住した頃の英単語丸暗記というレベルでは、とうてい追いつかない。会話は互いの言い分を、キャッチボールのように正確に受けとり、きちんと投げ返すことで成り立つ。ただの言葉を言い放っているだけだと会話ではない、改めて気づかされた。同年代の仲間なら似たような経験上にいる、意思の疎通を図ることが可能だろう。大人と子供、特に親子となれば欲目と慣れで、相手の個性や思いなどつい無視をしてしまう。息子と会話が通じないことで、私は言葉の重要性をもう一度考えさせらた。

一九五〇年代のアメリカン・ドリームは郊外に一軒家を建て、家電製品を揃え、車による行動と気分的自由を得ること、そしてコンサートやシアターに行き音楽や芸術を楽しむようになりたいというものだった。距離的、経済的にシアターに行かれないならば、ハイファイでレコードを聞き、絵画を買えなければポスターやプリントで壁を飾り、自分の好みを追求する。その目的成就のためには、能力を高め腕をみがき、より高収入で付加価値のある仕事につき、自分の城（家）を築くことが不可欠だ。働く父親、家を守る母親と子供達が、絵に描いたような睦まじさで生活する家庭像である。その夢は続くはずだという錯覚の上に、クレディット・システム（ローン）で物質的には何でも手に入る。欲求は満たされても保障がなければ安心できない心理的な圧迫から、保険会社は様々な商品を売り出している。そのために益々収入源を増す必要性が生まれムーン・ライティングと呼ばれるパートの仕事をかけもちにして、ガムシャラに働く時代だった。海外からの移民者だけでなく、アメリカ全土でアメリカン・ドリームを達成するために、人々は大学へ、また専門学校へと入学した。

夫もその代表的な一人である。ハンガリーから亡命して十年余、家庭もでき修士も得た。しかし彼のアメリカン・ドリームはまだ始まったばかり、次の目標は博士号を取得することだ。そうすれば将来の職種の可能性は大学、研究所、政府機関、会社など自分に一番適した高収入、高地位を選ぶことができる。ハンガリーの父親は法学博士で弁護士だ。夫にとっては乗り越えねばならないハードルだったのだろう。スタンフォード大学院を卒業する目安がつく前から、博士課程への進学を予定していろいろ願書を出していた。

コロンビア大学から奨学金の助成を受けられることになり、彼は一番好条件のこの大学に決めた。私達はまたニューヨークへ引っ越すことになったのだ。

私は夏期講座の最終局面に入っていた。短大の卒業はしたものの、何の資格も専門もなく、ただ英語が理解できるというだけである。教授の奨めで勉強に加えた不動産業の資格試験まであと二ヵ月しかなく、ラストスパートをかけてがんばっていた。息子とのぎくしゃくした関係で疲れはたまり、そのストレスから逃げ道をして、より勉強に打ち込んでいた。しかし、突然降って湧いたような夫の前途上昇気運の前では、私の資格試験云々などは、取るに足りない小さなしゃぼん玉にすぎない。

三月から十二月まで乾期で、毎日晴れ上がった空のカリフォルニアの生活は、その健康的な解放感とさわやかな人間関係の中で、私が「一人の女性」である自分に出合った時期となった。妻や母だけでなく「サチコ」という私自身がいても良いのだ、実感としてわかり自信も芽生えてきた頃だ。夫を通しての知人友人ではなく、私という個人と友情を育くむ友達の輪が沢山拡がった。アメリカ社会の中で、自分は存在できる場を見つけたといっても言いすぎではない。

結婚後「いつの時期が一番幸せだったか?」「どの時代が一番幸せだったか?」「もし再び戻れるならどこが一番良いか?」と聞かれたら、私は躊躇なくカリフォルニアと答えるだろう。夫の進学する目的がなければ、パル・アルトに家を買い普通の落ち着いた結婚生活を、二、三人の子供と送れる予定だった。というより、そんな生活を夢みていたという方が正しいかもしれない。同年齢の友人達は近辺のウッドサイド、ロスアルトス、サンホセなどに家を買い、夏はテニス、ヨット、トレッキングやキャンプに冬はスキーにと四季折々の素晴らしい自然を堪能している。大学町では文化の香りは高く、サンフランシスコまでは車で四十分、私にはアメリカ随一の理想郷にみえた。

アメリカという見知らぬ土地に移住して二ヵ月後に長男を二十歳で出産し、慣れない境遇で子育てをしてきた私は、妊娠に対して、また次子を生むことに恐怖感を心の底に秘めて生きていた。毎日の流れの中で精一杯母親業を勤めるものの、自分自身はまだ成長できていない少女のままだ。結婚とはなにかも知らず、あれよあれよという間にここまで来てしまった。現実に対応することで手一杯、性的に成熟してゆく自然な過程を通らないで母親になり子育てをしてきたため、性への興味よりも恐れの方向へより強く傾いていた。根底に妊娠恐怖心が根強く居座っているから、ごく自然の成り行きだといえよう。

心身共に次の妊娠に向きあう用意ができるまで待つ必要があった私は、ちょうど販売の始まった経口避妊薬を服用していた。カトリック教会は信者の人工的な避妊に対して厳しい反対論を表明した。六八年七月二十九日、ローマ教皇は世界の全司教に送る回勅の中で、教皇がペトロの後継者の資格で宣言する信仰と道徳について不可謬《ふかびゅう》のものとして人工的な避妊法と自発的な断種法に禁止を通達した。多くの信者が経口避妊薬使用の許可される可能性を期待していた。この人命尊重の上からストップがかかった教皇のニュースには、納得できにくい。人工中絶ではなく、生命の始まりとなる卵子の環境をホルモンにより変化させるのは、生命を抹殺することか否か、いろいろな場で議論が行われている。多くの女性にとりピルは望まない子供を生まなくても済む画期的な方法として急速に受け入れられていた。しかし初期のピルには様々な後遺症も多く、両手を挙げて喜ぶべきものではなかったのも事実である。実際私も左脚の血流循環が悪くなり、医師の助言のもとで、三年間使用したのち中止した。

子供が一人ならば、環境の変化には対応し易い。コロンビア大学入学のチャンスは今を除いてもう無いだろうという夫の言葉に、私も息子も従うしかない。夫婦間の上下の差ははっきり決まっているし、夫に食べさせてもらう私達は反対することも、自分の希望を言うことさえできず黙るしかないのである。つまり経済的にも精神的にも自立していない私は、子猫が首根っこをつかまれ、「ハイ、こっち」と動かされるように、夫のいう通りに従うより仕方のない状況だった。せめて不動産業資格試験だけでも受けたい、それが済むまで友人の家に息子と二人寄宿したいと願ったが、義妹と四人で大陸横断の旅をしながら引っ越すと決めた夫には逆らえず、私は受験をあきらめるしかなかった。

若いから、無知だからだけでなく、私はまだ自分の未来に対してはっきりと考えてはいなかった。夫と共にがんばってゆけば、アメリカン・ドリームを達成できるだろう。そしていつか自分自身のためにもっと勉強を続けて、夫が努力したのと同じようにがんばって資格を取り、二人合わせて夢を創り出せるのだ、と信じていた。

まずは第一目標である。夫が次の段階へ登る内助が私の仕事だと考えて、引っ越し荷物をまとめ、鉄道便で送り出した。デンマーク風の家具は親戚や友人の家に預けた。ニューヨークでの二、三年間を終えたら再びカリフォルニアに帰るつもりで、私はその時に改めて資格試験を受ければ良いと考え直した。先のことは何もわからないのに、希望や予定を繋ぐことで、居心地の良かったカリフォルニアを少しでも身近に残しておきたかった。そして太平洋の向こう側にある日本から、また遠く離れる淋しさを感じていた。

二年半生活して仲良くなった友人達と離れ離れになることも悲しい。快適な気候も海も山も、のんびりと開放的で、自由な雰囲気ともお別れだ。この土地に落ち着き楽しみが深まっても、夫の大目標の前では、とるに足りない一過性のものでしかない。

世界中の人間、誰一人として同じではない。好みも価値観も、各々顔が違うように皆異《こと》なっている。わかり切ったことだけれど、カリフォルニアに対して未練を持たない夫が不思議でならない。私達は十字架のように一つしか接点がないのかもしれない。彼の興味は数多く広いが浅いところで満足する。反対に私は一つのことにこだわる性質で狭く深いといえる。ようやくクサビを一つ打ち込んだのに、あまりに簡単に抜きとられしがみつきたくてもできない自分が歯がゆい。夫のように広く浅く視点を変えることができるなら、変化に対してももっと単純にもっと興味を拡大してついてゆくことができただろう。自分を考え理解し始めると共に、結婚している相手の夫の人間性を同様に考え始めた時期でもあった。五年間も一緒に生活しているのに、今頃改めて相手の心を考えるなどとは、遅きにすぎるかも知れない。前方だけを見て走っている、残してきた足跡も形も影も気がつかない。カリフォルニアの空気の中で感じた安心感があったから、私の心にきっと立ち止まりふり返る余裕ができたのだろう。

九月二十一日、いよいよ出発の日である。十月三日から大学院の講義が始まるので、十月一日までにはニューヨークに到着しなければならない。嵩張るものは送り出したが、ニューヨークの秋は寒さが駆け足でやってくる。当座の衣類寝具台所用品など必要なものだけでも結構な量となった。十日間キャンプをしたり時々はホテル宿泊もあろうが、道中の必需品も多い。またテントを積み、Uホールの小さなトランク車を牽引しての引っ越しである。後部座席には四歳に成長した息子と義妹、そして猫はもういない。

カリフォルニア州セントラル・ベイスンを横断して、まずは秋色が始まったヨセミテ国立公園へ走る。義妹は二歳で小児マヒにかかり歩行が少し不自由だ。しかし頭脳明晰で努力家の彼女は、薬学博士を取得したのち国の研究機関で専門職につき活躍している。退職した両親は、簡単に旅行ビザを受給できたが、三十歳前の彼女がハンガリーから出国することは大変困難だった。しかしとにかく約二ヵ月の無給休暇を取って、息子に同行してくれたのだった。

彼女のペースに合わせて、ゆっくり十日間をかけての旅である。共産圏内で学術会議出席のため短期旅行をしたことがあっても、自由の国アメリカは生まれて初めての大旅行である。少女から大人に成長した妹に、あれもこれも見せてやりたいと張り切る夫はとても頼もしくみえる。妹三人がいるけれど、いつも長女としての立場にしばられていた私は、仲の良い二人をみて、もしかしたら優しい光が欲しくて結婚をしてしまったかも知れない……などと考えたものだ。

ヨセミテの悠久たる大自然の中で散策を楽しみ、キャンプを引き払い、山越えをしてモノ・レイクへと向かう、途中川に温泉の湧き出している場所で一休止。水着をつけブクブク泡立つ熱湯と冷たい流れを両手で混ぜ合わせながら、ちょうど適温になる場所へ体を移動させながらの天の下の湯浴みだ。

州立公園に早目に着き、翌朝未明の出発の準備をする。カリフォルニア州とネバダ州にまたがるデスバレーは海抜マイナス六十メートルの砂漠地帯。陽が昇ると気温は五十度近くに上る。とにかく涼しい時間に走り抜けなければならない。ガソリンを満タンにし、エンジンオイルを調べ、ラジエーターの冷却水をチェックする。軽く口にするためのサンドウィッチと充分の飲料水を積み込んで、地獄の底へ向かってぐんぐん下りてゆくのだ。

デスバレー（死の谷）という名前は、一八四九年にゴールドラッシュで金鉱採掘に来た人々が迷い込んで、九死に一生を得たことから命名されたという。太古には海底だったが火山活動により囲りに山々が隆起し、その後海水が干上がって砂漠になったとか。

幸いにも何の故障もなく、ガラガラ蛇やサソリや小動物に合うこともなく走りぬけた。この日はキャンプを張る時間がなくモーテル泊まり。次のキャンプ地はザイオン国立公園である。ユタ州南部に位置するザイオン峡谷は、切り立った断崖絶壁で名高い。峡谷の深さは七百～八百メートルもあり、オレンジ色の変成岩が織りなす彫刻のような奇岩の群山、その肌の色合いは光と影の対照により、くっきりと浮き上がる。何世紀にもわたるバージン河の浸食によってできた、大自然が時を重ねて生み出すもの凄さの前では、人間はただ畏れを感じ驚嘆するのみである。

続いてブライス・キャニオン国立公園へ走る。浸食作用によってできた奇岩達はまるで古《いにしえ》の巨人彫刻家たちが住んでいた街のようだ。古代の城や城壁、寺院の塔のように整然とした、建造物と紛うとでもいわねば納得し難い景色が連なっている。自然が長い長い年月をかけて創り上げる偉大なこの風景の中で、どれだけの生命を育み、どれだけの破壊をしながら今に続いてきたのか。たかだか百年生きることもできない人間の一生は、このあまりにも壮大な大自然の中では、砂粒一つほどのものかもしれない。しかしそのちっぽけな人間は雄大な自然のなりわいを見て美しい、そして畏しいと感じる力を持っている。この感動を味わうことができる人間に生まれて、幸せだと心の底から思う一時だった。

メサ・ヴェルデ国立公園はコロラド州南部に位置している。約千二百年間ここで農耕生活をしていたインディアンの遺跡群が中心で、その多くがメサと呼ばれるテーブル状の台地の頂上や峡谷に点在している。長期間に渡る人間の営みは、その居住空間も様々で、小さな洞穴からプエブロ式と呼ばれる広いもの、また断崖住居など変化に富んでいる。高度な変化を保っていたと思われるインディアン達が、ある日何らかの理由で滅びてゆき、ただその形骸だけが遺跡として残されている。

資料館では発掘された道具の数々が展示され、私はその頃栽培されていたという、とうもろこしの種から目が離せなかった、遺跡は太古の人々が住んでいた状況を垣間見させてくれるが、それはもう死んだものだ。しかしこのとうもろこしの種には、まだ生命の核が宿っている。これを蒔いたら芽を出し成長するだろう。もしとうもろこしが人間語を話せたら、どうして彼らが滅びたのか教えてくれないだろうか。そうすれば今、混迷している私達の生き方に何らかの示唆を与えてくれないだろうか。このインディアン達のように消えるのではなく、もっと自然のままによりよく生きるための賢い知恵を……などとおとぎ話のようなことを空想していた。息子の走り回る姿をみると、次の世代へつながる生命の重さを実感する。日常の平凡な生活のなかでは、目前の家事をこなすために二十四時間という時計時間に縛られている。非日常の大自然の中に立つと、我が身のあまりにもか細く弱いことに気がつかざるを得ない。明日も明後日も一年後も十年後もこのまま続く生命だと錯覚をしたまま、生きるだろうと安易に考えている自分が少々滑稽に見えてくる。

脚の悪い義妹には、起伏の多い公園を歩くことはとても疲れただろう。メサ・ヴェルデを最後に、私達の旅は人間臭さのうごめく土地へと続いてゆく。太古の時代にこの台地に生きた人々は、今と変わらぬ景色をながめて、黙々と自分たちの社会を築き生き死にしていった。何千キロも車を飛ばして見てきた私達は、同じ台地の上に立ちながら、文明の利器に囲まれた生活で、人間の本能的な部分を失って、そして自分もまた生物であることを忘れ、ただ遺跡を見学することで満足している。人は何のために遺跡を訪ねるのか、とふと考える。インディアン達がいなくなったのは疫病か戦争か、飢饉だろうか。それとも自然の変化や気候の変動なのだろうか？

アメリカン・ドリームを手に入れようと脇見もせず邁進しているつもりの私達は、自然を破壊し公害を引き起こし、生態系のバランスを壊し、天然自然の動きに逆らって、あまりにも人間本位に突っ走っているのではないか。この台地に何千人、何万人と生きていた人々の影が浮かんでくるような気がした。せかせかと見物に余念のない観光客の間で、義妹と一緒の私達は人波から遅れて、ゆっくりと公園内を歩んでいる。その動きの早さ遅さの違いに気がつくと、つい私の想像は世紀をとび越えて、この台地で「絶壁居住者」として生きた人々の中にいるような錯覚を起こしていた。何が人間として幸なのだろう。目的を達することなのか、それともあるがままに自然に生きることなのか……。

ネブラスカ州、アイオワ州、イリノイ州のクリーブランドまでひたすら走り続ける。クリーブランドに住む親戚を訪ね、現代社会の中に帰ってきた。旅は残すところ三分の一だ。ナイアガラ・フォールズからカナダのトロントに回り、モントリオールまでゆく。夫が会議に出席するためにわざわざカナダまで足をのばしたからだ。しかし、ホテルの駐車場に停めた車が車上荒らしに遭い、大騒ぎをして気ばかりあせる一日となった。

アメリカ東北部の秋は、その紅葉の美しさでよく知られている。ハイウェイの両側を紅葉樹林に彩られて南下する。落葉松メイプル、大葉楓、櫟や椎や白樺等とにかくその黄緑から濃朱までの綾なす色の見事さは、一度目にしたら忘れられない艶やかさだ。ベルモント州、ロードアイランド州、マサチューセッツ州コネティカット州を走りぬけ、ニューヨークに着いたのは十月一日であった。学生寮に落ち着く間もなく、義妹は十日後にハンガリーへ帰国して行った。

卒業だ、引っ越しだと私達の個人的な感情と変化に振り回された一九六八年は、アメリカの歴史にとって大きな動きのある一年となった。

四月四日、テネシー州メンフィスで、黒人指導者マーティン・ルーサー・キング師が暗殺された。一九六五年の黒人選挙権獲得キャンペーンの成功の後、彼は都市周辺の貧しい黒人達に、非暴力主義と国内広報活動を連合させて、黒人の立場改善を訴えていた。メンフィスでの非暴力行進は、ストライキ中のゴミ収集者達と一緒に行われる予定だったが、少数の黒人青年の、窓ガラス破壊事件が発端となり計画が挫かれてしまった。キング師は戦略を持たないヒーローとして巾広い層から支持を得ていた。学生運動家や反戦運動者達、民主主義者から戦闘的な黒人グループや革命思想を持つ、様々なイデオロギーを信奉する人々にとって、最後のホープとして信じられていた。彼の暗殺によって非暴力主義という考え方は消え去り、タガの外された運動家達は各々の信ずるままに闘争をくり広げていった。

六月五日にはロスアンジェルスで遊説中の、大統領候補ロバート・ケネディが狙撃され、翌月亡くなった。彼の死は多くの人々の心に「運命」としか名付けようのない想いを持たせた。「あーひどい！」と「やっぱり」と、二通りの反応があったように覚えている。私達にとり、ロバート・ケネディは特別な恩を感じている人だった。彼の配慮がなければ、子供をアメリカで出産することもなく、日本で出産していたかも知れない。その場合息子はトロックという姓ではなく、私の戸籍で私生児という立場か、または父の養子という立場で生きていたかも知れない。夫の就職も学業も引っ越しもなく、私が英語やハンガリー語を習うこともなかったかも知れないのである。一つの出来事から次の一つへとつながり、いつのまにか、意志の力だけではないある道筋に続き、その後の多様な変化に進行してゆくのだ、ということを改めて考えさせられた事件だった。

マッカーシィが大統領候補選から降りたことで、ハーバート・ハンフリーが民主党正式候補に指名されたが、十一月六日の大統領選挙では共和党のニクソン副大統領が制し、ホワイトハウスを手に入れた。

暗殺という手段で簡単に人の生命が奪われてゆき、それによりあまりにも大きな代償を払い、変動してゆくアメリカの社会に対して民主的でも自由でもないと思ったのは私一人ではないだろう。身勝手な欲望を押し通すために、たとえそれが社会変革という大義名分を掲げたものでも、他人の生命を奪って良いはずがない。暴力や武器で弾圧しなければ和が保てない社会は、断崖の上に建つ楼閣のようなものだ。大自然の厳しさによる崩壊よりも、中に住まう人の執念と怒りに伴い傾いてゆき、その度合が緩やかであれば、最後の瞬間まで誰も気付かずにいるだろう。それほど人の心が自己中心で鈍感になっているのだろう

言論や思想の自由、職業や居住や行動の選択と謳われているけれど、それが可能なのは主張が社会の許容範囲内でのことだ。損得がこの国の判断の基礎で生存してゆくために、自分を守るために相手を殺すのもやむを得ない……日本人として育った私には、その非情さがとても恐ろしいものに思えて仕方がない。多種多様の民族のるつぼであるアメリカでは、思想も慣習も価値観も渾然としている。一つの基準など守れるはずがない、と分かっていても、人の生命の大切さまで目を瞑って、神と法の前で罪を償えば許されるという考え方に、どうしても納得できない思いを持つ。

夫が通う予定のコロンビア大学でも、学生運動が激しく行われていた。グレイソン・カーフ学長が、キング師のメモリアル・サービスの壇上で黙祷する間、学生達は「ウィ、シャル、オーバー、カム」（我々は乗り越えてゆくよ）と手に手をつないで大合唱していた。市民権

運動を合法化しようとする学生運動や反戦運動に対し、キング師暗殺後十九日目に始まった学生達の反抗の理由は、一つには大学が戦争関連の研究のスポンサーになっていることと、二つ目はモーニング公園に屋内競技場を建設する折に、ゲットーの黒人用に別の入り口をつけるというものだった。四月三十日には千人以上の警官隊によって、学生達が占拠していた校舎が解放された。六百九十二人が拘引され、その四分の三は学生である。十四人の警官を含め百人以上の学生が怪我をし、この事件はニューヨーク・タイムズやニューズウィークに大きく報道された。必要以上に暴力的に対応した幾人かの警官は、恵まれた環境にいる学生に対する不公平さと階級差を現わにして、仕返し的要素が含まれていたのではないかと考える人々も多くいた。

コロンビア大学紛争中、四月二十六日は全米学生ストライキが大学生と高校生合わせて百万人の規模で行われた。六月十九日にはワシントンDCで十万人集会が行われ、アメリカ政府は非常事態を宣言した。ベトナム反戦運動の激しくなるなか、十一月二十八日〜三十日、第一回全国女性会議がシカゴで開催され、三十七州とカナダから二百人以上が集合する。彼女達の運動は広範囲に拡がり、ERA、広告上での男女差別撤廃、コルゲート・パルモリブ製品の不買運動、NASAに女性飛行士参加要求など、着実にその活動を盛り上げていた。

めまぐるしい変化を続け、落ち着きのない世情の中で、それはそれとして、大多数の人々には自分の生活の現状維持と向上を求め仕事にまた学業に励むのは当たり前のことだ。ニュースはすぐにニュースでなくなり、日々の生活は平凡で地道でいることが平常となる。

私達がニューヨークに辿り着いた時、コロンビア大学は落ち着いたキャンパスに戻っていた。七回目の引っ越し先は、大学から徒歩五分、コロンビア大学院の家族持ち学生寮で、リバーサイド公園に面して百十五通りの角にある。外国人留学生を中心に三十数家族が暮らしていた。年齢層は二十代後半から三十代半ばまでが多数を占めて、乳幼児も多く別名ベビー・プロデューシング・ファクトリー（赤ちゃん製造工場）と呼ばれていた。夫が修士、又は博士課程を修了すれば、国に帰り就職する場合がほとんどで、少なくとも子供を育てる環境が良好となる。完全に社会人となる前の準備期間といおうか、ちょうど中間にいた全員が、同じような感覚で生活をしていた。考えてみれば特殊な環境だったろう。学生寮にはイギリス、ノルウェー、フランス、ベルギー、ポーランド、イスラエル、トルコ、台湾、日本、メキシコ、チリ、などの国籍を持つ学生と家族が住んでいた。夫達は学業に余念がなく、妻達は幼児をかかえて、ベビーシッター制度を整えたり、ポット・ラック・パーティーを催したり、生活にアクセントをつけて楽しんでいた。

マンハッタンに住むと、芸術文化の出合いがすぐ間近にある、地の利が大きい。大都市やその近郊でも、もちろん同様に楽しむことはできるだろう。しかし、マンハッタンは特別の街だ。リンカーン・センターにカーネギー・ホール、ブロードウェイのシアターの数々、ジャズを聞きたければグリニッチ・ヴィレッジへとバスや地下鉄で簡単に足を伸ばすことができる。

夫の学生証で、格安の切符が手に入るのでアパート内の互助ベビーシッター制度（金銭ではなく時間制で点数を集め使うことができる。同じアパートの住人なので子供達は互いに遊び仲間で部屋に行き来しているため、親は安心して外出可能な、簡便で民主的な方法）を使って、好きなだけ外出できる。何回もベビーシッターをすれば点数をいくらでも稼げるので、私は気楽に友達の子供を預かり、せっせと消化していた。

サンフランシスコでは、オペラのシーズン中はハンガリー人の社交場となっているオペラハウスに準正装で通った。またアメリカン・コンサーヴァトリー・シアター（ACT）で、上演目録の中の手慣れた演劇をじっくり鑑賞することもできた。もちろんスタンフォード大学構内のコンサートや演劇、映画会にもよく出かけていた（カレンダーに黒沢フィルムフェスティバルのメモがある程）。しかしサンフランシスコまでは車で行かねばならず、ベビーシッターを頼み帰宅時間を気にしての外出だった。ニューヨークに来てバスや地下鉄や徒歩で劇場に通えるので、世界一流の演技を、ちょっと隣まで……という感覚で見にゆく。格安切符で席は天井桟敷に近くても、オペラグラスを手に一途に舞台を見つめる。服装もくだけたもので良いし、学生証を持つ夫に大感謝をしつつ、私は西洋芸術という世界に魅せられていった。

日本に住んでいる時、学生という身分では高価なコンサートやオペラに出かける機会はなかった。子供の頃日本舞踊を習っていたので、歌舞伎や能の方が身近だった。高校時代の演劇部活動から続く興味で、新劇も二、三回見たが、それはチェーホフの作品など読書で筋を知っていたものばかり。翻訳劇で表情も大げさであり、まだ子供っぽかった私には何となく直視しにくく、舞台芸術！　と感動した記憶は残っていない。

初めてオペラを見たのは、サンフランシスコだ。いつもオペラハウスに入るその瞬間から、私は現実の自分から遊離してゆくように感じる。階段を登り扉を開け、心静かにと言い聞かせながら席につく。次々と入場してくる人々のざわめき、色とりどりのきらびやかな衣裳を装い堂々としている観客の中に和服姿を見かけることもある。外交関係の人だろうか、それとも社長夫人かな……と着物のかもし出す気品に、自分も日本人であることが、ちょっとうれしくなったりする。

オーケストラ・ボックスにミュージシャン達は揃い、指揮者の入場そしてプレリュードが流れ出す。緞帳が上がり、さあ舞台は動き始める。息をつめて見つめる中、時代衣装に身を飾り、ソプラノ、アルト、テノールなど人間の体から、よくぞ出せる響く歌声、合唱に何もかも忘れる。いつの間にか劇中にとけ込んでいるような恍惚感。ドラマティックに進行する場面には、いろいろな寸劇やコミカルな場が設けられ、クライマックスに行き着くまでの一クセも二クセもある楽しみが散りばめられている。アリアやデュエットが終わるたびに、歌手をねぎらい送る盛大な拍手は、観客もまた劇中に組み入れられ参加しているような気持ちになる。まるで舞台上の群集の一人にでもなったように。ヒーローを讃えヒロインに涙し、駆け上がり助けてあげたくなるような、共にいる想いが溢れてくる。

「アイーダ」「魔笛」「魔弾の射手」「フィガロの結婚」「ドン・ジョバンニ」「こうもり」「リゴレット」「トスカ」「トゥーランドット」等々、サンフランシスコオペラを皮切りに、メトロポリタンオペラ、ブダペストオペラ、コベントガーデンでも機会のある毎に、オペラに行き楽しむようになった。総合芸術の名の通り、歌唱力に演技力、舞台装置に衣装、ダンスにオーケストラにと、一つのオペラが上演にこぎつけるまでの大勢の人達の才能と努力のまとまり……「人間の持つ可能性のものすごさ」に感動する。コンサートも演劇もバレエも好きだけれど、力を凝集しそして舞台上で拡散させるオペラの魅力に取りつかれてしまった。

伯父はハンガリーオペラの第一チェリストで、夫にとってオペラは身近なものだ。父親も趣味でバイオリンを弾き、母親はピアノと音楽に親しむ環境で育ったため、オペラハウスに行くことはごく当たり前に考えている。西洋芸術に全く無知だった私がオペラの大ファンになれたのは、偏《ひとえ》に夫のおかげである。そしてマンハッタンに住み、学生割引でオペラハウスに通えたことは一生忘れられない本当に幸せな時間だった。

ニューヨークでは舞台芸術と並ぶものに美術がある。メトロポリタン美術館、現代美術館、グンゲンハイム美術館などに加えて、星の数ほどギャラリーが点在している。格式の高い高級絵画専門画廊から、版画、彫刻、モダンアート、ジュエリー、アンティック、現代陶芸、そして路上での一期一会のアートスペースまで、見ようという気さえあれば、一日中歩いて回ることができる。

個室の組み合わせが床プランの選択となる西洋のアパートや家は、日本家屋と比較すると壁のスペースが多い、絵画や版画を飾りテーブルには彫刻や彫塑、アンティックを置くことが一般的なので、散歩がてら画廊めぐりを楽しむ人々の数は増す。生活の富裕度に比例して作品の質も向上する。つまり作家や芸術家達にとり、作品を審美する客層の拡がりを保証されているようなものだ。日本では流行に左右され、ギャラリーオーナーや美術部員や批評家のものさしが購買時の基本になることが当然のしきたりに思われている。しかし西洋では個人の好みと需要性が評価の基準で、作品はアイデアとバラエティで勝負が可能といえよう。時にはどう考えても「びっくり箱」の中身としかいえないものや、オバケ屋敷のガラクタ的なものが堂々と展示されている。美術界最先端を走るニューヨークの、ニューヨークたるところだ。

学生寮での最初の部屋は半地下で一DK、三ヵ月後に移った五階のアパートは二DKで、飾り物を置く余裕はない。しかしフットヒル・カレッジで陶芸を少しかじった私の興味は、真直に陶器を見る方向に進んでいた。古代遺跡から発掘された陶器の数々は、美術館や博物館でガラスケースに額をつける短距離から心置きなく眺めることができる。現代創作陶芸や抽象的な彫塑をダウンタウンやビレッジのギャラリーでのぞくことも楽しみの一つになった。夫は忙しいので、保育園から帰った息子と共に、夕方まで美術館めぐりをしていた。自分で粘土造形に係わるまで、外面のみを見ていた陶器が、心を持つ作品として感じられるようになった。いつ頃、どうして、何のために、誰が、どのような土地で釉で窯で焼かれたのか……と陶器がただの器ではなく人格（物格？）を持った個性ある一個として私をひきつける。ペルシャの陶器に感動すれば、図書館で古代ペルシャ関連の本やラスター釉の参考書などを借りて読み、インカの偶像的陶器に目がゆけば、インカ帝国の歴史やペルーの本を読む。今までただの陶器だったモノに新たな面から興味をそそられ、まるで彼らが友達になってくれたような親近感で喜んでいた。陶器との出合いをくり返すことにより、いつの間にか焼きものが、家族の次に大切になっていった気がする。

生活費を稼ぐ必要もなく、学生寮で同じ境遇の仲間と共に、子育てと自分育てに専念している日々が続いた。

夫はIBMでパートタイムの仕事をしつつ、世界経済学の博士課程の受講と研究に忙しい毎日を送っている。息子は大学付属の保育園に入園、友だちも沢山でき、英語とハンガリー語を器用に使いわけている。私のハンガリー語も少しずつ語彙が増え、人称や語尾の変化や文法なども、間違いが少なくなってきていた。

息子がコロンビア大学付属グリーンハウス・ナーサリーにいる午前中は、彼を徒歩で送ったあと、大学の東アジア図書館へ通うのが日課だった。夫の論文の資料集めに東南アジア諸国の経済指数の統計をノートに写すためだ。この図書館は古文書の宝庫であり、近刊書もほとんどの分野で網羅してある。本棚の列が続く薄暗い空間が夢の国となり、手当たり次第借りてきては読み漁る。歴史、小説、詩、民俗学、美術……今までも雑誌乱読の典型人生だが、ニューヨークが一番読書量の多い場所になる。日本語の書籍の山に囲まれて、母国語をむさぼり読む嬉しさは、それから離れていた人間にしかわからないやすらぎがある。

英語とハンガリー語という異文化に少し触れたことにより、日本語の特殊性という面に気がつくようになる。まず同じ発音で、たった一音だけで異なる漢字を使い、意味になることだ。なぜかと聞かれて、返事ができない。日本について説明する時、文化や歴史や習慣だけでなく、文学にも話題が飛ぶこともある。「テイル・オブ・ゲンジ」（源氏物語）やミシマ（三島由紀夫）など必ずといって良いほど、名前が出てくる。黒沢映画作品もアメリカでは知名度が高く、内容に詳しい人からの質問には答えるのに苦労をした。

日本語で表現される意識や思想とは何か、またなぜこのようなストーリー展開になるのか、そして西洋とはまるで正反対のような考え方になるのか……。と、自分では何の気なしに話している言葉に、日本語の不思議さ、奥深さに悩み、そして曖昧な表現を英語で説明できないもどかしさに苦しめられた。

夢の中でも英語を話すようになると、もう日本語で文章を組み立ててから英語に翻訳するという順序ではなくなるという。脳の中で英語と日本語が細胞膜を通して自由に行き来して、境界線がなくなっているのかも知れない。だが日本文を読む時と英文とでは、脳の回転方向が違うように感じ、物理的にそんなはずはないのに変な感覚を持つ気がした。アメリカ国籍になっても、一枚の紙が証明しているだけで、本質的な自分は背伸びをすればするほど、日本人であることに改めてはっきり気付き、二重人格というより二人の私が存在するように思えてならなかった。内面と外面の分化はなく、例えば脳を解剖してみると、一つ一つの細胞の中に日本語と英語が紅白にとでもいうように色わけされて共存しているような感じである。

一九六九年は人類が文字通り宇宙へ第一歩を印した記念すべき年である。アメリカのアポロ十一号が月面に着陸、アームストロング船長とオルドリン飛行士が人類として初めて月に降り立ち歩いたのだ。テレビのない我家全員は隣のアパートの友達の居間で、テレビ中継で送られてくるふわっふわっと無重力歩行をしている宇宙服姿の二人の動きを歓声をあげてみていた。ロケットが打ち上げられ、人工衛星は地球上の軌道を回っている、現実問題として人間が月に到着したことは、これから人類はどうなるのだろうかと一抹の不安を覚えたものだ。地球上でさえ紛争が絶えず、平和に暮らすことができないのに、力にまかせて、科学技術の発展のままに宇宙までも制圧しようというのか。核を保有しその抑止力でどうにかバランスを取っている愚かな人間なのに、もし宇宙からピンポイントで核弾頭を発射させるようになったら、米ソ間の冷戦どころの騒ぎではない。あっという間に地球は破滅、人類は他の生き物と一緒に絶滅という危機に陥る。

月面の索漠とした写真には、幼い頃から抱いていた月のイメージが、ガラガラと壊れてゆく。うさぎの餅つきもかぐや姫も消えてしまい、中秋の名月や凍てつく冬の月を見ても、ロマンティックな感情に浸り切ることができない。おとぎ話や詩歌の世界を子供達に伝えることが、サンタクロースが実在しないことを知る日と同じように難しくなったような気がしていた。

八月十七日には、ニューヨーク市北方にあるウッドストックで約四十万人の若者達がロックコンサートに集まった。「生命の祭典」と呼んだコンサートは、ジミー・ヘンドリック、ジャニス・ジョプリン、ザ・フー、ジェファーソン・エアプレインやザ・バンドなどの連奏で盛り上がり、ドラッグで解放感と幸福感に酔い痴れた若者は、大渋滞を起こしたハイウェイや回りのことなどまるきり忘れて漂っていた。

ウィメンズ・リブ運動はその会員数を着実に増やしてゆき、中絶合法化と女性学を大学講座に加えるための活動をくり拡げていた。カリフォルニア・ミシガンとプリンストン大学などに要請をしていたが、最初の女性学の講座がニューヨーク州のコーネル大学で春に開設されることになる。この第一歩は女性の意識改革に、大きな意味を持つ。というのは一九六九年内にニューヨーク大学の法律学部に女性法講座が正式な単位認定のコースとして始まり、続いてカリフォルニア州サン・ディアゴ州立大学で十コースに及ぶ女性学の講座が開設されることになったのである。そして女性学の研究は七十年代へとつながれて、歴史的、民俗学的、論理的、科学的に検証され、人類の半数を占める女性を理解し、社会で正当に位置づける基盤を築いていった。

毎日の生活が忙しいと時間は、陽に当たる淡雪のようにとける。子育て、資料集め、美術館通い、演劇やオペラ、パーティーなど西洋文化の知識と理解を貯金しているような一年も終わった。

夫の博士課程の受講科目も大体必要単位が取れ、夏までに論文の骨子をまとめれば、あとは数年以内に口頭弁論をすればよい時点まで見通しがついた。ベビー・ファクトリーのメンバーである私も、ようやく第二子を妊娠して、他の妊婦たちの仲間入りをする。

一九七〇年冬、ハンガリー政府は外国籍を取得した亡命者達の帰国を許可する方針を打ち出した。これまでの五年間に、母、父、妹と家族三人を各々アメリカに招待していたが、このチャンスに自分の眼でハンガリーを確かめてみたいと家族旅行を計画する。ニューヨークからスイス経由で、二日間チューリッヒ近くのスキー場で遊んでゆこうというオマケ付きである。

私は妊娠七ヵ月、息子は五歳半、スキーを楽しむのは夫一人だ。私達のことはお構いなしに、ストックを振り上げて合図、彼はスロープを元気よく滑降してゆく。なだらかな斜面で、スキーを初めてつけた息子の後を、私は雪ダルマになって追いかける。立ってはころび、ころんではまた立って少し進む、息子の初スキーは穴掘り専門だ。ブーツの中まで雪は入り込み、膨らんだ腹部は息子を引っ張りあげる度につかえて大変だった。流産の危険は少ない時期だというものの随分無謀なスキー旅行だろう。

十四年ぶりに帰国したハンガリーへの旅は、それだけで一編の小説が書けるほど興奮と変化に富んだ、想い出満杯の時間になる。十九歳で亡命してから努力と苦労の積み重ねで、三十三歳になり故郷に錦を飾る帰国劇だ。初めて出合うハンガリーの親戚に囲まれ、息子に通訳をしてもらわなくても、私のハンガリー語もどうやら通じる。日本語の「ア」の発音が、ティサ川に住む人々の古代から続くアの音と同じだと感心されたりした。

秘密警察が家庭訪問に来たり、他の町に住む親戚に泊まるなど移動するごとに住所の変更届を出す義務があったりと面倒な事も多くあった。アメリカドルの価値は、大げさにいえば黄金にも負けない程高く、政府の交換レートで最小限換金して、ブラックマーケットでフォリント（ハンガリー通貨）を簡単に手に入れることができる。外貨使用ショップには市場にない品々があり、そこでの買い物は羨望の的になった時代である。物価も驚くほど安価で、手彫りのチェスセットやハンガリーの敷き物や手芸品などスーツケースいっぱい購入する。夫の親戚達をレストランに招待し、ジプシーバンドに合わせて唄ったハンガリー民謡の数々、チャルダーシュというダンスなどに興じたものである。珍しい体験を山ほどして、夫の中のハンガリー人である面を私は少しだけ理解できたように思えた。

アメリカでつき合っているハンガリー人達は、自由社会に順応しようとがんばっている。それは移民として異文化、異価値の場に生活するのだから、日本人が背伸びをして迎合してゆこうとするのと五十歩百歩の生き方になる。共産主義の下で他動的であれ小さな鎖国状態に閉ざされている考え方生き方とは自ら異なってくる。そんな事実をもこの旅は気付かせてくれた。

厳寒のニューヨークにようやく春の訪れが感じられるようになった頃、待望の長女が生まれた。四月二十五日、八ポンド八オンス（約三千八百グラム）の大きな赤ちゃんだ。息子は六歳になる少し前で、家族が増えることを理解できる年齢になっている。

出産した朝、夫はクラスメートのトルコ人女性と見舞いに来た。

私は二十六歳だが、アメリカ社会の中で比べると、体も小さく洋服は相変わらずジュニアサイズを着用していた。英語も覚え、ハンガリー語も何とか会話を続けられるようになり、子育ても自分なりに一生懸命やってきたつもりだった。背伸びと駆け足の連続だが、夫の主張する通り素直に従ってきた。

長男を出産してから、目まぐるしい環境の変化と引っ越し続き、精神的にも不安定度が高い。十九歳で上京するまでずっと同じ町に住み、同じ友人達に囲まれていた、ごく普通の女の子がアリスの不思議な世界に飛び込んだようなものである。不安感を表面には出してはいけないと、その場、その土地で対応をしてきたものの、現実と、想像や期待には天地の差がある結婚生活はきつい。頼りたい母は遠く日本にいる。子育てについて教えてくれる人もいない中、見様見真似で息子を育てた。そしてもう一人子供を生む勇気が持てず、妊娠恐怖症に罹っていた。開発されたばかりの経口避妊薬も、現実的には避妊の役には立っていたが、代償として左脚がよく攣るようになってしまった。心の奥底に閉じ込めた妊娠をさけたい気持ちは消えることなく、夫婦生活は必ずしも良好というわけにはゆかなかった。

ハンガリーからも次子の催促は度々あった。赤ん坊製造工場という環境、夫の論文の見通しがついたことなどから、もう一人生む決心をし、心の準備も整えた上での出産となった。主治医のハンガリー人医師には、まるで娘のように世話になり、囲りからは祝福されるそんな状況の中での長女誕生を待ち望んでいたのである。

この頃、夫との会話は英語が主、ハンガリー語が従、日本語は味付け程度になっていた。二人にとって外国語である英語が意思の疎通の主語となり、私のハンガリー語と夫の日本語は、根本から理解し合うには足りず、不明確な英語の説明や穴埋めに使用されていた。行き違いは多いけれど、いちいちつきつめて説明や理解を求めることもせず、そのまま放置して、月日だけが過ぎていった。夫婦とは、家族とはこんなものだと思い、心の奥によどんでくるものに気づかぬふりをして、夫婦として理解しあうための努力を怠っていた。慣れに流された日常生活のくり返しを送っていたということになる。

病院に夫と共に訪れた彼女は、同じ博士課程に在籍し、たっぷりした黒髪と大きな目の美人である。私の妊娠中からとても親切にしてくれ、二十六歳の誕生日には夫と二人で計画して、びっくりパーティーで祝ってくれた。私は彼女のように頭脳明晰でも美人でもない。夫の興味が子供っぽい私から、大人の魅力を湛えた女性に移るのも、不思議な話ではない。性的に魅力的だけでなく、同じ研究をし、難解な問題に議論をたたかわせ、高等な知識を共有しているのだ。家庭という小さな世界に安住していた私とは大違いなのである。夫以外の男性に目をむけることのなかった私にとって、まさかの大事件だった。どこにでもある男の習性だと泣くことも笑いとばすことも私にはできなかった。

長女出産の朝、夫に対して持っていた全信頼がガラガラと崩れ落ちてしまった。良い妻でありたいと努力してきた私は散り、自分という人間性までも無くしたように感じられた。白人社会の中で突っ張って生きる原動力であるプライドが少しずつその意味を失っていった。この世で一番大切な子供だと可愛がられて育ち、長女である責任感と誇りがあったからこそ、私は外国に来ても生きて来られた。夫はその私を無惨に非情に潰したのだ。彼にとっては軽い恋愛ごっこが、私には致命傷になったとは、髪の毛一筋ほどにも気づかずに。

新婚旅行の間、ストレスから予定外の生理が始まり、友達のようにいろいろと話をしていた。私が十二人目のガールフレンドだと聞いて、婚約するまで性的な意味で男の人に手を握られたこともキスをしたこともなかった十九歳の少女には、その十二人目の意味が何もわかっていなかったのだ。

金髪で碧い目、若々しい二十五歳の青年の過去に恋人がいないはずはない。ロスアンジェルスでハンガリー女性と婚約をしていたが、日本留学中に別れたこともある。京都での結婚式は夫の友達が取り仕切ってくれたものだった。そういえばネイビス研究所でも同僚の女性と仲良くしていた……などと考え出せば、妄想は止むことがない。

マタニティブルー（出産後のうつ状態）に陥り、私は自分という存在に自信を無くしていった。しかし育児は待ったなしの二十四時間営業である。心の重苦しさはともかく毎日の家事育児はこなしてゆくよりなかった。

少し距離と時間をおいて考えてみようという結論に達し、一九七〇年七月一日、生後二ヵ月を過ぎたばかりの長女と六歳の息子を連れて日本へ飛んだ。名目は里帰りである。両親の元での三週間は、日本に自分の居場所の無い事をはっきりと自覚せざるを得ない日々となった。再びやり直すことにして夫の所に戻ったが、私が経済的にも精神的にも自立ができていないという事実、別れては生活もできないという脆弱さ、そして自分で決めたこととはいえ、国際結婚の困難さをつくづく身に沁みて感じていた。

フットヒル・カレッジで陶芸から受けとった、あの充実した幸福感と自信とを思い出すことで、少しずつ私の中でいろいろな考えが芽生え始めた。陶芸の技術を身につければ、もしかしたらいつか自立できるかもしれない、いや、自立してゆかねばならないかもしれない。夫婦、家族という世界に単純に頼って生きてきた私に、初めて鳴った警鐘だった。

夫は博士論文の骨格をまとめ上げた。あとは時間をかけて内容を充実させ、フットノートや参考資料のリストを加える。清書提出の目処がおおよそ立つ時点まで到達したのだ。そしていよいよ本格的に就職活動を開始した。外交分野に応募したが、家族が共産圏に在住していることと、年齢制限とで見逃さざるを得なかった。大学で教職の地位を求めても中西部にしか可能性はなく、カリフォルニアへ帰るという夢は断念しなければならなかった。IBMでの正社員への移行も気乗りがせずにいた。そんな中でロンドンのシェル石油本社のインタビューを受けたあと、トントン拍子に就職が決まったのである。

第五章　イギリス・次女

一九七〇年九月二十日、ニューヨークのジョン・F・ケネディ空港からロンドンへ、私達家族四人は出発した。ハイドパーク近くのホテルに仮住まいし、夫は翌日から出社である。六ヵ月になる娘のベビーフードを洗面台の熱湯で温め、定時に食べさせると、あとは公園内の散歩をするだけで一日が過ぎてゆく。週末には会社が紹介してくれた不動産屋と共に、借家探しに回る。十月一日、ウォータールー駅隣の会社まで、通勤時間三十分くらいのサレー州バイフリートという小さな村に引っ越しをした。イギリス式タウンハウスで、一棟に境界壁を共有した五、六軒の家が集合している。小さな前庭と木塀に囲まれた細長い裏庭を持つ二階建ての家は、バイフリートの駅まで二十分も歩けば到着する便利な場所だ。そのため数棟の住宅には、専門職につきロンドンに通勤する三十代、四十代の人々が住んでいた。

スーツケースと乳母車など、飛行機で運んだ必需品だけの簡単な引っ越しである。家具付の借家は二階に小さな三部屋と階下は居間とダイニングエリアと台所である。ベッドにたんす、テーブルと椅子などと共に毛布とシーツ、タオルや台所用品まで最低限のものは備わっている。ベビーベッドや子供用の椅子は、会社の同僚から借りて当座の間に合わせることができた。アメリカから送った梱包荷物が到着するまで、約二ヵ月間はキャンプ生活のような暮らしとなる。村の中心部には銀行とスーパーマーケット、パン屋、八百屋、コインランドリー、不動産屋、ニュースエージェント、パブなどが並んでいて、乳母車を押して買物に行ける距離である。引っ越しをするたびに塩こしょう始め調味料を新たに買い込み、改めて家つくりに励むのにも慣れてきた。

新住所に落ち着く間もなく、息子はすぐ近くの公立学校に一ヵ月遅れで入学した。イギリスでは五歳でインファント・スクールという小学校に入学するしきたりだが、息子はもう六歳四ヵ月になっていた。ニューヨークなまりの彼は東洋人の混血の特徴をはっきり示す子供で、髪は黒、目は茶色、そして体が小さかったことでよくいじめられていた。スタンフォード大学付属保育園、コロンビア大学付属のナーサリースクールと、幼児教育機関ながら、エリート校の環境にいた彼は、労働者階級の子供達で占めるこの学校にはなかなか馴染めない。

翌年九月の新学期から、隣町にある私立から公立へ更改されたばかりのカトリック系小学校に転校し、バス通学をするようになった。カトリック教会に通ったことで、この小学校の存在を知り、息子の学校問題に新しい可能性が開けたことは、とても幸運だった。息子の明るくなった顔をみて、学校が楽しい場所になったことに胸をなでおろしたものである。

同じ村から通う、医者の五人息子の三番目と同じクラスになり、彼はその家に入り浸り、タウンハウスの敷地横の原っぱで、隣近所の子供達とところげ回っていた。ニューヨークではマンハッタンのビル街に住み、リバーサイド公園を駈けてはいたものの、大都会には変質者も多くいて、子供達だけを自由に遊ばせることはできない。私の幼い頃と同じように、彼は学校から帰ると夕食まで遊びに夢中で走り回っていた。

環境の変化にもじゃまされず、長女は母乳ですくすくと育ち、大きく生まれた娘はおとなしく、手のかからない子供だった。二度目の育児で一応様子のわかっている子育ては、順調に進み娘の愛らしさに、女の子を育てる楽しみを味わっていた。イギリスではさけられない雨の中でも乳母車で村の中心部まで買物にゆき、ついでにぐるりと散歩をするとごきげんの娘だ。

引っ越しの後でようやく落ちつきをみせてきた十一月初め、私はいつまでも訪れない生理不順の相談のため、医師の診断を受けることにし、村の診療所へ出かけた。

「妊娠していますね。来年の春頃予定日になりそうです」

私は唖然とするのみ。夫婦関係がぎくしゃくしているのに、また子供が生まれるとはどうなることだろう。カトリック信者である私達に妊娠中絶はない。神の思し召しと気を取り直して、日に日に育つ胎児のために祈るしかなかった。

おなかの大きくなった私は、長女の這い回る後を追いかけ、乳母車を押しての買物とコインランドリー通い、新しく知り合った友人達と子供を遊ばせながらのモーニング・コーヒー、パーティーやつき合い、息子の学校の行事など、疲れを意識する暇もない毎日だった。

一九七一年四月六日、次女誕生。七ポンド七オンス（約三千二百グラム）の髪の濃い元気な赤ん坊である。

長女とは十一ヵ月と十九日しか間があいていない年子、子供を育てた人には理解できると思うが、一歳前後の幼児にはひとときも目が離せない。昼寝の時だけ、つかの間の天国、気の抜ける時間は、あまりにも短い。幸い義妹がハンガリーから助っ人に来てくれ、産前産後の三週間は体を休めることができた。この後のカレンダーには三人の子供の健康診断、予防注射、息子の歯科通いと中耳炎、扁桃腺の手術、乳炎削解手術など、医療機関へ通った日々がぎっしりと書き込まれている。何と忙しかったことか。今でもため息が出てしまう。

子供が増え、住んでいる借家が手狭になったため、同じ村の中で大きなベッドルームが三つある家へ、九月末引っ越すことになった。イギリスではどんな小さな村や町にもメインストリート（中央通り）とかチャーチストリート（教会通り）など主な道路があり、その道の敷かれたいわれを示している。私達の新住所はチャーチストリートである。前の家は集合住宅の私道に囲まれていたが、今度は二棟続きで表通りに面しているため、交通量もぐんと増える場所になった。子供達も前庭での遊びは厳禁で、専ら塀で囲まれた安全な裏庭が中心になる。

この頃にはイギリス英語の影響を受けて、息子も私もアメリカ的発音からキングス・イングリッシュに少しずつ変わっていった。会話がスムーズにできるようになると、「耳が開《ひら》く」とでもいおうか、理解力も比例して増してゆく。人と交わう機会が多くなればなるほど、相手に感化され易くなるのが言語の特徴だと思われる。家の中でハンガリー語はまだまだ健在だが、日本語はまったく影をひそめてしまった。

三十数年前のイギリスの田舎町では、外国人居住者はまだ少なかった。南ロンドンにはインドやパキスタン系、アラブ系、アフリカ系などの外国人は珍しくなかったが、一歩郊外に出ると外国人は目立つものだ。

村の八百屋に買物に行くと、

「日本から来たの？　よく知っているよ、香港の一部だからね」の返事。

いかに香港がイギリスの統治領だとしてもこれはひどい。日本は独立国なのですよ。フジヤマ、ゲイシャのイメージしか持っていない人に説明のしようもない。東洋人だからと粗末にされ、傷んだ野菜や果物が混じっていたこともある。この店一軒だけでなく、大英帝国のプライドと幻をまだ頭上に戴いている人達にもよく出合う。人種差別という確たる意識ではないかも知れないが、区別は受けていたと思う。

アメリカに住んでいる時は、大都市や大学関連の地域にいたせいもあろうが、人種としての差別を受けた感じはしなかった。一般論になるが、人々はオープンでこだわりがなく、親しく接してくれた。広大な土地と世界中からの移民で成り立つ国は、お互いの歴史や過去に寛大で、適当に距離を保ち敬意を払っていた。

今までの学生気分の生活とは異なり、世界の大企業の社員となった夫は、自分の能力を最大限発揮しようと、仕事に張り切っていた。コロンビア大学院での専門知識が役立つ場をみつけ、正当なる評価と報酬を受け、たぶん人間として最も充実していたのではないだろうか。精力的に英国内のみでなく、オランダ、スウェーデンなどヨーロッパ各地を飛び回っていた。多い時は月の半分は出張、一ヵ月まるごと在宅していたことは一度もない。私と子供達はまるで母子家庭のように、田舎生活を遊びの一つにして暮らしていた。

乳児を連れて集う、モーニング・コーヒーでは、子供達を足元で遊ばせながら、育児に対する情報交換や古着、おもちゃ等の交換をした。息子の小学校でもカトリックカレンダーの節目ごとの催しや数多い会合があり、近くのカトリック教会の婦人会にも入っていたので、結構忙しい毎日だ。いちいちベビーシッターを頼む予算がないので、たった一歳の長女に生まれたばかりの次女の子守りを言いつけて、二人分のおむつを洗いにコイン・ランドリーに走った。今、思い返してみると危い綱渡りの連続で、よく事故もなく通り越せたものだと、神に感謝したい気持ちになる。

同じ年頃の子供達を持つ、イギリス、オランダ、スウェーデン、アメリカの友人達と子育ての隙を縫うように、というより子育てに縛られている憂さを晴らすように、いろいろ楽しいパーティーを工夫した。

ローマ時代の部族の代表のように仮装し、森の中にバラまいてあるチェックポイントでみつけた、ヒントの書いてある紙を頼りに、パーティーを主催している家に辿り着き、ダンスと飲食の大騒ぎ、まるでバッカスの宮殿なみの振るまいだ。

子供達のためには、十二月六日の聖ニコラスの日は、オランダの慣習に従い、白馬に乗ったサンタクロースを囲んでのパーティーなど、アイディアと伝統を組み合わせた楽しい会が多い。友人達は大体同年齢で家族構成も似かより、教育や専門分野も同じような、いわゆる中産階級というグループに入っている。イギリスでは上流、中産、労働者と区別があり、居住地、収入、社交には各々はっきりと一線が画されている。階級により会話や礼儀作法も異なり、その境界線を飛び越えてゆくのは、余程のことがない限り困難なものである。

クリスマスは家族間で祝う。翌二十六日のボクシング・デイには隣近所や友人の家を訪ねて、キリスト聖誕の喜びを分かちあう。ボクシング・デイは「クリスマスの贈物日で、英国と旧英国領で行われた、郵便配達夫や使用人などに祝儀のクリスマス・ボックスを与える日」である。必ずといってよいほど、シェリーかワインで乾杯、夕方になる頃には千鳥足も珍しくなかった。この時代に親しくなった友人達は、三十数年過ぎた今でも家族同様のつき合いが続いている。親のみでなくその子供達も、気軽に旅の途中で立ち寄り、一宿一飯に旧交を温めている。

さて、家事育児と簡単に一まとめにしてしまうが、一つとして手を抜けない仕事の連続である。二人の乳幼児をかかえて、掃除、洗濯、買物、食事の支度、片づけ、子供の躾け、入浴、就寝前のお話と祈り、そして小学生の息子の話し相手など、何人かの子育てを経験した母親が同じように奮闘して通る道だけれど、とにかく忙しいの一言につきる。ＰＴＡに教会関連の手伝い、モーニング・コーヒーとパーティーの合間に庭の芝生と草木の手入れも加わる。千手観音は衆生を救うための象徴ではなく、休みなしの母親のシンボルだったのではないかと、つくづく思う日々だ。

日常の雑用に追われていると、社会で何が起きていようと、意識と興味をもって見つめる時間が極端に減少してゆく。アメリカにいた間はニュースを聞き新聞を読み、パーティーの会話などから、ベトナム反戦デモや公民権運動、ウーマンズ・リブ活動など社会問題に目をむけ、その意義について考える時間がいつも隣に存在し、それらから多かれ少なかれ影響を受けていた。パーティーの席でもアメリカは男女混席で会話がはずんでいたものだが、イギリスでは食後は男性は書斎で葉巻とポート、女性は居間でデザートやコーヒーと、二組に分かれてしまう。自ら話題も限られ、女性が政治経済、労働問題に口を出すことは少なく、専ら子育てやゴシップせいぜい芸術が会話の流れをつくっている。

子供の世話で手一杯の私は、世の中の動きから全く切り離された孤島にいた。北アイルランドでは、カトリックとプロテスタントの衝突にイギリス兵が出兵したとか、英国上院議会で死刑廃止が確定したとか、英国総選挙で六年ぶりに保守党が勝利して、ヒース政権が誕生したとか、またフランスのドゴール大統領の死去など、ヨーロッパの現代史から切り離せないニュースでさえも、まるで自分とは係わりのない世界が遠くで回っているようだった。

唯一身近に感じたのは、一九七一年英国貨幣のポンドが十進法に変わったことである。今までシリングとペンスで構成されていたものが、全てペンス硬貨に移行した。一シリングは一ポンドの二十分の一。クラウンと呼ばれる五シリング貨幣はペニーの十二倍、とにかくややこしい。一ポンドが百ペンスとなり、呼び方もテンピー、トゥエンティピー、フィフティピーなどと簡略化された。アメリカのドル的呼び方になったのはありがたいが、ようやくイギリスの貨幣に慣れてきた私には大混乱となった。数字にかかわることが苦手な人間には、買い物にゆくこと自体が苦痛の種となった。できるだけポンド紙幣で支払うのだが、返されるお釣が正しいのかどうかも分からない。大人のくせにと笑われそうだが、計算をしなければならない時、頭は真白になり回転はストップしてしまう。便乗値上げも行われたようで、友人達とぐちをこぼしあったものだ。

雑用で体力も気力も使い果たしてしまうと、私は考えることができなくなった。というよりも考えても仕方のない状態に甘んじるしかなかったという方が正しい。機械人形にでもなったように、時計時間に追われるうちにまた翌日がやってくる。毎日毎日子供は成長してゆき、心に余裕があれば、その段階一つ一つに驚きと感動をするはずなのに。長女がつかまり立ちし、歩き出し、言葉を覚えと順調に育つ過程も、生まれたての次女が元気に母乳を飲んでくれ、ぐっすり天使のように眠る顔を見るだけで、母親としてこの上ない幸福感を味わえる。三人の子供に恵まれて元気で忙しいのが一番幸せなはず……と思っても、心の中には空ろな何かが巣くっていた。

ニューヨークでむさぼり読んだ本の山は消え、活字は子供に読み聞かせる幼児の本だけ、タイム・マガジンやナショナル・ジオグラフィックもパラパラ頁をめくるだけで、とても落ち着いて読む余裕がない。勉強が好きというわけでもないが、学ぶことはとても楽しかった。結婚後、学ぶ喜びを大学で教えてもらい、考える習慣ができた。自分を発見し、個人としての自分から、社会や世界というつながりと拡がりを意識していた日々は、完全に消滅してしまった。今だけ我慢すればいい、今は忙しいから仕方がないと納得させてはみても、自分だけ世の中から置き去りにされ、また無知な私に戻りそうな気がして、心はあせっていた。どうにかしなければと思っても、娘の泣き声がすればすぐ走っていってなだめたり、乳をふくませたり、オムツを替えたりと、もう思考の糸は切れている。

シェイクスピアを生んだ伝統ある国、イギリスでは、田舎に住んでいても演劇が思いがけず身近にある。

バイフリート・プレイヤーズというアマチュア演劇グループがあり、年四、五回公演を行う。一九七二年十一月二日から六日まで、村のバイフリート・ホールで一幕物の演劇フェスティバルが開催された。毎日三つのグループが近隣の町村から集まり、自慢の演目を披露し、賞を競う。

初日はデスボロー・プレイヤーズ、エンファシス、ピルフォード・リトル・シアターの三組、翌日はウエスト・チャーチル・スクール・ドラマ・ワークショップ、コ・ベンチャー・ドラマグループ、ホーセル・アマチュア・ドラマ・ソサエティ、三日目はバイフリート・プレイヤーズとセント・アンドリュース・プレイヤーズ、ウッドハム・ドラマ・ソサエティと各々の演目に対して、私の厳しいコメントがカレンダーの余白に書き込んである。四日目はパーティーのため行っていないが、最終日にはまた出かけている。オッターショウ・プレイヤーズとパリッシュ（教会区）プレイヤーズ、そして最終を飾ったのはサレー・ステージ・プレイヤーズである。五日間の公演日のうち四日も通っていることは、子供連れで観劇できた環境だったのかもしれない。

地域社会に根付いた、学校や職場や教会そして趣味的なグループが楽しんで素人劇団を結成し練習を重ね、発表していたことが理解できる。転職転勤が少なく一軒家を構え、地元を盛り上げ、伝統を重んじるイギリスの田舎だからこそ成立する、文化活動といえよう。ロンドンまで三十分で通勤する中産階級や知識人が、これらのグループの中核を占める。ソーホーやバンクの劇場に通ったり、オペラやコンサートをレクリエーションにし、中学、高校、大学などでの演劇公演も盛んに行われる土壌があるので、アマチュアといえども完成度が高く、そして熱が入るのも当然といえよう。

ある時、ベビーシッターに子供達を預けてコベント・ガーデンに夫とオペラを見に行った。ムソルグスキーの「ボリス・ゴドノフ」、十七世紀のロシアの権力争いをドラマチックに描いた作品である。チケットは十五ポンド。この頃毎週土曜日にセインツベリー・スーパーマーケットで食料品に七ポンドから多くても十二ポンド使っていた。週の半ばにパンや野菜果物を村の商店で買っていても数ポンドだと思うので、二週間分の五人家族の食費を使ってのオペラ鑑賞といえよう。またベビーシッターを頼まねばならないので、ロンドン市内へ夫婦で出かけるのは贅沢なレジャーだった。

ある時、私一人でシェイクスピアの故郷、ストラットフォード・アポン・エイボンへのバスツアーに参加したことも、想い出の重要な一頁を飾る。七ドル五十ペンスにはバス代と「コリオレイノス」というローマ時代の英雄物語の演劇鑑賞が含まれている。この時の舞台装置はとてつもなく大げさなもので、戦の場面では、ステージが少し斜目に傾いて動くという凄さだった。シェイクスピア劇はいくつか見て来たがどちらかというと悲劇（ハムレット、リア王、マクベス）や喜劇（十二夜、じゃじゃ馬馴らし、ホワット・ア・ドゥ・アバウト・ナッシング）なので、その大団円に本当にびっくりした。ストーリー展開や演技ではなく、大蛇ののたうつような、波うつようなステージは、まだ瞼の奥に残影がある。

サレー州都のギルフォードには、イヴォンヌ・アーナード・シアターがあり、車で二十分程で行けるので、子供用の演目やバレエがあるとよく連れていった。息子は小学生だが、二人の乳幼児を連れ、どうして観劇していたのか覚えていないが、カレンダーには何回か出かけた記録が残っている。劇場のすぐ隣にはウェイ川が流れ草っ原になっていたので、たぶん私は外で二人の娘の遊び相手をしていたのではないだろうか。いかに目に楽しく音楽が鳴っていても、幼い娘達が一時間以上おとなしくしていたとは思いにくい。

乳幼児の情操教育に対して、一応保育科で学んでいた私は、子育てに対してガンコとも思える方針を持っている。不必要な情報や騒音は、脳の発達過程には好ましくないもので、育児環境は静かで温和な場を保つことが、子供の感受性を育てるための土台となる、と。

家にはテレビを置かないことに決め、子供達の教育は専ら、博物館に通い実物を見せ、劇場にゆき生の音楽、演技を見せるように心している。そして家にいる時はニューヨークで観劇したオペラやクラシックのレコードをかけて楽しんでいる。しかし子供の声がするたびに駆けつけねばならず、オート・チェンジなどなかった時代では、曲が終わったあとシュパーシュパーと回りつづける回転音の方が長かった。単調なあの音も幼児教育の一部をになったかも、と思うと少しおかしい。

一九七二年一月十七日、隣町ウェイブリッジのフランス語講座に通い始める。月二回の会話クラスに友人と一緒に入り、彼女の運転で、夕食後出かけることになった。

ウェイブリッジは急行も止まる駅でバイフリートから一駅ロンドンに近い。イギリスの植民地時代にインドやセイロンで紅茶輸入商人として財を築いた人々、舞台俳優、作家そしてその頃はビートルズの邸宅などが並ぶ、裕福なエスティトを持つ地域だ。

私達が通ったのは、私的な会話クラスで数人の主婦で構成されていた。ヨーロッパの地図を見れば、イギリスとフランス、ベルギーはドーバー海峡を挟んですぐ隣にある。多くのイギリス人はフェリーで、春、夏の休暇をフランス、特に南フランスにバカンス旅行をしていた。歴史的に見ればフランスと敵対していた時代もある。しかし文化的には十八世紀の最初の七十年間は、イギリスの影響はフランス経由でヨーロッパ大陸へ伝播していった。

例えば英国の哲学者であるジョン・ロックの思想（一六九〇年の人間理解に関するエッセイ集）は最初にフランス語に訳され、イギリスに端を発したフリーメイソンのロッジは、一七一七年にロンドンで設立され、フランスの社交界を通じてヨーロッパ全土に拡がっていった。信仰についての解釈には縛られず、上流社会、芸術家、聖職者、学者たちのその文化交流の場としての活動は啓蒙的な意味が大きかった。

話が横道にそれてしまったが、フランス人を揶揄して呼んでも、多くのイギリス人にとり、フランスは魅力のある土地であり文化であり、言語だ。

塾のようなクラスは専ら日常会話を中心にプログラムが組み立てられていて、休暇でちょっとフランスに行くという主婦達の要望を充分に充たす程度のものだった。

イギリスで子供達の夕食は「ティー」と呼ばれ、軽くサンドイッチなどで済ませることが多い。その代わり昼食は、学校の給食であれ職場のカフェテリアであれ、家でとるランチであれ、栄養的にも量的にも一日のうちで一番大きな食事が習慣となっている。

子供達の夕食は、親より先に出され、そして遅くとも八時前には寝かされる。夜の時間は大人のものであり、日本で見られるように両親と共に遅くまでテレビをみるなどという光景はない。そのため大人達は観劇やコンサート、パーティーなどの文化的、社交的生活を保持することができるのだ。

長女が約一歳十ヵ月、次女が九ヵ月という乳幼児を持つ母親の私が、月二回とはいえフランス語会話クラスに出かけられたのは、このような大人の時間帯が確立された生活の習慣があった。夫もできるだけ早目に帰宅して、私が出かけるための応援をしてくれた。出張の多い彼ができない時は、近所の高校生や友人の娘にベビーシッターを頼んで通った。

結婚する前の私は、意味もわからないまま幻想的耽美的なフランス詩に興味津々だった。思春期に自分の体が変化してゆく。成長の当然の過程であるが、愛や性に関して言葉に出すことがタブーの雰囲気に満ちている時、恋愛をテーマにした詩や小説に想像や夢をふくらませるのは、とてつもない秘密を持っているような胸の高鳴りを感じる。

幸いにも家の蔵書にスタンダール、フローベル、モーパッサン、デュマなどがあり、価値観や風俗が別世界のフランス小説を読んでいた。どうせ理解できない……と、父は私が何を読もうと干渉はしなかったのだ。

幼い頃はペロー原作の『赤頭巾』や『青ひげ』『シンデレラ』などに、はらはらしたり喜んだりし、高校時代には上田敏訳のベルレーヌの有名な詩「秋の歌」を朗読し、そしてマラルメ、ランボーへと範囲は拡がり、ボーボワールへと進んでゆく。

それらの詩や文学を生み出したフランス語、たとえ日常会話の単純なものであっても、少女時代から憧れていた言葉に触れてみたいと、学んでみたいとひそかに願っていた。

発音の基礎から始まり、原語で無器用ながら発声してみると、今ここに存在する私から時空を飛び越して、他の世界にいるような錯覚に浸ることができる。ただの現実逃避であっても、それは一つの息抜きと楽しみだった。

フランス語に目をむけたのは、もう一つ重要な理由がある。家事育児に追われる日々は、もちろん充分に仕事をこなしてゆかねばならないが、「考える」ことをしなくなってゆく。手も足も体も大車輪で動いているが、夜夕食の片づけが終わり、さあ読書だ勉強だと思っても、つい瞼が落ちてしまう。しかし眠ったと思ってもすぐ目が覚める。中途半端な眠りの連続では脳も体も休息できるはずはない。自分を何か枷で縛らないと、翌日も翌々日も何かをしたという結果を残せないまま時間は消え去る。怠けているわけではない。考えること——

大げさにいえば思想の基になる知識を貯えることのできない自分が恐かったのだと思う。そして夫のクラスメートから受けた劣等感やあせりが、心の中でずっと生き続けていたのだろう。彼女に負けないように、私もがんばらねば、勉強を続けなければ……と悪あがきをしていた。

私の不眠症はこの頃から始まり、そして安易な睡眠薬の世話になることが増えてゆく。健康が第一の財産であるはずなのに、化学的に調合された逃げ道に頼って、目前の短絡的なやり方に走り、体のバランスを少しずつ自分で崩して、マイナスサイクルに傾いていった。「逃げることを一度覚えると、死ぬまでずっと逃げ続けるだけ」そんな言葉が脳裏を巡る。自分自身にまっとうに目をむけて根本的な解決法を探すのではなく、眠られぬ目をも瞑ったのだ。

子育てに社交に、悪あがきしたイギリス生活だったが、実は私は大きな発見をした。それは植物とのかかわりができたことである。森や林や草花というより、大自然の一員である植物と触れることは以前から好きな方だった。キャンプに行けば森林の散策に草原での花摘みに、自然の息吹の中でののびのびする体の心地良さは忘れることができない。マンハッタンのセントラル・パークやリバーサイド・パークなどで木枯しにふるえ、また真白く雪化粧をしていた木立が春、小さな黄緑色の若芽が、まるで赤ちゃんの拳のような小さく丸っこいふくらみから、目を向けるたびに若緑が増してゆくうごめきを感じる。夏には背丈まで倍伸びたかと錯覚し空の隙間が見られないその強さに驚く。そして秋の訪れと共に目の眩むような黄紅葉のきらめきなど、それは距離感のある楽しみであろう。

手塩にかけて植物を育てる喜びを見つけたのはイギリスに来てからだ。今までの住居はアパートだったが、庭付きの家に住むのはバイフリートが最初となる。前庭には芝生とバラが数本、裏庭も芝と幾種類かの低木と多年草の花壇がついている。

子供達が昼寝をしている合間やまた庭で遊んでいる時に、草花の手入れをする。日本では見たこともなかった花々が、雨の多いイギリスでは丈高く育ち華麗に花を開く。草取りをしながら、ぶつぶつ植物に話しかける癖がついたのはこの時に始まった。草花につい愚痴をいっている自分を省みて恥ずかしく思うことも度々である。擬人化された花達は、私の秘密を分けあう友となった。

彼らは与えられた環境の中で、何もいわずひたすら植物の分際を生きている。子孫を残すために香りを放ち、大きく花弁を拡げて蜂や蝶を呼び受粉を促がしている。植物同士のコミュニケーションはどうして取っているのだろうか。根を張った以上、その場から動けず生き抜かねばならぬ身の上に、黙々と従って生きられるだけ生き抜いている。

珍種だとか突然変異だとか、新交配種だとか喜び得意がっている人間の思惑など何の関係もないところで静かに存在している植物に、私は自分を照らし合わせて、自然のままにまかせることを教えてもらったと思う。芝生の悩みの種であるクローバーの長く伸びる根も、びっしりついた花も、いつか種となって散りまた生えてくる生命として、愛おしく感じることができるようになっていた。

ファーブルの昆虫記は少女時代の愛読書の一つだ。草の間に小さな虫を見つけると、その虫にまで話しかけて「同じ生命だね」と、虫達のはかない生命より人間である自分はどれだけ運が良いことかと思うこともある。芝刈りや草取り中に、また移植中に気もつかず殺生した虫達の数は何万匹どころではないだろう。芥川龍之介の「くもの糸」の例えではないが、私には助けの糸は決して来ないと信じられる数の小さな生命を潰していた。

手に触れる生物を観察することで、忙しくて何もできないと悩んでいたことを少しずつ忘れる日も増してゆく。芝生の上で子供達と寝ころがって流れる雲をみつめ、チクチクする草の葉の強さと青くさい匂いを体中に吸い込んで笑っていた時間、急に降り出した雨で取り込もうとした洗濯物がぬれてゆくスピードにまけて濡れるにまかせ、「雨の洗濯屋さん……」と子供達と即興で唄った時など、あせりを癒しに変えてくれた思い出だ。

花や木の名前も知らずに始まった草いじりが、庭を持って知ったことは、誰かの手で世話をしなければ、草木は一年でジャングルのようにはびこる、という事実である。イギリスでは庭の手入れの完璧さを競っている隣人達の中で、私達の借りている庭だけがみるみる内に端正さを失っていった。悲しいかな夫は家の中のことも、もちろん庭などには全く興味を持たない人で、芝が伸び放題、剪定をしていないバラの枝は好き勝手に拡がり、玄関までの踏み石の間には雑草がびっしり生えるというカオスも目に入らないらしい。自然にまかせる指向の夫の前では要するに庭も私の役割分担に組み込まれるわけである。園芸店で簡単な庭用具を買い、遅まきながら庭仕事の真似ごとを始めざるを得なかった。しかし彼のお陰で私は庭に味方の軍勢を育てていたようなもので、どれだけ植物が友達になってくれていたかと、ありがたく思う。

イギリスの夏は夜九時になってもまだ明るく、雨さえ降らなければ戸外は、居心地の良い居間からの延長空間である。日照時間の少ないこの国では。太陽の光は名残りまで大切にされる。そこここで庭に出て食事をする声が聞こえてくる。バーベキューをする煙が漂い匂いが移ろい届いてくると、息子に全権を与えて我家でも同様にバーベキューを楽しむ時もあった。日が沈むと急に冷んやりしてカーディガンが必要となる。人の気のなくなった庭では、きっと植物や昆虫達の天下に変わり、昼間とは様相の一変した生命のいとなみが沈潜しているのだろう。

夏の明るさとは逆に、秋ともなれば夕暮れの訪れは足早にやってくる。午後三時頃から電灯をつけないと、家の中は薄闇に包まれる。北海道と同じ緯度というが、暖流のためロンドンの南西部では雪は少なく、寒さも厳しくない。屋内は全館暖房がしてあるので、軽くカーディガンをはおる程度で一冬を過ごせる。子育てには理想的な暖かさで、アメリカとイギリスで子供の乳幼児期を送ることができたのは幸運だった。外出には防寒着がかかせず、どこの家も玄関を入った壁面にコートハンガーがあり、ブーツラックも出番となる。

庭の存在が生活意識の重要な位置を占めるイギリスでは、クリスマス前ともなれば教会で婦人部が集まり、柊や黄や紅く色づいた実の束を持ち寄って、リース作りをする。学校のクリスマス・バザーや村の店頭で買うこともできるが、指を駆使しての手造りリースは、いかにもクリスマスを待つ気持ちを盛り上げてくれるものだ。各家庭のドアには工夫を凝らしたリースが飾られていて、乳母車を押して買い物専門の私には、鑑賞しながら歩ける楽しみが増す季節である。窓は豆電球やリボンや花で聖家族が装《よそ》われ、外のモミの木は点灯される。その家に住む人のセンスと財力と性格のわかる冬の風物詩となる。

アメリカの生活方法とはまた一味違うイギリスに住んだことで、私は堅実であり質素ともみえる家庭のあり方に、より親和できる手本を見つけていった。

アメリカでは転職転居は生活向上と人生の目的達成のため、日常茶飯事のように繰り返されている。親しくなった友人が、次週にはもう他の州へ移ってしまうなどというのは、当たり前という感覚で人付き合いをしていた。私達も、コネティカット、ニューヨーク、カリフォルニア、再びニューヨークそしてロンドン郊外まで、たった七年の間に国を越えて移動してきた。引っ越し、つまり家財道具一切合財を持って移るのは、同じアパート内で三度も経験している。ハンガリーから母が来てダッブスフェリーで、父が来てパロマルトでは部屋を移った。コロンビア大学院生の学生寮では半地下の暗い部屋から五階の公園側へ変わったので既に七回引っ越し、イギリスでは家を移って九回目となった。

会社から転勤を命じられての移動には、引っ越し業者から助っ人が来て梱包を手伝ってくれるが、個人レベルでは全て私の仕事だ。部屋を出る時は、借りた当初と同じように完全に清掃をしオーブンやガスレンジもピカピカにして出ないと、理に合わない罰金をとられることが多い。もちろん庭の手入れ、窓ガラス拭きも入っている。子供がいれば思いがけない隅が汚れていたり、壊れていたりする。その応急修理もまた私の仕事となる。ダンボールの箱をスーパーマーケットから少しずつ掻き集め、畳んでしまっておくことも引っ越しに慣れた私の、ささやかな知恵となった。この頃から私は引っ越し荷物を造る技術では人後に落ちないと自負できるほど、手早く効率よくきれいに、梱包のプロになっていた。夫が箱詰めするのは自分のものだけ。書籍・論文の資料、仕事関連の書類やレポートなど、彼にとって大切なものには私の手は必要ない。いつの間にかそんなパターンが出来上がっていた。

イギリスに住み、もう一つ大きな発見があった。それは先祖代々と使われてきた家具や絵や敷物や陶器などを、心から大切にし自慢に思っていることである。一見ガタピシして粗大ゴミのような安楽椅子にも、新しいが年代を彷彿させてくれる、型に合わせたカバーをきちんとかけて使っている。これはひいおばあちゃんが誰それから受け継いだもので百年以上前のものだ、云々と一つ一つに歴史と物語がひそんでいる。すり切れそうな絨毯はインド植民地時代のものだとか、この卓上ランプはどこそこからとか、誘《いざな》われた居間の家具の一つ一つの由来を聞いているだけで数日かかりそうに思える。その家の主婦がリフォームの技術を習得するために専門校へ通うこともあり、家族のつながりと物を次世代に確実に引き継いでもらうための、意気込みが感じられる。

地震や台風など自然災害の少ない、石やレンガ造りの家に住むイギリス人だからこそ、先祖伝来の品々を、その連綿と続く伝統に誇りを持って生活できるのだろう。まるで骨董屋にいるような、バラバラな年代物に囲まれていても、そこには先祖の想い出が一つ一つの物に今も息づいていて、その息遣いを共有して地道な生活が営まれている。子供に手渡すのは家具と家の歴史だけではなく、キリスト教を芯にした家族の大切さ、そして続いてゆく生命の重要さや感謝が含まれている。

お金だけ出せば何でも買えるし捨てるアメリカの、ある意味では大雑把に生きているような視点から、伝統の重みを生活の中で守っているイギリス人の生き方に、私はより共振できる気がした。駆け足ばかりで息切れを起こすのではなく、ゆっくり、じっくりと一歩一歩動いても、人生は同じように続いてゆくものらしいと気がついたのである。お国柄と一言では決して片づけてはいけないものが、その根底を固めているように思われた。

私が人生の指針として持っている愛読書の一つに、ルイザ・メイ・オルコットの『昔気質の一少女』がある。『若草物語』は現在まで世界中で愛読されている彼女の作品で、十九世紀後半のニューイングランドが舞台になっている。これは、『若草物語』より二年後に書かれたものだ。イギリスの田舎に住んだことで、精神的な背景が、よりよく理解できるようになった。

貧しいが自分の分というものを守って自立してゆくポリーの姿と、後方で見守る家族の繋がり、特に賢い母親の言葉には、この本に出合った時から理想の女性像として、私の中にしっかり根付いていた。

一八七〇年に出版されたこの本の主人公は、神の教えと愛、家族の愛に加えて、素直な心を失わず、自分のできることは精一杯まごころをつくして努力することが、いかに大切であるかを教えている。そしてそれが人生を切り拓く道に導き、他の人々と支え合うことでより良い社会を希求できるのかを教示している。

物語の中で作者は、女性同士が助け合う精神と、自立する各々が「目標を持ち、才能を伸ばし、志を手に入れることが女性にとっていかに重要であるか」とのメッセージを顕らかに示している。

オルコットが女性の自立精神の先駆者となったのは、貧しい女性達の社会進出を促進させた時代背景の存在が大きい。それまでは貧しい少女は下働きに出ることが主であった。しかし彼女はオルコットより二十歳年長のフェミニストで、女流評論家そして編集者でもあるマーガレット・フラーの女権思想や、近所に住むヘンリー・ディヴィド・ソローやラルフ・ワルド・エマーソンの影響を大きく受けた。女性と生まれても、それ以前に一人の人間として自立をすることが、いかに人間の尊厳を保つために大切かを学んでいった。超越主義を信奉する両親の影響で、オルコットの少女時代は、必ずしも当時の一般的なアメリカ社会や思想を代表するものではなく、特殊な環境だったといえる。しかし、それゆえに彼女は女性の役割、女性の意識、女性の力が男性を支えて家族を守り、より一層世の中を作ることが可能であると、著書の中で繰り返し述べている。

特に、『昔気質の一少女』の序文に、「本書は完璧なモデルとしてではなく、この時代の少女がいかにして何に生きるかを表現した。残念ながら少女達は昔気質に対して無知か、またはそれを恥ずべきと考えている。本来の昔気質というものは、女性を真に美しくしまた尊敬されるべきもので、彼女を通して家庭というものが何であるか――両親と子供達、兄弟姉妹が、お互いに愛し合い、理解し合いそして助け合う幸せを共有する場である」と表現している。

祖母の影響を大きく受けて育った私には、そして戦後という時代背景も、田舎に住む環境からも、年長者を敬い従い知恵に学ぶことはごく当たり前のことだ。そして戦前の価値観が敗戦と共にあやふやになり崩れ、アメリカ的自由主義の混在する新気運に惑わされつつ育ったため、古くさい日本から離れようとする新しい動きにも敏感になっていたと思われる。

カトリック教会に通うようになったのも、その一片といえる。本を読み漁り、キリスト教や西洋の価値観をわかりたいと思っても、一九六〇年代初めに私のいた環境ではあまりに難しいものだ。私はモノ珍しさも含め、新しい思想、新しい社会への扉としてキリスト教に求知心を持った。神仏混交、八百万の神の御座《おわ》す日本のあいまいさよりも、善と悪の分かり易い考え方に興味が持て、その明確な摂理の方が納得し易く思われた。

結婚後、アメリカに移住し、転々と引っ越しを続けながら、どの土地に住んでも教会に通い、カトリック社会の一員として地域社会にすぐ受け入れてもらえた。この経験は同じ神を信仰して世界が一つに繋がっていることを、身をもって感じさせてくれた。

聖書や巡礼の道、キリスト教思想を根底に著された西洋文学を読み耽ったが、人間に何を教えているのか難しくて理解することが、私にはできなかった。そこで出合ったのが「昔気質の一少女」だった。

超越主義——神は宇宙、人間を超えて存在するもので、エマーソンは「唯物的、経験的にではなく精神的、直覚的、超感覚的な宇宙論」を提唱した。その影響を強く受けたオルコットの考えが、家庭と社会に焦点を当てて具体的に分かり易く物語の中で描かれていた。ポリーは女性の完璧なモデルではないと彼女はいうが、少女の私にはそうありたいと願う、確かなモデルとして存在している。神が社会のモノサシであり基幹を為す国に住むのは、そこに住む人々と共有する観念が見つからないと、いつまでも他所者である。

洗礼を受けてはいても、教会に通ってはいても、私にとって人生の指針となったのはカトリックの教えではなく、オルコットを通して描かれたポリーの生き方といえる。愛情とはなにか、母親とはどうあるべきか、女性としていかに生きるべきか、社会とどうかかわれば良いのか……時代を超えて、一人の女として、人間としての普遍的な姿なのである。

愛に挫折し、信頼が傷つき、未来に陰りが生じ、言葉に振り回され、自信を無くしても、三人の母親である責任と義務感から逃げ出すことはできない。どうすれば良いのか悩む日々に、「ポリー、あなたならどういう方法を見つけるの？」と思うことが、あまりに多かった。しかし私の現実の生活の中で一番良い答を見つけるのは、私自身しかいない。賢くなりたい、強くなりたいと願うのは気持ちだけで、家事育児皆勤であっという間にカレンダーは薄くなっていった。

隣国とは言えないけれど、イギリスに移ってからハンガリーは近い国となる。一九六九年末から七〇年にかけて、長女を妊娠中に初めて訪れてから二年が過ぎ、七二年三月末から四月半ば過ぎまで三週間、イースターを一緒に過ごすために一家で出かけた。二歳以下の乳幼児の航空運賃は十パーセント、息子も半額で、ヒースロー空港からブダペストまで直通便で飛んだ。

フェリヘジ空港には両親と妹、伯父やいとこや友人達総勢八人が出迎えてくれていた。三台の車に分乗して約一時間、丘の上から国道を眺め下ろす、ブダペスト郊外のゴドローに家がある。かつて所有したぶどう畑の続く裏山は、小作だった人達の土地になり数々の作物が植えられていた。どの家も高い塀に囲まれて、門にはいつも鍵がかけてある。家の中庭は大きな番犬が一頭、いつも不審者をみはっていた。一九六八年に新経済機構が導入されてはいたが、まだ経済的には貧しく、時々谷に住むチガーニ（ジプシー）の人達が、飼われている鶏などを盗みに入るということだった。この犬も毒入りの肉片を食べ、後遺症が残っている。

父は屋外で大きな鉄鍋を用いてつくる料理が得意で、裏庭の鬼胡桃《オニクルミ》の大木の下で、ワインのたっぷり入ったグヤーシュを作ってくれた。息子も小枝を手に祖父と一緒に火の番をして、いっぱしのハンガリー人である。三歳から四歳までこの屋敷で暮らした彼には、引っ越しばかりの両親の借家より、ここが実家という感じではなかっただろうか。

イースターの習慣のイースター・エッグつくりは、ハンガリーの伝統的な行事だ。玉ねぎの皮と一緒にゆでて、茶色になった卵の殻に、細いナイフの刃先で、現在でも民芸品の刺しゅうに見られる連続模様を線状に削り出すものである。家族には一個ずつ、訪れてくる親戚や友人の分まで作るとなると、寝ずの大仕事である。テーブルの中央に積まれたゆで卵が一個、また一個と完成しバスケットに入れられる。子供達はチョコレートのイースター・エッグやおもちゃを庭のあちこちから探し出すのが楽しみの一つだ。

台所では、チーズ入りの小型パイやナッツ入りのクッキー、けしやくるみのレーテシュ・

パイなどが焼かれ、キリストの復活を祝う準備は着々と進んでいく。

父は朝食の前に「喉の健康のために」と一杯のアプリコット・ブランデーを流し込む。部屋ごとにあるタイル張りの暖炉は、雑木を朝焚くだけで一日中、ほど良い暖かさを保つ。暖炉と壁との間に置かれた、自家製くるみ酒の蒸留ビンがカゴの中で、クルックルッと蛙のような音を発していた。視力のほとんど無い父は音で熟成度がわかるといって、出来上がりを楽しみにしていたものだ。

一歩外に出れば、他人を疑いの目でみたり自分の言動を自制し守らなければならない社会の中で、家というものの意味を考えさせられた。家族以外は信頼できない。親戚といえども信用するとしっぺ返しを受けることもあるし、利用されることもある。家族と他人という境界壁がはっきり存在することを、実感として知らされた。すぐ人を信用した結果いつも傷つけられる私の性格では、ハンガリーの厳しい社会の中ではとても生きてゆけない。国境に囲まれたヨーロッパ大陸の肥沃ではない土地で、家族を守るために戦ってきた先祖を持つ人種と、四季に恵まれ山海大地の食べ物に恵まれた農耕民族の末裔である人種とでは、他人に対する考え方に、これほどの大きな差があろうとは考えてもみなかった。

夫の家でも門を開ける時に吹く口笛の合図が決められていている。訪問客は門のベルを押す。家の窓から誰であるかを確かめてから、玄関の奥に掛けてある鍵の束を持って門まで歩き開門するのである。玄関も縁側も開け放された家で育った私には、居心地の悪い想いをした。しかし郷に入れば郷に従え、家族の安全のための方法だ。他所から来た人間が、とやかく批判することではない。

居間や寝室に掛けてある先祖の肖像画、母が嫁入りする時持ってきたハンガリー刺しゅうの壁かけやテーブルクロスの数々、代々伝わる銀器や燭台、ナポレオン時代の金貨や母や曽祖母の宝石にまつわる話や戦中戦後の苦しかった時代のことを聞いて、私はようやくハンガリー人と結婚しているのだという現実を実感し、責任を感じた。

後年、十数度もハンガリーに通ったことで、子供達の心にも、この国の風習や習慣に親しみ、小さな故郷のような寄り所を作り出すことができただろう。祖父母、両親、子と三代が、民族の血こそ混じってはいるが、一つの家族という感覚を育ててきた。夫の、祖国ハンガリーに対する熱い想いに、感謝しなければならない。

イギリスの我が家にも、スコットランド音楽祭に出演する、ブダペストオペラ座のチェリストである伯父や、他の親戚、友人知人がハンガリーから頻繁に訪れ滞在するようになった。特に夏場は下宿屋でも開業したかのような忙しい日々が続いた。

ハンガリーとの行き来も増え、言葉も不自由なくでき、子供達も健康に育ち、外目には何の不満もなさそうな毎日を送っている。しかし私は自分の内部に欲求不満のような、納得できない焦慮感を隠し持っていた。フランス語を学んでも、近くの演劇を見ても社交に忙しくても、穴を埋められない何かがウズウズして噴火を窺っているような変なものだった。

相変わらず夫は多忙で、多い時には月の半分は出張である。大学院の講義終了とはいえ、まだ博士論文をまとめ上げねばならない。少しの失敗でも蹴落とされる競争社会で生き抜いてゆくためには、いつも全力投球を保持しなければやってゆけない。

理屈として理解していても、私は淋しくて仕方がなかった。子供達の世話、時々羽目をはずして騒ぐパーティー、あっという間に暮れる一日、軽い日常会話はしても心にまで響いてこない夫との間柄、勉強したくても疲れ切った頭に、頁をめくる形ばかりである。

子育ては楽しい。子育ては大切だ。今そのために一生懸命しなければ後で悔いが残る。三つ子の魂百までというではないか。おろそかにしてはいけない……優等生ママになりたい私は、がんじがらめに我が身を縛り上げていた。

長女を生んだ朝に夫から受けたショックは胸の奥に閉じ込めたまま、予期もしなかった第三児の妊娠出産だった。妊娠恐怖症が再度頭をもたげ、夫婦の性と私は正常に向かい合えなくなっていった。町が無料で実施しているファミリー・プランニング・カウンセリングに訪れてみても、妻、片方の相談では埒が明かない。夫は自分とは係わりがないことだと相手にもしてくれなかった。避妊手術を受けるにしても年子を出産し、時間的にも余裕のない私には困難だ。夫自身の手術については彼は断固として反対だった。経口避妊薬は長男のあとで懲りていたし、新薬は安全で副作用は少ないとはいえ、万全ではない。リングを装着したが痛みを伴い、結局は元の状態に戻っていた。妊娠に対して精神上の不安を持ち続けたままの夫婦生活は苦痛となり、理解も妥協もしてくれない相手に、不満をふくらませていった。

何が直接の原因だったか覚えていないが、ある夜とうとう爆発した私は、子供を寝かしつけたあと、駅まで走った。家出をしたい、全てから逃げ出したい。私がいなかったら彼はどうなるかなどという常識は皆消えてしまい、とにかく暗い道を走った、電車が来るまで財布を固く握りしめて待つ間に、次第に私の興奮していた頭も冷めてくる。たとえロンドンまで行ったとしても、それからどうするのか。日本へ帰るお金もパスポートさえ持たずに飛び出してきた。着のみ着のままで。ボロボロ泣きながら家に帰る。夫に依存しなければ生きてゆけない自分と、少しの変化も成長もしていない事実に、情けなさと悲しさと苦しさを涙でごまかしながら歩き続けた。

この小事件のあと、夫の態度が少し変化し、歩み寄ってくれた。子育てに専念せざるを得ない私は、陶芸という夢の世界から遠ざかっていることが不満だった。実技の練習など望むべくもないが、しかし土、日と連休の夫はいずれかの半日、ベビーシッターの協力を申し出てくれた。私は大英博物館やビクトリア・アルバート美術館へ通い、古代から連綿と続く陶磁器のスケッチをして回った。ガラスケース内の展示台には、作者不詳だが、確かに人の手に育まれた焼き物が静かに息づいている。時の流れをその肌に染み込ませて、ただ存在している。見る人の様々な感情などおかまいなしに、そこにいる。

何万点と収蔵されている太古からの焼き物たち。ある時は日常の生活道具として、また祭器として人の目にさらされてきた。王の権力を示すものとして力強く、大きく、華やかな装飾をほどこされて鎮座しているものもある。しかし時代を経て、それらの過去など関係なく、平等にケースの中に収っている焼き物だ。前から後から横から、斜め上からと、私は好きな焼き物の囲りを飽きもせず、眺めてというより視つめて回る。まるで遠くからやってきた仲間と会話をしているように。

もし触れることができるなら抱きしめたい壺や彫像や破片がいっぱいある。一つ一つからその時代の話や匂いを聞き出したいと思うほど、愛おしく近しいものにも出合った。夫とのコミュニケーションができない想いを、私はこれらの陶器とのつながりの中で、訴えていたのかも知れない。

二人の乳幼児を育てた日々は、私に我慢することを教えてくれ、待つということをきたえてくれたと思う。日毎に成長してゆく娘二人をみていると、自分の幼女時代がいかに平穏無事な日々であったか、よく分かる。環境の変化が非常に大きいけれど、少なくとも私が子供達を守らねばいけないと思いは強くなる一方だった。二十歳の幼かった私が、ようやく人の親として意識を自覚していったイギリスでの二年間だった。私は二十八歳になっていた。

第六章　**東京・備前**

一九七二年、シェル石油東京本社への転勤が決まり、またカタツムリのように家財道具を背負っての引っ越しである。イギリスに住んだのは二年と二ヵ月。次女を生むために立ち寄ったかの如しである。

澄んだ青空の十月二十九日に、アメリカを経由して日本に着いた。娘二人を愛知県の実家に預けて、早速アパート探しに不動産屋と都心を回る。夫の会社は霞ヶ関にあり、徒歩で通えることと子供達の通学に便利な地点が条件となる。地下鉄六本木駅から二、三分のマンションに落ち着いたのは、二週間後の十一月半ばであった。

簡単に数行でまとめてしまうと、以上で引っ越しが終わったようにみえる。会社から命令を受けての転勤の場合、多くの便宜が図ってもらえるが、落ち着くまで実際に行動し、決定するのは自分達だ。しかし夫は宿泊しているホテルから翌日初出勤である。最終決定権は夫が持っているが、それまでの全ては私が動かねば、下準備も情報も充分ではない。

羽田まで迎えに来てくれた父と共に、その足で、私は娘二人の着替えだけ持って実家のある刈谷まで帰る。アンカレッジ経由で二時間遅れた到着となり、午後四時五分着のはずが、出国検査を終えて父と会えたのは午後七時過ぎであったろうか。ホテルへ行く夫と息子と別れ、東京駅から新幹線で名古屋へ、タクシーで実家に着いたのは夜も更けてからだ。

両親が孫娘二人に会うのはこの時が最初だ。家の様子も知らず、カタコトの英語しか話せない娘達は、長旅の疲れと環境の変化でさぞ不安だったことだろう。というのは、私は翌朝トンボ返りで東京に戻らねばならず、娘達は突然置き去りにされたのだ。祖父母の家でたとえ数日間とはいえ、二人は身を寄せ合い毎夜親からの電話で少しは気が休まることもあっただろうが、異国でどれだけ心細い思いをしたことだろうか。

十月三十日東京に戻った午後は、会社から紹介された不動産屋と、徒歩で通える距離のマンションを幾軒か回った。

三十一日はまず午前中息子を連れて、小学校転入のためにインタビューを受けに行く。海外勤務や駐在家族が多いインターナショナル・スクールなので、翌日からの通学許可をもらい、まず第一難関を通過した。幸いにもスクールバスの送迎サービスがあるので、息子はホテル前からの通学である。

午後は再び不動産屋と他のマンションを見て回る。四ツ谷、麻布、六本木、神谷町あたりを猛スピードで見て、私の気に入った二ヵ所に絞り込んだ。後は夫と相談してどちらが通勤通学、買い物など生活に便利かを決めるだけである。この夜は夫の学生時代の友人と夕食を共にしている。時差ボケなどと甘えている時間は無い。

十一月一日、息子は新しい学校とクラスメート達に出合い、長旅の時差もありぐったり疲れた様子が日記に書いてある。彼の制服や備品の用意、サイズを測ってもらい注文する。その夕方もやはり夫の早稲田時代の、友人夫婦と会食をしている。

十一月二日、六本木のマンションに決定、十四日には入居できることになった。会社の家具倉庫からソファ、テーブル、椅子、ベッドなど必要な家具を借りることになり、私はその品目をチェックしなければならない。カーテンもオーダーし、最小限のインテリア製品の用意もする。三LDKにお手伝いさん用個室、バスルーム二つにトイレが三つある、都心では贅沢な空間である。フロアと卓上ランプを始め細々したものは、時間に余裕ができた時少しずつ買い足してゆくことにして、ひとまず家庭をつくる基礎の用意ができた。

同日、イギリスから編入要請書を出していた市ヶ谷の上智大学国際学部へ手続きに行き、一月から通えることになった。これで自分の勉強も一件落着。フットヒル・カレッジの短大卒業単位が認められて、三年生のクラスに入ることができた。夫が世界経済の特別講座を教えることから、その家族恩恵を受けて、私の授業料は割引があり大助かりだった。

翌三日金曜日、住所変更のハガキや名刺など注文した後、夕方の新幹線で刈谷へ娘達に会いに行く。実家に着いたのは午後九時半、二人は大喜びでめちゃめちゃにはしゃいでいる。土曜日曜は妹夫婦と食事をしたり子供と遊び、日曜夜私はまた東京へ文字通りに走って帰る。

月曜日午後、息子の学校でマザーズ・ミーティング（父母会合）があり、担当の先生から息子の学業、素行などについての説明を受けるのである。

九日には注文しておいた息子の学校の制服が出来上がり、これで一応彼の学校に関しての用意は完了した。その間マンションへ届く家具やカーテンの取り付け様子を見にゆき、夜は友人の誰彼と夕食を取り、夫の休日の土、日は知人の家を訪ね旧交を温め、とにかく盛り沢山のスケジュールをこなしていた。

十三日は築地へ台所用品の買い付けに出かけ、和洋中華食器を十二客ずつ、グラス等と共に注文している。イギリスから船便で出した家財が届くのは一ヵ月以上先のことで、家で接待するために即必要なものは用意しておかねばならない。引っ越し貧乏とはよく言ったものだ。

十四日夫が出勤、息子がスクールバスで出かけた後、スーツケースをお供に私一人で六本木のマンションに引っ越す。ようやく家族五人のネグラが決まったことになる。

そして十五日、八時三十分の新幹線で名古屋へ出発。娘二人と手助けに一緒に上京してくれた妹と共に、マンションに帰ったのが午後二時半。駆け足どころではない短距離疾走のような日々だった。

日本についてたった二週間で、めまぐるしい転居、転入などの一大行事をスムーズにできたのは、ひとえに両親と妹達の協力のお陰である。長女は二歳七ヵ月、次女は一歳七ヵ月でチョコチョコ動き回り、全く目の離せない時期である。言葉の通じない孫達の世話を押しつけたことに、何の不平もなく助けてくれた家族があればこそ可能な、定住準備期間が持てた。我が道を押し通す長女の私に呆《あき》れ、振り回されても、手を差しのべてくれたからこそ、全てが順調に進み私達五人は東京での生活に落ち着くことができた。親不孝の見本のような私の姿である。

「結婚し子供が三人もあるのに、なぜまた大学で勉強するのか」「東京では高給取りの奥様然として、優雅に贅沢に遊んでいられるではないか」とよく人に聞かれる。

理由は幾つも挙げられる。まず第一に英語をきちんと身につけること。第二に学問をすることで考える力を養い、自分を向上させること。第三にできれば自分に合った専門分野を見つけ、いつか職業として経済的に独立する基盤を作ること。これはフットヒル・カレッジで不動産業資格を断念した時から、ずっと内心で思い続けていた。

第四にせっかく東京の大学に送り出してくれた両親に、「卒業証書」というお返しをしたいこと。第五に会社や社交という場では出合えない友達を見つけたいこと。第六にどこまで頑張れるか、自分の脳と能力を開発したいこと。第七に客観的に自分を観察し、人の批評に耳を傾けられるようになりたいこと、などがある。

結婚して家庭に落ち着いてしまうと、日常生活の忙しさに流されて、つい自分自身を向上させる努力を手放してしまう。できないことを正当化する自分がのさばり、積み重ねでしか得られないモノがあることを、横目でも見ないようにしてしまう。枷をはめなければ駄目な人間だと知っているから、無理を承知で大上段に構え、退路がないところへ追い込むのである。

接待や社交は常に夫婦単位で、主として家でのパーティーに招き招かれつつ行われる。そのために新しい料理を習い、インテリアの工夫、ドレスのセンスや会話の範囲を広げるなど、自分を向上させる場は日本社会と比べて多く、充分にある。日本では常識である男同士の外での接待やつき合いとは異なり、西欧での妻の立場は決して容易《たやす》いものではない。女性同士の競争心は表面には出さないが、優雅に明るくふるまう心の中では、鬼が住むか蛇が住むかという恐ろしいものだ。美しくあるだけでなく、ウィットに富む会話術は絶対条件となり、日本女性の美徳である控え目さや恥じらいなど、何の価値もない。

そのために軽いゴシップ用の女性雑誌や週刊誌からプロの会話用の専門雑誌を斜目読みする能力も必要となる。パーティーや知人から仕入れたヒントを活用し、出合った人に何らかのインパクトを、二、三時間のうちに与える努力もしなければならない。だがこれらは当座の創意工夫レベルのものであって、深く物事を煮詰め考えることとは違う。理論立てて一つのことから他の段階へと思考の糸を伸ばす訓練は、家庭の中に安住していては実現させにくいと思われる。つまり深く論理的に哲学的に考えるという習慣自体が少なくなってしまうのだ。

六本木から赤坂へは、散歩気分で行ける距離である。ハンガリーから来日したジプシー楽団のコンサートを見にゆく途中、全学連のデモ行進を目にした。彼らはベトナム反戦を掲げ、日本からベトナム向けの戦車を送ることに反対していた。アメリカ軍空母ミッドウェイの母港に、横須賀基地が政府に承認されたことに対して、実力でその非を訴えるため学生達は必至で対抗していた。

一九七〇年六月に新安全保障条約の自動延長が、政府声明として発表された。それに反対して約七十七万人が行動を起こしたことは、マスコミで大きく報じられている。日本のアメリカ属国化を嘆き、アメリカの東洋への軍事進出を阻もうとする学生達は、沖縄に基地を存続させる政府に激しく反抗していた。

敗戦後二十七年、高度経済成長下で豊かになった生活が生み出した、公害問題もあちこちで表面に現れ始めた。四日市市ぜんそく訴訟、熊本県の水俣病、富山県ではイタイイタイ病、新潟県の阿賀野川水銀中毒など紙面で大きく取り上げられ、社会の関心が向けられていった。

しかし大多数の人々には、札幌で開催された冬季オリンピックの賑わいやメダルの数、連合赤軍の浅間山荘事件、ミュンヘン・オリンピック、グアム島で救出された横井庄一軍曹やルバング島で発見された小野田寛郎元少尉のニュースの方が、記憶に深くきざまれる出来事だっただろう。

約十年ぶりに日本に帰った私達にとって、東京の繁栄はまるで他国に来たように思えた。田中角栄の「日本列島改造論」の影響で地価は高騰し、一坪の土地価格は世界一高価で現実離れしたものに変わり、急激な成金感覚と景気の波に弄ばれているようだった。日本人の心の土台を支えている「モッタイナイ」や「アリガタイ」の言葉さえ、どこかに置き去りにされてしまった。

一九七一年七月に東京銀座三越デパート内に、日本で最初のマクドナルド・ハンバーガー店がオープンし、日清食品のカップヌードルの販売も開始されて、ファースト・フードがお目見えした。これらはまたたく間に日本全土へ拡がり、ドーナツチェーン店、外資系ファミリー・レストランなど、日本人の食生活を大きく変革してゆくことになる。

私達もアメリカ大陸横断旅行では、マクドナルドを始めとして、バーガーキング、タコベルやケンタッキー・フライドチキン、ダンキン・ドーナッツ、バスキンロビンズ、デイリークィーン、ジャック・イン・ザ・ボックス、デニーズ、ウェンディズなどのファースト・フード店に立ち寄っていた。

ハイウェイ沿いの目立つ看板の下には、広い駐車場を持ち、何時であろうとすぐ食べることができる。値段も味も統一されている安心感とスピードが売り物なのだ。気に入るレストランを探し、ゆっくり時間をかけて食事を味わうこととはほど遠い移動中の子連れには、ファースト・フード店は手軽で気安くラフな服装で入ることができる。量が多すぎて食べ残しをしようが、合成保存料の宝庫だろうが関係ない。私達が陣取ったテーブル空間だけの、公衆の場の個室感覚は行儀の悪さや、テーブルの汚れなどほとんど気にせず席を立ってゆける。立つ鳥席を汚してが現代風なのだろう。

里に入りて里に従うというのも、このように身勝手で手軽だと、その習慣に批判的な目が曇り、自分で気付かぬうちにいつの間にか靡《なび》いている。一回だけなら……と許したことで、次回もまたその後もと、いつの間にかこの新しい、しかし感心できない習慣が身に沁みついてゆく。旅行中にファースト・フード店で、社会の様々な階層の人々と隣席になり、千差万別の家庭像を観察する機会があった。人の振り見て我身を直そうと、つくづく感じた日もある。

東京に来て、あまりにアメリカナイズされた景色を手始めに、人々の服装や態度に驚くことばかりだった。両親や友人から見れば、たった十年で日本人らしくなく変わった私に、きっとより驚いたことだろう。最初何となく落ち着きの悪い、綻《ほころ》びを繕《つくろ》うようなザクザクしていた日本語が、翻訳文的な部分を削ぎ落とし、普通の会話体になった頃、新年を迎えた。

夫は会社内で流暢な日本語を使い仕事をしている。他の外国人（イギリス人とオランダ人）社員は片言の日本語しか話せず、彼の立場は社内でも目立つようだった。古巣に帰って息を吹き返したかのごとく、学生時代の友人達や会社のスタッフとのつき合いが深まる。

結婚前から親交のあった司馬さんみどり夫人とも再び交流が増し、ホテルオークラで食事をしたり、私宅マンションへ来てもらったり、中小坂のお宅へ遊びに行ったりしていた。

日本でもう一度焼き物を勉強したいと願っていた私は、司馬さんに「どなたか勉強をさせてくれる方があれば、紹介していただけないか」と尋ねたことがある。友人である八木一夫氏に可能性有りや無しやと電話で聞いてもらったが、答はもちろん「ノー」だった。

子持ちの主婦では、本気にしてもらえないのも仕方がない。女のすることは趣味の範囲を出ないという考え方が、日本では主流である。お遊びに本職はつき合っていられない……事は道理に適《かな》っているし、いかに親しい友人の口ききでも、会ったこともない女の申し入れなど受けるわけにゆかないのだろう。

娘時代に茶道華道と日本舞踊を稽古していたが、趣味と教養の域を出ず、「道」と呼ばれる名人達人、芸術家から見れば、子供騙《だま》しみたいなものだ。そうか、と引き下がってみたものの、日本にいる間に焼き物の技術と日本的な美感覚を、知りたいという気持ちは日増しに募《つの》っていった。

言葉の問題に悩む必要もなくなり、海外駐在員の高給料で、家政婦さんを頼むこともできる身分になった。私はこのチャンスを逃さじと、また陶芸教室へ通ったり琴の稽古をしたりと、蛹から孵化した蝶のように飛び回り始めた。今までの経験から、この快適な東京の生活も長く続くとは思われず、とにもかくにもすぐ行動に移した。幸い気だての良いオウペアーガールに恵まれ、私は幼い娘達の心配をあまりせず、自分磨《みが》きに集中していった。

フットヒル・カレッジで大物作品に熱中したこともある私は、新橋の陶芸教室のやり方にすぐ飽きてしまった。武蔵野美術大学彫刻科教授の木内先生からもらった紹介状を手に、私は勇んで備前へ向かったのである。新幹線が岡山まで延長されたのは、一九七三年三月十五日で、六本木のマンションから伊部まで七時間少々で着く。アメリカ大陸横断や太平洋大西洋を飛び動く生活をしていたので、距離と時間のモノサシがずれてしまい、日本国内であればすべて短距離、カリフォルニア州にすっぽり入る小ささと感じていた。

岡山駅から播州赤穂線を、コトンコトンと四十分ゆられると、備前焼の本場伊部の駅に着く。南北を低い山々に挟まれた鄙びた町には、千年もの歴史を持つ伝統をふまえて、脈々と備前焼を作る家が軒を並べている。東京のド真中から、時間が止まってでもいるかのようなこの土地へ、ミニスカートの私は降り立った。

紹介された山本陶秀氏の工房を訪ねたが、主婦で三人の子持ちでは状況が難しいと断られた。その代わりに岡山県窯業試験場で特別研修生として、「来れる時に来ても良い」という好条件に便宜を図ってもらえた。

通常、研修生の研修期間は一年間である。最初は土練りの練習、そしてろくろを回し湯呑、徳利、筒一輪、花生、皿、壺という順番に粘土の量を増して技術を習得してゆくのだ。私は東京から通ったり、短期間宿屋住まいをしたりする不規則な生徒なので、コース指定のプログラムにはとても追いつけない。

ろくろ工房の奥の和室に、細工物師である金井春山先生が仕事場を持っていた。細工物とは江戸時代に発達した、具象的な焼き物のことである。布袋や大黒、観音像や跳《と》び獅子、大きなものは神社の狛犬から小さなものは香合、香炉、宝瓶《ほうひん》など、小刀とへらで細やか仕上げをされたものが代表的な作品として知られている。ろくろの連続練習が時間的に不可能な私は、春山先生の横に座って細工物の指導を受けることが多くなっていった。

擂鉢や瓶《かめ》、大壺などの製造を続けてきた備前焼は、江戸時代に他の窯業生産地との競争に入らざるを得なくなり、細工物という新分野で作品造りが盛んになった。代々、窯元では素焼の型を使い、粘土を押し入れた片々を合わせて造形していた。粘土の湿り気を上手く利用しつつ、へらで仕上げる丁寧な工程を経て、作品が生まれることが多い。しかし春山先生は、手ひねりで作品を造る数少ない細工物師で、貴重な存在だった。

手ひねり造形は、よく揉《も》み込んだ一塊の粘土を紐状にのばすところから始まる。観音像を例にとって説明してみたい。まず土台になる部分から少しずつ、輪積み技法で全体の形が作られる。大まかに形つくられた四十センチほどの高さの像に、粘土を足したり少し削ったり押さえたりしながら姿、形を整えてゆく。一体を成型するのに一ヵ月近くかかるといえば、その工程の一つ一つにいかに手がかかるものであるか分かるだろう。衣の襞の流れに、紐帯の飾りに、手の表情に、髪飾りの文様に、髪筋一本一本にそして最後の顔の表情に、真剣に息を止めて点を極めていく。まるで根気比べをしている手品のような世界である。私はその手順の鮮やかさと細やかさに魅せられてしまった。静かな部屋で黙々と、一心に身を入れて仕事を進めている春山先生は、いかにも昔気質の職人、何の気負いも衒いもない天職に、あるがままに向き合う姿である。私は先生の手元を視つめつつ、宝瓶と観音像の試作を始めた。

待ちに待って手にした備前の粘土は、生き物のようだ。フットヒル・カレッジで粉末粘土から練り上げたものや、陶芸教室で全国各地から取り寄せた並粘土とは全く違っている。窯業試験場の粘土は決して上等とはいえないものだろうが、指先に吸い着くように滑らかに伸びる。何万年前の堆積粘土は、伊部周辺の田畑の地下深く眠っている。鉄分三パーセントを含む黒灰色の原土は、屋外に二、三年放置される。完全乾燥された原土は細かく粉砕され、水と合わされその後練り上げられる。

伊部のどこを歩いても、粘土と燃料になる赤松割木が積まれた光景に出合う。家々の土塀には割れた陶片や土管、らんまと呼ばれる焼け焦げた窯壁などが埋め込まれて、いかにも焼き物産地らしい。過去にはどのような情景をみて来たのかと、問いたくなるような趣きのある味わいが残っている。

今までの陶芸勉強は釉薬を使い、表面の技巧的要素に目が慣れていた。生まれて初めて間近に触れた、無釉焼き締炻器の備前焼の色合いと肌ざわりは、全く新しい美の世界、価値観を教えてくれる。自然に恵まれている日本だからこそ、四季の季節変化や草木の微妙な色どりの移ろいがある場だからこそ、この土肌が生かされ賞美されてきたのだろう。自己主張の少ない、けれどよく見れば見るほど巧妙な色の組み合わせであり深さである。日本人として生まれたから、何の説明が無くてもすっと素直に、この淡い変化の妙に共振できるのだと気がついた時、込み上げてくる感動につい涙をぬぐっていた。

後年「日本国中陶業生産地はあるのに、なぜ備前焼を選んだか」と聞かれる時、私はいつも「備前焼の窯焚きの炎の色に魅せられたから」と体裁の良い返事をする。もちろん事実だが、一面だけ捉えた、人に理解してもらい易い返答である。本当の答は「備前焼の中に自分が日本人であることの証を見つけたこと」と言いたいのだが、これを説明するのは言葉と時間を途方もなく重ねても、理解してもらえないだろう。はっと気付いた心の襞に震える強弱は、本人でなければ感受できない。ここまで生きられて積み重ねてきた想いに反応して潤《ほと》びる胸の奥の感動は、既存の眼の底に、もう一つ眼をもらったような気がする。目と脳が直結した新しい眼を。

それは「日本人とは何か」と聞かれた時、簡略な説明では落ち着かない気持ちになることと源が同じではないかと思う。外国の文化や人々に接して、初めて自らを日本人としてのアイデンティティに、客観的な意識を向けられるようになった時、探りながらもどかしさを覚えるのは私だけではないだろう。

日本人とは何か。外国で生活していると、「日本人として見られている私」を、視ている自分に気がつかされる。日本人の両親から生まれ、またその両親も……と先祖を遡って、日本民族と呼ばれる人達の遺伝子を持っていることが、日本人の定義なのか。

日本語を母国語として話し、日本語を構成する五十音で意思疎通が可能なことなのか。外国人の親を持ち日本語を母国語にしている人は多いが、日本人と言わないのは何如か。

日本の四季の変化と共に繰り返される、風俗習慣と仕来りと約束事を何となく自然に受け入れ、その巡りの中で生きる人を日本人と呼べばいいのだろうか。他国から来た人々の中にも、古来からの慣習を平均的な日本人以上に理解し大切にする人もいるではないか。

「モッタイナイ」「アリガタイ」「ワ」「マ」「ワビ、サビ」という、いわゆる日本の心というものを持っているのが日本人なのか。そんな古くさい言葉を無視し馬鹿にし、興味を示さない人が増えている現実をどう考えればよいのだろうか。

日本人は「優しく、我慢強く、ひかえめでお互いに譲り合い、思い遣りの心を持ち共同体的な和を尊び、丁寧で助け合っている」。それでは乱暴で闘争的で、相手を捩《ね》じ伏せてゆくのは日本人ではないのか。個人個人が持つ「個体差」を考えずに、十把一からげの日本人観が横行している中で、自分の内に確かにある、照準を絞り切れない存在の「日本人とは何か」を考えれば考えるほど、蟻地獄の中の踠《もが》きに似ている。

西洋文化と価値観をある程度身につけてしまった私は、東京に来て日本人の中で生活するようになったが、ますます日本人とか日本らしさというものが分からなくなっていた。ステレオタイプの日本人像では我慢できない。かと言って理想的で誰もが認める、真実の日本人とは何かの焦点が合わない。歴史を繙《ひもと》き古典を読み、年中行事の真似事をくり返してみても、自分の中の日本人は満足する答を見つけられなかった。

とにかく勉強しよう。手当たり次第何でもやってみよう。今、しておかなければ、時間のできた時にと先延ばししていたら、生来ナマケ好きな私は何やかやと口実と理屈をつけて、中途半端なまま年だけ取ってゆく可能性大だ。

「日本人とは」と考えすぎて袋小路に追い込むより、日本の大地の上で意識を持って、再学習再確認している間に、何か手掛かりをつかめるかも知れない。日本の文化を見直す努力をすれば、日本の心というものに少しでも近づけるかもわからない。

一九七二年上野の森に美術館がオープンし、地下鉄で四十分もあれば通える距離に住む幸せを味わった。その時展示会をしていた墨絵のグループに入会して、夫と二人新橋教室に通うことに決める。和紙の感触と青墨のやさしさ、墨を含んだ筆の重み、静かな教室で先生の指導を受け、日本の心に一歩でも近づけるよう取り組んだ。日本にいる間にできるだけのことをしようと、そのヤミクモな思いだけで手を拡げていたのだ。

日本に住み慣れてくると、日本語特有の男女差別が耳障りに聞こえることも、新たな発見だった。西欧では結婚相手を名で呼ぶか、マイ・ハズバンド、マイ・ワイフで済む。目上であろうが友人間であろうが、平等に同様に呼ばれるのが普通である。

「ご主人様」とか「ダンナ様」と、はっきり主従関係を表す呼び方が当たり前に、そして丁寧語の意味を含めて使われている。夫を名前で呼ぶのが当然だった私は、会話の中で「主人は……」と儀式ばった名称で返事をしないと、何となく不遜な態度をとっている気がしていた。

「主人」を広辞苑でみると、「一家のあるじ」「自分の仕える人」「妻が夫を指していう称」とある。女性が一家のあるじだとしても、主人とは呼ばれない。女主人ではニュアンスが違ってくる。一九〇〇年に創刊された「婦女新聞」から抜粋した資料によると、妻からの呼称で「主人」と呼んでいる例は明治三十年頃では無いとある。「をっと」「やど」「あるじ」で、そこには従う者の卑屈さが感じられない。一般的に使われていたのは、「夫」という呼称だった。

大正五年頃には「をっと」「つれあい」そして「しゅじん」と少し見受けられ、昭和十年頃になって「主人」が増える傾向にあった。まだごく少数派で新聞統計の例に見ると、二割くらいと報告されている。それに大きな変化が出たのは戦争前後の二十年間で、「主人」の呼称が半数を占めるようになった。そして現在でもその状態は何も変わっていない。

「自分が仕える人」イコール「妻が夫を指していう称」ということは、女性自らが夫に従属していることを認めてしまったからではないのか。戦争でお国のために命を捧げた男だから、従うべきだと崇めるべきだと洗脳されたまま、改めて言葉の意味を考えることなく、惰性で呼び続けているのではないだろうか。夫が働いて得た収入で自分も家族も養われて、家が存続しているから恩義を感じ、自らを一段と低い立場に据える状態に甘んじているのだろうか。陰で家を支えている女性の努力や我慢やプライドがあればこそ成り立つ家なのに、「金銭」という尺度がのさばっている気がしてならない。

アメリカでウィメンズ・リブ活動を見てきた私は、人間は男女平等であるべきという意識が強化されていた。十九歳で結婚、二十歳で出産、家事育児に専念せざるを得ない状況であっても、夫に食べさせてもらっているから従属するべきだということに納得できない。

結婚して二人で創り上げる人生だから、その時々で必要に応じて励まし合い信頼し合う間柄でなければならない。そうありたいと信じてきた。変化があり多難であっても、努力を続けていれば上手くゆくだろうと素直に思っていた。家族の健康に留意し、より自然に近い食材で工夫を凝らして食事を整え、居心地の良い家庭を築くことが、二人三脚の妻として当たり前の形である。夫のできないことや苦手なことは私が、私のできない分野は夫が携わり、共同で人生の目標に向かって生きるのが、結婚と家族の意味ではないのか。理想像を追い求める私は世間知らずの少女感覚を抜け出していなかったのかもしれない。「主人」という言葉に反撥したのは、平等でありたい願望と現実との差が見えなかったことなのか。

夫の上司や同僚、私達の友人などを観察してもほとんど全員が、妻の立場からは「主人」

と呼んでいた。主人の呼称に従属・隷属の意味が含まれているのを知ってか知らずか、淡々としている人が不思議でならなかった。女性としての自分をわざわざ卑下することで、「淑やかで謙譲を知る女」だと宣伝をしたいのかと疑ったり、我が夫を崇めなければ自分の立場と力を信じられないのかと皮肉な目を向ける私の方が浮き上がってみえた。

「ごちそうさま」で良い礼の言葉を、わざわざ「おごちそうさま」と過剰丁寧語を作り出し、「私は育てがいいから、こんなに丁寧に挨拶ができますよ」と自己満足している姿も気になる日本語の使い方だ。丁寧語も謙譲語もトキ、トコロをきちんと弁えた上で、使われてこそ意味を為す。言葉本来の意を知らず耳学問的に、無頓着に放言されている気がしてならない。

私が大学に編入したことや陶芸、琴、墨絵の勉強を始めたと知り、日本人の友人、知人から必ず言われた言葉がある。

「理解ある御主人様で羨ましい限りです。日本人のダンナ様では、なかなか許してくれませんよ」と。

勉強を続けるのに誰の許しが必要だというのだろう。授業料を払ってくれる夫に、家事育児の時間を減らすことを許す夫にだろうか。私は一応家のことをきちんとしてきた。誰に後ろ指を指されることなく、精一杯家事育児をし、オーブン清掃のガス中毒で一度倒れた以外病気にも罹らず、夫の学業や仕事にも「内助の功」以上のことをしてきたではないか。

たまたま日本へ転勤という幸運に恵まれ、金銭的にも時間的にも融通がきき、睡眠時間を縮めればスケジュールをこなすのが可能だと判断した。遊び歩くためではなく、自分を成長させるための勉強と稽古事だ。夫の協力を得て始めたことに、誰の許しを得よと他人が決めることがあるだろうか。

日本の生活には古里に帰ってきた安堵感と共に、緊張と競争の少ない気安さがある。転居が多いと、その時々でいかに親しくなった友人でも距離と時間が加算されて、少しずつ親密さが薄れてゆく。異人種の垣根もあるし遠慮もある。裸のつき合いができるほど、一ヵ所に長く住むこともなかった。だから日本へ来て幼馴染みの同級生や先輩後輩と、隠し立ても体裁もないつき合いが再開し、私は嬉しくて仕方なかった。「……ちゃん」づけで名前を呼ぶ途端に、十年の日々が間にあったことなど薄氷のごとく消えてゆく。中学、高校、大学時代の友達と、何の衒いも格好もつけず、本音で話し合えるのは格別である。

進学校のガリ勉クラスメートが多い中で、クラブ活動を楽しんでいた私は浮いた存在だった。国際結婚という暴挙に走った私を、友達は遠くから心配してくれていた。「いつか何かを為出《しで》かしそうな気がした」という。自分には勇気がない、親の反対を押し切れない、自由な行動のできない女の子達の中にいたのだから、驚かれても不思議はない。「マサカ」といおうか、「ヤハリ」といおうか、そんな私が三人の子供を連れてエリート・サラリーマンの妻として現れたのだ。屈託のない友との再会で、自分ではっきりと意識していなかったが、外国人の間で爪先立ちをし自然体とはほど遠い、鎧兜《よろいかぶと》に身を固めていた私だったことに気付かせてもらった。

彼女達の多くは結婚し、子供を生み専業主婦だが、幾人かは共稼ぎをしている。仲の良い数人が集まれば、女の話題は専ら子育てや保育、学費や職場環境、姑や夫、避妊や中絶問題まで拡がってゆく。

一九七二年六月、妊娠中絶禁止法に反対し、避妊ピルの解禁を政府に要求する目的で結成された、女性解放連合（中ピ連）が話題となっていた。女であれば必ず一度は避妊ということを考え、優生保護法や人口問題にも目を向けるだろう。女が子供を生まなければ、国は存在根拠を失ってゆく。特に百年後、五百年後の時空観で考えれば、人口減少は大問題になる。日本で人工妊娠中絶を容認する優生保護法が公布されたのは、戦後三年しかたっていない一九四八年七月十三日である。その目的は「優生上の見地から不良な子孫の出生を防止すると共に、母性の生命健康を保護する」とある。その内わけは優生手術（不妊手術）と表向きでは母性保護法と表現しているが、人工妊娠中絶をすることにより、急激な人口増加の問題に政府側から歯止めをかけようという勝手なものだった。

戦前戦中は「産めよ増やせよ」と、国策に合わせて女性は子産み機械のように扱われていた。それは私達の親の世代の兄弟数をみれば五、六人から十二、三人と多産だったことで顕著だろう。敗戦で帰国した人々が、生活は苦しいものの各々が家庭を持ち子供を生めば、人口増加は目に見えてくる現象だ。

日本で初めて戸籍調査が行われたのは、一八七二年（明治五年）、約三千三百万人である。それまでの人口推移は大まかにしか分かっていないが、縄文時代初期は七十五万人位、後期は百五十万人、弥生時代は農耕により食糧増加と渡来人の移住で四百万人へと増える。大和時代は四百四十万人、平安時代八百万人、室町時代千二百万人、江戸初期に千八百万人から後期には三千三百万人と増加したという。

一九二〇年（大正九年）に第一回国勢調査が行われ、五千五百九十六万人の人口が記録されている。五年後の第二回国勢調査では五百万人の人口増加がみられる。この時マルサスの人口過剰論が知識人の間で「ネオ・マルサス論」として再認識されている。マルサスの人口論が日本へ初紹介されたのは、一八七六年のことで、人口過剰によって派生する貧困と経済、つまり食糧生産の増加対策により相対的に解決されるというものである。

産児制限を唱えるマーガレット・サンガー夫人が来日したのは一九二二年のことで、彼女の講演で触発された人々が産児制限運動を始めた。日本政府は様々な弾圧を加えたが、当時の世論は人口増加を可とする風潮が強く、産児制限運動は大して成果を上げることができなかった。

第二次世界大戦の敗戦後、海外からの引き揚げ者、帰還兵は約六百万人という。このあと起きるベビーブームで、数年のうちに人口が一千万人増え、この時から出生抑制論が点火された。一九四九年五月、衆議院で議決された「人口問題に関する評議書」では、「現下の我が国の人口は著しく過剰である。このために国民の生活水準の向上は容易に望まれないばかりでなく、他面、我が国の経済復興計画の樹立と家族に著しい困難を与えており、さらに婦人解放、母性文化の向上に対しても大きな障害をなしている……」とある。そして政府指導の受胎調節や優生保護法の必要性が明らかに浮上してきた。

同時に優生保護法現行法第十四条四項に、経済的な条項が追加された。これは「妊娠の継続または分娩が、身体的または経済的な理由により母体の健康を著しく害するおそれのあるもの」とある。実際に中絶を希望しても、審査を受けねばならず時間もかかり、そのためヤミ中絶が多く、母体への影響は身体面精神面で負担の大きい状況であったという。

一九五二年に審査廃止の再改正があり、医師会指定の医師の判断だけで中絶が許可された。これにより中絶希望者は、ほとんど無条件で手術を受けることができるようになった。統計でみると一九四九年には二十六万人が人工妊娠中絶手術を受けたが、一九五三年には百六万人にと急増し、ほとんどが「経済的理由」による中絶だった。結果として出生数は激減してゆく。高度経済成長期に入った日本は、若年層の人口低下そして労働力不足などの問題に直面した。これを解消するために一九七四年、衆議院で改正案が上程され審議されたが、全野党の反対にあう。厚生省の方針は女性の立場から追求されたが、衆議院だけ通過したという記録がある。

友人の中にも中絶を体験した人が複数いた。理由を聞いてみると「経済的」つまり居住スペースが少ないとか、教育費用がかかりすぎる、産児休暇が充分取れない、復職が困難などが主で、母体の保護という面から人工中絶手術を受けたのは皆無だった。既に二、三人の子供を育てていれば、現在の日本の住宅事情、教育費や塾費の増加、衣食などの家計簿に数字で出る経費の上昇、レジャーや盆正月の帰省にかかる費用など、限られた収入の中で全てを賄う苦しさは理解できる。子供を産む選択権が与えられることは、子供を殺す選択権があることと同じといえよう。

罪の意識に悩まされ水子地蔵に必ずお参りに行く人、それが昂じてウツ状態に落ち込みもがく人、中絶手術のあと夫婦関係が上手くゆかなくなった人、生まれていたかも知れない同年齢の幼児をみてつい年を数え、自分を責める人など、中絶体験が心の中に大きな傷を残している。これ以上苦しみたくないと自ら不妊手術を受けたり、また夫側の不妊手術で解決する人は少なく、ほとんどが基礎体温測定やコンドームでの避妊をしていた。アメリカでのようにピルは簡単に手に入らないし、ペッサリー、リングなど挿入避妊具の普及もあまり一般的ではないようである。

あるウーマンリブ活動家が言ったように、結婚とは「長期売春契約」であるかどうかはともかくとして、性関係を中心に互いに理解納得した上で、家族生活が継続される。健康な男女であれは必然的に妊娠の可能性は高くなるだろう。二人で同責任の妊娠を女性一方にだけそれを押しつける男のずるさ、逃げ方や小心さなどについて、男性の過少な協力をなじる場面では全員の声が揃う。モーレッ社員で社会の歯車の一つでしかない夫に対して、食べさせてもらっている妻という立場の引け目から、一歩退いてしまい自分自身でその傷を深めている。追求したくとも話し合いたくとも、夜遅く疲れて帰る夫に相談もできず、一人で「始末」するとか。

人の生命とは何か。どうすれば中絶などせずに安全な性生活ができるのか。性の違いを尊重し、人格を向上させあう結婚はあるのかないのか。そのために必要なものは何か。女性の自立はどうすれば得られるのか。自立は経済的、精神的、社会的と三つ巴《どもえ》でなければ存続しないものか。そのためには女子教育をどの分野で進めれば良いのか……日本で始まったばかりの、ウーマンリブ運動についての話題は尽きることがない。

一九七〇年十一月十四日、亜紀書房主催で開かれた討論会の記録は、出席者達の生々しい声で語られている。「女性解放運動準備会」「ぐるーぷ・闘う女」「総評主婦の会」「婦人民生クラブ」「女戦線」「闘う女性同盟」「侵略・差別と闘うアジア婦人会議」の他教育者、アナウンサー、職業婦人、学生、主婦、アメリカのリブ活動家など多数の女性の発言が網羅されている。

それを読んでみると、一九七二年五月に第一回日本ウーマンリブ大会が開催されるまでの、日本女性が求めた女性解放運動につながる思考過程が、そして運動で要求される項目が理解される。ウーマンリブ大会では「中絶禁止法に反対しピル解禁を要求する女性解放連合会(中ピ連)」「全国地域婦人団体連絡協議会（地婦連)」、婦人有権者同盟、東京ＹＭＣＡ、看護協会などが集会を持ちデモをした。そして「侵略・差別と闘うアジア婦人会議」「婦人民生クラブ」「ぐるーぷ・闘う女」などの団体が中心となり、優生保護法改悪阻止運動へと手を拡げていった。

日本でのウーマンリブ運動は、マスコミに取り上げられたが皮肉で批判的そして興味本位のものが多い。「女が集って騒いでも取るに足らない。何ができるものか」と男性優位、既存権力をカサに大上段に構えて揶揄《やゆ》していた。新聞の社会面で報道されるウーマンリブの行動を斜に構えて追うだけでなく、もし彼女達の衷心から噴き出す思いや考えに耳を傾ける余裕があるならば、日本の女性達が一人の人間として生きようという姿に心を打たれるはずだ。そして教育を受け思考し、より良い男女共存の社会を構築したいと願う女性達と、共に手を取り合いたいと思うのではないだろうか。だが現実には中ピ連のピンクのヘルメットを嘲笑し、リブの動きに興味を持つ妻や娘に内心苛立ちを持つ男が、また女もが大多数であったと思われる。自らに拘わる問題ではなく、対岸の火事を眺めていたような感じがする。

一九六〇年代半ば、アメリカでウィメンズ・リブ運動が始まった時、ちょうどニューヨークに住んでいた私は眩しい思いで彼女達の行動を見ていた。男性のマスコミ陣営を完全に閉め出し、自分達の要求を明確に打ち出して、多範囲にわたる職業婦人、中産家庭主婦と学生達を包括して主張行動に出る。アメリカの女性は強いな、という実感を持った。後年女性運動に興味を持ち、少しずつ理解を深めるうちに、アメリカと日本の女性解放運動の意味する違いに、目を向けるようになった。

一番目は、人種差別と女性差別が結びついたアメリカ女性の立場で、その底にはキリスト教的抑圧を受け続けてきた女性の価値、つまり存在自体に根を持っていることである。私は十九歳でカトリックの洗礼を受けたが、女であることが原罪と同義語であり、男より低位置に生まれつき置かれた者、という意識は概念上のものでしかなかった。それよりも、人皆、神の前では平等という唄い文句の方が心に深く刻まれ、神の愛は等しく注がれるという博愛思想を信じていた。

マーリン・ディクソンの論文の大意を借用すれば、アメリカでウィメンズ・リブ運動がなぜ必然的に誕生していったかの過程が分かり易く描かれている。彼女はシカゴ大学社会学部助教授であった時、女であることとリベラルな考え方や教え方への大学側の反撥から解雇された。学生達や多くのリブグループが反撥運動に参加し、その抗争をめぐって女性運動が拡大していった。

女性の参政権をめぐって、アメリカでは最初の女性運動が動き始めた。一九二〇年八月二十六日、「合衆国市民の選挙権は、性別によって、連邦または州により拒否、制限されてはならない」と、合衆国憲法修正第十九条が連邦議会を通過した。これを通すために婦人参政権運動家達は、四十万以上の署名を集め、七十年以上をかけて勝ち取っている。

女性運動というより奴隷解放運動が始まったのは、それよりずっと以前の一八四八年である。セネカフォールズ（ニューヨーク州）のメソディスト教会で、女性達が奴隷解放を訴えている時、中心となって活動していたエリザベス・スタントンや他の女性達は、奴隷が白人男性から受ける蔑視と差別は、自分達女性も同じ立場に置かれ受けていると気付くようになっていった。神の前で平等な人間である女性という意識は全く受け入れられていない、社会的劣者の地位に甘んじて生きていた時代のことである。男への「独立宣言」として訴えるには、どれほどの勇気と忍耐と連帯感が必要だったことだろう。「婦人運動の母」として知られるスーザン・アンソニーは参政権のないまま投票をくり返し、そのたびに逮捕されつつ参政権の不平等を訴え続けた。参政権を憲法上獲得はしても、現実の生活の中では向上に結びつくようなものではない。

一九三〇年代の不況、四十年代の戦争、五十年代の保守的体制の中で、女性達は安価な労働者だった。戦後男性労働力が回復すると共に、女性達は家事育児の役割に戻らざるを得なかった。「労働問題」「家庭の神話崩壊」「学生の公民権運動」がアメリカの女性解放運動の基盤となり拡大していった。

この中で注視すべきは、特にカトリック教会による女性観が（他のキリスト教宗派をも含み）、一番根強く男性優位、女性劣視の立場を固く守っていることだ。避妊も中絶も決して認めず、女性の神父もなく、聖書の創世記にあるように「神が女を男を扶けるために男の筋骨から造り、女は原罪の張本人であるが故に、生みの苦しみを味わい、男に従って生きるものだ」と信じているからである。

私は自分がカトリックになった時、聖書の勉強会で確かに学んだこの文句に、寓話以上の意味を見出せなかった。日本の天孫降臨神話と同様に、神代の話は、この二十世紀半ばに生きている自分の現実とは、あまりにかけ離れているもので伝説でしかない。不遜といえば不遜だろう。しかし発生学、生物学、解剖学、生命科学などの知識が充満している現代に、伝説を信奉させようとは無理だろう。

女性蔑視の歴史を背負って生きてきたアメリカの女性達には、伝説は笑い事で済まされるものではなかった。白人男性至上主義の日常では、黒人が肌の色で差別されているのと同じように、女性は性の違いによって同様な差別の対象であることが、くっきりと浮かび上がってくる。約二千年積み重ねてきた意識や価値観を覆すための、ものすごいエネルギーの凝集と爆発が成るべくして出てきたのが、アメリカのウィメンズ・リブ運動の求心力だった。声をあげ、デモをし、出版活動にまた法廷で一歩一歩権利を要求し戦う女性達の強さや力は、私とはかけ離れた女性に見えた。その活気溢れる行動に感嘆し共感を覚えつつ、ただ家庭を一生懸命守り、夫の後について行くだけの私は、正反対の小さな存在に思える。少女が成人こそしたものの、変化を追求し活々と大河に育ってゆくウィメンズ・リブ運動の動きに、憧れと願望を体の奥に蓄えて過ごす私がいた。

ちょうど日本でウーマンリブ運動が胎動を始めた時に、夫の転勤で来た東京で、それに立ち合うことができたというのも、面白いタイミングである。

二番目にアメリカでの運動と比べて一番大きな違いは、日本の女性の社会的立場は低いもののの、キリスト教的な女性蔑視が無いことだ。女に生まれたがために、人間として男より劣っているという弾圧は、歴史的にみれば受けてこなかった。古事記に出ている神々は女性として崇められ、原始より母系社会、女帝と続く、女上位ともいえる流れがある。それは母性というものに対して、男女を問わず畏れと敬いの念が持続されてきた想いに根があるだろう。母親からしか子が生まれない事実に、生物である人間として自然に素直に受け入れてきたから、産み育てる性、大いなる母に、女が重なっている。女が子を産めなくなれば、人類が絶えてゆくその恐ろしさを、農耕民族の祖先から自然のなりわいをも生き物として感じていた日本人の、そして原始民族の流れを汲む人々の特有の想いといえる。

貧富の差、階級の差から出てくる女性差別と、原罪として課せられている女性蔑視とはその意味と内容は自ずから異なってくる。産業革命、資本主義社会へと変化してゆく中で、戦前戦後の労働力補充のため、女性は動員され搾取されてきた。社会情勢が変動するごとに、資本主義体制を効率よく保持しようとする時の政府によって、女性の労働力が利用されているのは全国共通である。それがはっきりと社会意識として女性に自覚されるようになったのは、第二次世界大戦後のことだ。その不平等制度に団結して戦いを挑んだのが、ウィメンズ・リブ運動の基本理念となった。

同一仕事同一賃金を要求して立ち上がったアメリカの運動は、求人広告欄に男女別募集の排除徹底のために、集会デモ、資金集め、法廷での闘争、政局への女性参加と加速した。男女差別撤廃の旗の下、アメリカ全土に拡がった運動は、社会的な女性意識向上へと女性達をいざなっていった。

日本では若年定年制への反撥が、労働運動の大きな一面を担っていた。事務職として入社した女性の仕事は、結婚または妊娠をすると、入社時の「念書」を盾に解雇されるのが常識としてあった。結婚を夢みる女性には社会勉強や、花嫁資金稼ぎの就職かもしれない。本気で職業を選択し、また再就職をめざして励む女性にとって「念書」の存在は、堅固に聳える砦に阻まれる困難さと同じである。個人のレベルで会社に挑戦状を叩きつけ復職したケースもあるが、「長いものには巻かれろ」的情勢の中では、遅々とした改革だった。アメリカのウィメンズ・リブ運動は、中産階級の主婦を多数共鳴させ行動に駆り出した。それとは対照的に労働者と学生で成り立っていたことが、日本のウーマンリブ運動が弱体化していった一因ではないだろうか。専門職に一生を懸ける意識も必然性も感じない専業主婦が圧倒的多数であり、家事に破綻をきたさないパート就労に流れる女性の数は年々増える一方だ。灘生協から始まった消費者運動が、草の根的な拡がりをみせ、女性の社会意識向上に繋がってゆくまでに、まだまだ時間が必要な七十年代前半であった。

日本にいる間の事件で忘れてはならないのは、一九七三年十月に起きた「石油ショック」だろう。まずはエクソンとシェル石油が原油価格の三十パーセント値上げを通告したことに始まり、随時他の石油メジャー会社も値上げを決めた。それだけではなく大手石油供給会社が、十パーセントの供給削減を発表したことにより、日本中がパニック状態に陥った。ガソリンや石油精製品はもちろんのこと、トイレットペーパーなどの買い溜めに走る主婦で、スーパーマーケット等は大混乱となった。五人家族を抱える私も、行列に並んだその一人である。よくよく考えてみれば、それほど大騒ぎも気狂いじみた行動も必要ないのに、冷静さを一カケラも持てなかったからパニック情勢に巻き込まれてゆく。笛吹きに踊らされるネズミの大軍同様の自分を、笑うことができたのは随分後のことだった。

ウーマンリブ運動を検討してゆくと、専業主婦としての自分の足元が見えてくる。もし夫が病気になったり身障者になれば、彼の経済的能力に完全依存している家庭は崩れるしかない。日本のビザを受け就業しているのだから、夫が解雇されることになれば、私達はアメリカへ帰国せねばならない。アメリカの医療費は天文学的に高価で、たとえ私がスーパーのレジで働いたとしても、生活と医療費を賄えるはずはない。東京で裕福な生活に慣れてしまい、何かあった時にどうすれば良いか……という恐さはふくらむばかりだ。

子供の世話を人に頼める環境はカリフォルニアの一年間を除いて、二度目のことで私には起死回生のチャンスと思われた。まずは大学で英語能力の向上と共に、専門職への基礎つくりに社会学と比較英文学を選んだ。備前へ通って陶芸を習い始めたが、この道で生活できるためには最低十年くらいの勉強と経験が必要となる。琴や墨絵はもし外国で日本語教師になる時役立つだろう。とにかく全力疾走の開始年となった。

二十四歳でアメリカ国籍を取得した私は、法律上外国人である。半分外国として見る日本は驚きと疑問符で満ちている。国際結婚の夫婦関係を、アメリカと日本の両極端にあるモノサシで測ることでもある。

東洋贔屓《ひいき》の夫には、白人崇拝気分の強い日本は、大層居心地の良い国である。アメリカ、イギリス、ハンガリーなどの白人社会では特別目立つことのない人間が、違う人種の中に入れば突出して見える。反対に私にとり日本は、同じ人種として一匹の蟻同様に目立たずに済む。何の構えも持たず息のできる場所で安心して住むことができる。

外国に住んでいた時、夫と外出してもまれにだが、まるでコールガールを連れたカップルのように誤解されたことがある。ただ私が東洋人だというだけで。ある時には酔った男から「その女は幾らだ」と近付かれたこともあった。人種差別といえば大袈裟《おおげさ》に聞こえるかも知れないが、外見ではっきり異人種と分かるカップルに対する偏見は根強く、どこにでもあることだろう。東京の街を歩く時でさえ、外国人と一緒にいる女という視線を多々感じる。憧れや願望や興味本位の綯《な》い交《ま》ぜだろうが、見られる立場では気持ちの良いものではない。合法的な相手だと結婚指輪の名札を付けていても、落ち着かない気持ちにさせられる。もし夫との関係が、お互いの信頼と尊敬に裏打ちされているものなら、このような卑屈で捻れた感情を持たなかったかも知れない。

私が外国で受けた人種差別と感じた体験が、日本に再度住んでみて、夫の内部に白人種優越意識が強く存在していることを、発見させることになる。私達は対等な人間同士ではなく、上下の関係にあることを改めて気付かされたのだ。表面上優しく静かな夫は、問題を一緒に話し合い解決するのではなく、横に押しのけて無かった振りをしていた。長女出産時のしこりは隠されたまま、心のちぐはぐな夫婦関係には無理があり、隙間は拡がる一方だった。私は夫と二人で外出することをできるだけ避けて、子供連れで歩くことで自分の傷を隠そうとしていた。

金銭の心配もなく高級マンションに住み、家事手伝い子守りをしてくれる人もいる。勉強も陶芸もしているのに何が不満だ、と夫は思ったことだろう。もし彼が聞いてくれたならば、私はきちんと答えることができる。「パートナーとしての信頼と尊敬を取り戻したい」と。しかしそれは彼にとって面倒な問題で、埋めたはずの穴を掘り起こす馬鹿さより、近付かない方が良いと安全域に柵を立て腰をすえて私に対応していた。

この時期に勇気を出してマリッジ・カウンセリングを受けていたならば、今の私とは違った道を歩んでいたかも知れない。人生には幾つもの曲がり道や一時停止のサインが散りばめられている。ある時は不注意に、ある時は意図的に、その場を無視したまま通り過ぎてしまう。「後からきちんとすれば間に合う」というのは、錯覚であり怠慢だと思う。一番必要なその時にできなかったことが、後になってできるはずがない。チャンスは失われ、感覚は薄ぼけ、焦点はもう合わないのに。

三十歳前の私には、「今」をきちんと生きてゆく認識が欠けていた。今を取りあえず一所懸命に駆け足で通過していただけだ。通過ということは成り行きにまかせ、感情に左右され、都合に舵をまかせて漂ってゆくことだ。自分の思いや気持ちと、相手の状態や感情の差をきちんと理解し判断し行動することとはほど遠い。駆け足と爪先立ちの生き方は、東京の理想的な環境の中でも全く変わっていない。

ハンガリーという海のない国に育った夫の趣味は旅行である。年に一度あるホーム・リーヴには、アメリカへの帰国旅費援助がある。家族五人で世界一周、娘のおまるとベビーフード、スーツケース五個の大旅行となる。まずタヒチへ飛び、黒砂海岸で南十字星を仰ぎゴーギャン美術館へゆく。次はペルー。リマからクスコーへ、そして汽車でマチュピチュへ幼い娘の手を引いて山頂遺跡まで歩く。インデオの市場めぐり、インカ帝国の金細工や陶器に目を瞠りブラジルへ。リオデジャネイロで巨大なキリスト像の足元に佇み、イパネマの海岸を散策し、宝石工場の見学。そしてローマへ入りバチカン見学と市内観光など盛り沢山のメニューをこなし、もちろん最終地はハンガリーの家。アメリカ回りで日本へ帰ると一ヵ月の休暇が終わる。

二度目の世界一周旅行は、子供達を実家に預けて、マイアミとリヒテンシュタインの学会に出席したものだ。イランのあと君主制が転覆したばかりのアフガニスタン、そしてインド、ネパール、タイと経由して日本へ戻る。

ニューヨーク時代キャベツ一個を買うのに困っていた経済状態とは雲泥の差の、贅沢な生活にいつの間にか慣れてゆく。ごく普通の中産階級から、海外勤務特典の多い上級へと移行した私達は、生活レベル維持のために、会社が敷いたレールの上を喜んで滑っていった。少なくとも子供達はエリート校へ通い、私はパートの仕事に出るわけではなく、習い事に精を出していたのだから。

私の人生の中で、東京での生活は最多忙の二乗とでも呼びたいほど、秒刻みの充実した日々を過ごすことができた。目の前のチャンスは一つも逃がさず、知識も技術も何でも貪欲に全て飲み込む勢いだった。二十代後半から三十代にかけて、年齢的にもエネルギーが充満していたことが、この精力的な活動の原動力となっていただろう。勉強することで自分の中に、「まだ何かできる。遅くはない」と叱咤する声に忠実に、可能性に賭ける希望を育てていた。

現実の生活では仲の良い夫婦を演じ、良い母親像を演じ、パーティーのホステスを演じ、勤勉な学生を演じと幾つにも分別された自分を作り上げていた。駄目な人間、弱い私、正直さを保てなくなった自分、夫に従うことに我慢したくない自分など、正反に分裂的な私自身に苦しみ始めていた。多忙であることが慰めであり逃げ道だった。イギリスにいた頃常用していた睡眠薬が手放せなくなり、アルコールに逃げることを何度も繰り返している。朝、目を覚ますと枕が涙で濡れていることもあり、私の精神は少しずつ崩れていった。母の心配そうな顔が今でも目に浮かぶ。幸せそうな日々の中に隠されていた辛さ、心細さを母は我が身の経験から感じ取っていたのではないだろうか。

私にとって、この幸運だったと呼びたい日々は、あまりにも短い二年半で終止符を打たれてしまった。

第七章　ボルネオ・備前

一九七五年三月初め、夫はボルネオ島マレーシア連邦サラワク州ルトングにある、サラワクシェル石油に転勤していった。

ボルネオは赤道直下北緯四度と七度、東経一〇九度と一一九度に位置する、アジアでは最大の島である。サラワク州と北部のサバ州は一九六三年にマレーシア連邦に統合され、ブルネイ国がブルネイ・英国条約のもとで持続されてきた体制から、完全独立国になったのは一九八四年のことである。ボルネオ島南部のカリマンタンはインドネシアに属し、中央部の山嶺がその国境線を区切っている。

ボルネオに転勤と聞き、私は地図を広げてその場所を確認した。名前は聞いたことがあっても何も知らない地域、その頃の東京では日本語の関連書はほとんど見つからなかった。アメリカやイギリスへの旅行案内書、歴史関係、文学等は手にあまるほど発行されているが、ボルネオに関しては探しようがなかった。二、三年の居住だろうが、未知の土地へ全く無知の状態で引っ越すのは不安が大きい。とにかく神田の古書街を、何か参考書は見つからないかと歩き回った。

運良く、崇文荘書店で「サラワクの原住民と英国領北ボルネオ」という、分厚い二冊組の本を見つけた時は胸は高まり、財布が軽くなった。一八九六年にロンドンで出版されたこの本は、五万五千円という高価なもので、ボルネオと英国の関連を中心に、詳しく現地の風俗習慣が記されている。どのような巡り合わせで神田まで辿り着いたのだろう。誰の蔵書でいつ手放されたのか、それを私が今、手に取っている。一冊の本にも丹念に歩いて記録した著者の生涯と共に、ものとしての一生がこめられている気がして、不思議な感慨を持った。

白黒写真に盛装し写されている原住民の顔は、すべてしかめっ面をしカメラを睨んでいる。首狩族の男達は、ホーンビル（サイチョウ）の羽根をさした頭飾りに、吹き矢と猪毛をつけた楯を手に直立している。鋭い眼と厚い唇、長く垂れた耳朶、腰には褌をつけ前垂れを下げている。イレズミをして女性のような長髪である。胴体と下腕下肢には輪状のものを何十個も巻きつけ、上半身は裸体のままもちろん裸足で、頭には布を巻いた人々もいる。マレー風の上着と腰はサロングで装い、大きな農作業用傘を頭に被っている女性達や上半身は裸のまま、しかし写真にとられるその緊張感を片方の踵をひねり、ぐっと上げた肩と一文字の唇にあらわす女性など、時代こそ約百年前のものだろうが、とにかく異次元の社会が残されている国だという想像はつく。どのような出合いがあるのか、少しの恐さと大きな発見の楽しみの予感を持ち、引っ越しの準備が始まった。

ボルネオで車の現地調達が大変困難だと聞き、ステーションワゴンを引っ越し荷物の一部として、輸入することに決めた。神戸港まで陸送するため東名高速を下り手続きを済ませる。その後これで最後となるかもしれない備前に立ち寄り、春山先生の脇に預けたままにしていた道具を手に東京へ戻った。引っ越しの家財道具を梱包し、発送を終えた後子供達の学期末までホテル生活に入り、シンガポール経由でボルネオに向かうことになった。

娘達の教育に関しては、会社のキャンプ居住区に英語とオランダ語のクラスがあるので、小学校教育には何の問題もない。しかし息子が転入する高学年用はキャンプ内ではなく、マレー語の学校に通うことになる。他の人達の子供は、イギリスの寄宿制の学校に行かせるのが通常だという。今さらマレー語で勉強をさせるわけにもゆかず、息子も十一歳からイギリス留学を決めた。あと一学期を残すだけの彼を、休学させてボルネオに連れてゆくことは難しく、また引っ越し騒動中に、イギリスまでの旅は私には到底不可能だった。同じマンション内の友人であり息子の同級生の、デンマーク人家庭に寄宿、夏休みになるまで通学することになった。日本人には考えられない方法だろうが、短期転校や休学から発生する問題の方が多く、信頼できる友人に息子を預けることが最も合理的かつ無理のない判断であった。夏休みになれば息子も私達に合流できるし、九月新学期にむけて、彼の寄宿生活開始の準備に充分対応可能である。

ボルネオに対する頭でっかちの期待を抱いて入った、赤道直下の白人キャンプ生活は、単調という一言でまとめることができる。会社の外国人居住地をキャンプと呼ぶが、塀で囲われてはいないものの、一戸建ての社員住宅が海岸沿いにずらりと並び、会社に隣接している。ベランダ、リビングダイニングルーム、ベッドルーム三部屋とお手伝いさん用小住宅とガレージがある。家の周りには草っ原のような庭、バナナ、パパイヤ、ジャックフルーツの木などに加えて火炎木、ブーゲンビリア、フランジパーニなどが芳香を放ち、カンナやランなどがベランダの端を彩っている。

子供達はキャンプ内にある幼稚園や低学年用小学校へ、徒歩か自転車で通う。英語とオランダ語のクラスに分かれていて、母国における教育方針に沿ってカリキュラムが組まれている。十一歳になると「イレブン・プラス」という試験があり、イギリスかオランダ、アメリカ、スイスなどの寄宿制小・中同一校へ留学させる仕組みになっていた。

キャンプ内は三十代、四十代の社員が大多数を占め、その家族には幼い子供達が二、三人いる。管理職の五十代は夫婦のみで、夏、冬、春休みには突如として十代の青少年男女がキャンプ内を闊歩する、変則的な社会であった。

現地の人々との交流は少なく、キャンプ内では英語が共通語である。輸入雑貨は会社のコミサリアートと呼ばれるスーパーマーケットで、ほとんど何でも無税で手に入った。もちろん酒、煙草、洗剤、紙製品、化粧品、缶詰、瓶詰、冷凍食品などイギリスやオランダで使っていた銘柄の選択さえできた。

生鮮野菜や果物、魚、肉などは、車で十五分ほどのミリの町にある市場に出かける。ほとんどの人は「アマ」と呼ばれる現地のお手伝いを雇っている。最少一人は雇うべきという会社の方針で、キャンプ内では家事は一切アマにまかせられていた。市場への買い出しもアマにしてもらう人が多いなか、私は持ち前の好奇心から、自分で市場に通うことを気分転換の一つにしていた。料理人と掃除婦兼子守、庭師など二、三人のアマを雇っている人もある。キャンプ内で働く現地人はマレー人か、サラワク原住のイバン族の人達が主だ。

熱帯地方の一日は長く感じられる。雨期と乾期に分かれているが、雨はスコールのようにザーッとやってきて、一日中降り続くことは少ない。スコールは午後四時頃だ。灼熱の太陽で焼けついた大地からの上昇気流で、入道雲が地平線上に現れる。眺めているうちに海と空が一体の灰色に変わり、白い雨のカーテンが走ってくる。厚いカーテンと薄いカーテンの襞が重なったり離れたりして、海を叩き砂地のキャンプを飲み込み、そしてジャングルの奥へと足早に去ってゆく。私はその激しい音が大好きだった。バケツの水を引っくり返したようにという形容がピッタリの音響に、全てが呑まれてゆき、雨の後はまた太陽がカッと照り出す。葉先に光っていた雨の滴も濡れた砂も、みるみるうちにその柔らかな色合を無くして、白っ茶けた砂と陽差しから身を守る堅い葉の色の戻ってしまう。

砂嵐を経験したのはサラワクが最初である。モンスーンのシーズンは大体十一月と十二月が中心で、一週間の平均降雨量は約五十センチ位ある。他の月々にもスコールは来るが、乾燥した日々が続くと砂嵐が起きる。南シナ海に面して長い砂浜が続くミリとルトングの間を走る、黄色っぽい砂煙の凝りを見つけたら、すぐ窓ガラスを閉めに回らなければならない。窓枠やドアの隙間から極微粒子の砂が、まるで煙が侵入するように忍び込む。目も口も開けられないほど吹きつけてくる細かな砂は、髪の中にも衣服の中にも入ってくる。戸外で砂嵐に合ったら、とにかく背を向けてしゃがみ、目を閉じ頭をかくし、できるだけ表面積を小さくして、ただ通り過ぎるのを待つのみである。砂ぼこりは経験したことがあっても、この何十倍もの量が一度に押し寄せてくる砂嵐は本当に気分が悪くなるものだった。後年エジプトを旅して砂漠で砂嵐に出合った時、前後左右上下、全く何も見えない中で立往生した。その激しさから比べれば、サラワクの砂嵐は赤ん坊級だったと理解できた。温暖な土地に生まれ育って知る自然は、優しく美しく恵みを与えてくれるものであり、極限の自然がいかに厳しく畏れるべきものかと、体でしか分からないものだと気がついた。

海岸近くに住むことで自然の偉大さを教えられた一つに、キングタイドと呼ばれる高波がある。大体モンスーンの時期と同じ頃で、北東の風に乗って潮位が高くなってゆく。平均二メートルから二メートル五十センチの高波が押し寄せ、毎年四メートル以上の砂浜をえぐって海中へ持ち去ってゆくのである。沿岸に油田を持つシェル石油は、この対策に土手を築くことに決め、ブルネイ国セリア、クアラベライトからサラワク州ルトング、ミリまで約十一キロのリンガース堤壁を、一九五七年に完成させた。この巨大な土手を築くためには、大変な労苦と年月と費用とがかけられたと聞く。

モンスーンの季節には土砂降りの雨が、山々の水を集め海に向かって走り、河川は濁流と化す。油田の設備や学校を守るために、鉄砲水のように最短距離を走る川の流れを、突貫工事で流れの方向を変えて油田設備を守ったという話も残っている。私達がサラワクに越した時には、自然の脅威対策も既に終わり、そのお陰でのんびりした熱帯の文化的生活を享受できる環境が整えられていた。

社員住宅には各部屋にエアコンが取りつけてあり、水道、ガス、電気、舗装された道路、社員の保養と娯楽のためのクラブ、レストランなどが用意されていた。早朝七時出社し午後四時に帰宅、昼食も家に戻って食べられる距離である。夕方涼しくなると、戸外ではテニス、ゴルフ、水泳などの他、屋内スクオッシュコート、ビリヤード、ダーツ、ブリッジテーブル等、レクリエーションの選択範囲は広い。週に一度、ハッシュ・ハウス・ハリヤーズという数キロ走る会がある。当番を決めてジャングルや草地、海岸などにコースをつくり、紙切れをその目印にし走り終わった所に冷たいビールやシャンディが待っているというものだ。たそがれてゆく空を追いかけて、胡椒畑やパディ、森の中のドブロク瓶を避けて走る。生暖かい空気さえ心地よく感じるひとときになる。湿地でサソリや蛇にかまれることも蚊の大群を払いながら走ることもある。一番の冒険は、にしき蛇を倒木と間違えて飛び越えたことだった。

家族と合わせても三、四百人のキャンプ生活は、新しい土地でのもの珍しさが薄れると、いかにも閉ざされた社会という感が深くなる。退屈さをまぎらわすためにパーティーに工夫を凝らし、クリスマスやイースターのみでなくイギリスとオランダとアメリカの祝祭日、マレーシアの記念日や中国の正月等に加えて、本国からの客やクアラルンプール、州都クチンから来る政府関係の客など、いつもパーティーを開いて集っていた。半年もしないうちに、気の合う人々とより頻繁に付き合い、ますます社交の網が縮まってゆく。

パーティーを開くといっても、きちんと席に着くフォーマルな八人〜十二人の夕食会より十数人以上集まるビュッフェ形式が好まれていた。日常はアマに料理をまかせていても、夕食に招くとなれば自分で献立を考え、買い物にゆき工夫をすることが楽しみだった。アマに料理をまかせたパーティーは、どの家でも似たようなものが並び、主婦の面目は減少する。海老《アミ》の大群で溢れる頃は、バケツ一杯の海老が二百円もせずに買える。どこの家でもシュリンプ・カクテルの季節になる。市場では一匹丸のまころがっている鮫、鮮やかな色の熱帯魚類、河や沼から採れるスッポンやクレイフィッシュ、沢ガニや蛙、亀の卵やパイソン(にしき蛇)の白い肉、毛皮がついたままの猪や鹿肉、牛豚、籠に入れられトキをつくる鶏や野鳥、羽根をむしられた蝉や昆虫類など、今まで見たことのない食材が並んでいる。野菜も果物も茸類も豊富で安価、中国系の人々が商っている。中国からの移民の歴史は古く、河口近くの豊饒な土地の耕作はマレー人と中国人が占めている。ゴム農園、胡椒の栽培、水稲農耕も彼らの手中にあり、インド人や現地人など多人種で市場は活気が漲り面白い。石鉢で香辛料を叩き潰したカレーの素が塊で並べてあり、鶏とか海老とか食材と好みの辛さ加減で注文すると、バナナの葉で包んでくれる。最初気味悪く思った食材も、いつの間にか美味となり、新しい料理を工夫したり、片言のマレー語で値切れるようになると、買い物が快感に変わってゆく。

日常の雑貨はミリの町と会社のコミサリアートで手に入るが、気のきいた衣類やインテリア用品や新刊書は、シンガポールまで買い物に出る必要があった。ミリの飛行場からクチン経由で、空のスーツケースを手に帰りは重量オーバーという、二、三泊の買物旅行が、妻達の贅沢な気分転換と欲求不満解消の一つともいえた。

いかにインテリアやドレスや料理やブリッジや趣味に快適な生活であっても、いつも同じ顔ぶれと同じ話題のパーティーもすぐマンネリ化してくる。私は上っ面だけの社交、アマの悪口、人の噂話や知ったか振りの旅行話や宝石自慢などにすぐ嫌気がさしてしまった。会社という軸を中心にした寄せ集めの社会では、表立って反対意見や態度を示すわけにもゆかず、いかに適当な距離を保つか、ということが社交技術となる。好き嫌いや得手不得手も顕わにせず、半透明人間のような良い子ぶった生き方になる。

単調な日々の中、ジャングルの奥地に住む未開民族のロングハウスを訪ねることは、戸外生活を好む友人同士の冒険心をくすぐる小旅行である。

ボルネオ島には、（インドネシア領カリマンタンのことは知らないが）、サラワク州、サバ州、ブルネイ国に多くの未開民族が住んでいる。大雑把に言えばサラワクでは、マレー人と中国人とシーダヤックと呼ばれるイバン族が大体三分の一くらいずつの人口分布である。その他少数民族としてランドダヤック、カヤン、ケニアン、ケジャン、ケラビットドスン、スルー、シボップ、ブキト族と呼ばれる人々がジャングルの奥地で、各々の伝統を守ってロングハウス（高床式長屋）で共同生活を送っている。彼らは焼き畑農業で陸稲を主食とし、ロングハウスに定住するのはその周りの焼き畑が、稲作に適している数年から十年ほどである。徒歩で陸稲が収穫できる範囲が無くなると、村を見捨てて新しい地域にロングハウスを建てて移動する。一つのロングハウスには六組から十数組の家族が一つ屋根の下で生活をし、農作業や建築、狩猟や祭りなどは全て共同で行っている。

ボルネオの熱帯雨林は海岸まで迫っている。その間を縫うように蛇行する大河の一つバラム（バタング）川がミリの北ブルネイ国との境を流れている。河口では栄養豊富な濁水が海に注ぎ、空中から見ると海へ向かって黒褐色に大きな掌を拡げているように海水と淡水の区切りがよく分かる。バラム川はインドネシア国境近くのムル山（約二千七百メートル）とその南に位置するカルロン山（約二千百メートル）他、タムドゥク山などから雨を集め、ティンジャー、アカ、トゥタウなどの支流をまとめて南シナ海へ注いでいる。

ジャングルでは獣道のような道しかなく、奥地に住む人々の交通はほとんど川に頼っている。上流に行けば行くほど、川幅は狭く岩場も多く急流もある。土着の人々は丸木をくりぬいたカヌーを子供の頃から繰り、女性も皆巧みな舟乗りである。隣のロングハウスに行くのも、ジャングルを歩くよりカヌーの方が多く使われている。ロングハウスの大半は川岸かまた徒歩でゆける場所に建てられ、雨期で増水すると水位が下がるまで川を使って移動するのは困難になる。水位の下がった川岸まで、丸太を階段状に削った上を上り下りする。階段というと、きちんと削られているように錯覚するが、実際は二十五センチ位の間隔で足がひっかかる荒い窪みが穿ってあるだけのものだ。原住民は裸足なのでサッサッと登れるが、私達外来人は運動靴に身を固めひっかかりを直接感じることができず、今にも滑り落ちそうで恐ろしい。小さなリュックサックを背にへっぴり腰で、近くにある枝やつるを命綱のように両手で掴みながら登る姿は笑いの種である。

バラム川は中流まで、船外モーターを装備した十数人乗りの舟で旅をすることができる。早朝家を出て五、六人の友人達と共に川を遡り、午後目的のロングハウスに着く。部落長の部屋の前のベランダに荷物を下ろすと、人々が集まり私達は檻無動物園の珍人種のように注目される。長時間舟に座って身動きがままならなかった体は、骨も筋肉もギシギシ音を立てて伸ばさないと固まってしまったように感じられる。

ロングハウスは長屋式床上住居で、ニッパ椰子の葉で屋根が葺かれていることが多い。ベランダまで登るのも丸太階段であり、外来人が来る時は急遽竹の手すりを立ててくれる。それなしではとても、バランスを保ち登れない高さと傾斜角度だ。少し裕福な部落では木片やトタン屋根もあるが、いずれも地上二メートルか三メートルの床上が住居で、地上は鶏、豚、犬などの棲み処であり、床から落とされるゴミ捨場でトイレでもある。動物達が食べられるものは食べてくれるが、中には正体不明の物体が散らばっている。小さな規模のロングハウスでは十部屋ほど、大きなものでは三十ほどの家族部屋が一列に並び、部屋にはそれぞれ戸が付いている。この部屋も二十畳くらい大きいものから、四畳半くらいの小さなものもあり、中は寝るスペースと火焚場と水瓶が置いてある。一部屋を一家族で共有し、内部の管理は家族単位でなされる。

部屋の前には巾二メートルくらいの廊下が長屋の端から端まで結んで続き、同じ屋根の下にある。その前には屋根のないおよそ三メートル巾のベランダが長く伸びている。ここでは陸稲の穂を天日干したり、足で踏んで稲粒を落とす作業をしたり、ゴザや竹籠を編んだりと共同の作業が行われる。

私達が訪れたイバン族のロングハウスでは、男女の役割がはっきり区別されていた。焼畑農地を開墾する伐採作業は六月〜八月頃までに男達によって行われる。乾燥させた樹木や下草は肥料にするため焼く。山肌は炎に包まれ立ち上る煙は遠くからでも見つけられるほどだ。その跡に一列に並んだ男達によって、先の穿った棒で荒地に穴があけられてゆく。種モミを入れた籠を下げた女達が、その後から直播きをして行くのである。

収穫は二月か三月に行われるが、それまでの雑草取りなどの陸稲の管理は女の手にまかされている。稲が実り始めると猪や猿、野鳥などから稲を守るために、畑の中に見張り小屋が築かれて、これは男女交代で寝ずの番をするという。キャッサバという代用主食もあるが、ロングハウスの基本的栄養源は陸稲で、部落全員の生死にかかわる、一年分の作物を守ることは真剣勝負である。見張り小屋から畑の隅々へ放射状にラタンで作ったヒモが張られ、ぶつかれば音が出るように幾つかの木片が下がっている。もし獣が侵入してくれば音を立てるから、その時小屋からこの一括りにしたヒモを引っ張れば、畑中ガランガランと鳴り獣が逃げ出す仕組だ。労少なく自らを守る用具は、何百年も伝えられてきた知恵の賜物だろう。

畑の管理を女達にまかせると、男達は狩りに出たり魚を採ったり、遠くの地まで探索に出かける。第二次世界大戦の前までは、他の部落を襲い首狩りをすることが成人儀礼としたそうだが、現在では全く行われていない。ミリに出て石油関連の労働者になったり、道路や河川補修労働に携り、またシブでは木材伐採の出稼ぎに行き、日常品を買う現金を持って帰る若者が多くなっている。日常品といっても塩、ランプ用のケロシン、マッチ、サロンの布が必需品で、以前は物々交換で取り引きをしていた。ゴムや果物、竹やラタンで編んだ籠、陽よけ農作業用傘、壁飾り用の木製の盾などがジャングル側の品々である。

収穫のあとには祭りの季節が来る。米から醸造したドブロク（トゥアク）と唄と踊りで、近隣のロングハウスを訪れたり招いたりと人々の移動が盛んになる。大切にしまっておいたビーズの首飾りや腕輪に頭飾り、古いコインを繋いで作った腰飾りやベルトをサロンの上に巻き、盛装をして祭りを楽しむ年中行事だ。

私達が訪れたのは四月末から五月初めで、ダヤックの日という祝日だった。ロングハウスでは外来の客が来ると、それが政府の役人であろうが興味本位で来る物見高い外国人グループであろうが、全く同じように丁重に歓待してくれる。一つ屋根の下で同じ顔ぶれ、同じ作業の繰り返される単調な日々に、客人はハレの時を楽しむこじつけやきっかけになってくれるのだ。バナナの葉に包んで蒸し焼きした米飯に塩、鶏の小片が散らばるスープ、野草のように苦みの強い野菜炊きなどが中心である。粗食の見本のようなものが、奥地に入り上半身裸の人々と一緒に食していると妙に味わいがある。美食を貪る平常の生活とは別世界の価値体系の中にいると、身土不二という人間の基本的な食生活の原点がここにあると実感する。結婚式や大きな祭りの時には、猪や豚などの特別馳走が並べられるという。ある写真でみると、ロングハウスの廊下に所狭しと祝いの料理が埋めていた。

私達はベランダに敷かれたラタンマットの上で疲れた体を伸ばし、飲まされすぎたドブロクに胸やけと頭痛を抱えて、浅い眠りについた。翌日もまたボートで上流のロングハウスを訪ね、同様の歓迎を受け、三日酔いを保ったまま川の流れのままに帰路に着く。

ボルネオに住んだ五年の間に四、五回ロングハウスを訪ねる小旅行をした。なぜわざわざ文明の利器に囲まれたキャンプの生活から、極端に位置する原始的社会や人々を訪ねるのだろう。電気や水道はもちろん無い。灯りはケロシンランプと月星、固い板張り竹張りの寝場所、蚊や虫が払いのけるほどワァーッと集まってくるベランダ。塩辛いだけのスープとパサパサした飯、子供達の目が見つめる中での木陰トイレ、濁った流れの水浴びと衣服を着けたままの洗体洗濯。夜中であろうがトキ知らずに始まる鶏の大合唱そして犬の遠吠え、蛇やさそりや毒虫や蟻や蛭のいるジャングルの小道……。自分達が失ってしまった人間の本質を、原始的な環境に身を置くことで何かを想い出そう、取り戻したいという思いからのジャングル行かも知れない。

ロングハウスに住む人達の目には、文明と欲に汚され切っていない素直さと涼やかさがある。大人も子供も興味いっぱいの目で見つめてくる。代々受け継がれてきた慣習を守り、部落長を中心とした協調的な小集団は、メンバーが各々の役割を分担し、ゆっくりとした時の流れの中で生きている。自己主張や損得計算はどれくらい許されるのだろうか。盗みやいじめはどう処理されているのか。競争し蹴落としてゆく社会になってしまった現代とは、次元の全く異なる共同体の中で、あるがままに生きている女の人達をみて私は考え込んでいた。自分達が大昔にもう忘れ、置き去りにしてきた人間の基本的な生き方を今なお守り続けているこの人達を訪れることで、もしかしたら人族としての自分が残っているかどうかを試してみたい気持ちからだろうか。彼らの生活は私達の先祖が何千年も前に送っていたものと相似しているだろう。集団の中の個、個の集まりの共同体、自然と共存して生きるために必要な最少量のモノで生活する知恵、動植物と交流できる感受性、生命への畏れと喜び。生とは何か死とは何か、あるがままに受け入れて大自然と共に生き死に、人の生命が次世代へと繋がれてゆく。

ごく少数ではあるが、奥地には定住居を持たず、ジャングルを移動しながら生きている未開民族も残っていると聞いた。森がもたらす食べ物で生命を繋ぎながら、一家単位で動いている人々。吹き矢とパラング（蛮刀）と運んで歩けるだけの最少道具で、語り伝えられた掟を守り、一生を終えてゆく人々もいる。

ロングハウスの女性の朝は早い。朝靄の白明かりの中、川へ水浴びに下り水を汲んで戻ることから一日が始まる。ブリキの鍋か土鍋それが無い所では、竹筒に入れた米を火にかけて主食とする。部屋の奥にある煮炊場の上にある、ニッパ椰子で葺かれた屋根の一部は開閉でき、煙は外へ立ち上ってゆく。塩と昨日の残りの朝食が終わると、洗い物はまた川の流れでなされる。晴れている日は畑で農作業、雨の日は廊下に集まり傘を編んだり布を織ったりビーズ飾りを作ったりする。子供達は十二、三歳になるまで自由に遊び、親からほとんど干渉されず、仕事は幼い弟妹のお守りくらいである。ロングハウスの子供達は、一般的には学校に行かない。大きな川の中流や下流にある大規模なロングハウスや集落では、マレー語の小学校またはキリスト教の学校もある。私達が訪れた上流のロングハウスで小学校があったのは、ロングアカとリオマトの二ヵ所である。子供達は遊びの中から舟漕ぎを覚え魚を採り、木登りをして果物を採り、鳥や獣、昆虫草木の知識を身に付けてゆく。興味で溢れる大きな瞳、いつも笑い飛びはね元気な褐色に焼けた肌の光る子供達、珍客の後を飽きることなく金魚のフンのようについてくる。言葉が通じないので身振り手振りでコミュニケーションをとる……と言いたいが、なかなか通じない。遠まきに見ていたうちの一人が勇気を出して近付くと、子供達の輪はぐっと狭まり、サーカスの見世物になるのは私達少数者である。その子供の行動は、動物が自らの生命を守る本能のままに行動するのと同じように、自然によって仕組まれた原始的な感覚なのだろう。

奥地のロングハウスの女性達は、サロンを腰に巻き上半身裸のままで生活している。少女も老女も当たり前に乳房を顕わにしたままで作業に精を出している。日焼け止めクリームを塗りたくり、ブラジャーに長袖シャツと身を固めている自分の方が恥ずかしさを覚えるほど、自然に堂々と生きている。一人一人の異なった胸の形に、人生が凝縮されているようだ。隠すことにより生まれた意味や価値についても、つい私は考えてしまう。化粧をし髪型を変え流行のモノで身を飾ることは、本当の自分、素のままの自分をみせることに自信が持てないからだろうか。他人の価値基準に合わせたりまた反撥するために、わざわざ趣をこらして身を飾るのは、そうすることで原形とは異なる自分を創れる錯覚によるのだろうか。エチケットと片付けられない何かがあったと気付かされる。太古の時代では覆い布が貴重なものとして認識されるまで、人は動物と同じように自然のままにふるまっていた。一つまた一つと物が作られ使われるようになった何千年もの間に、衣を纏《まと》い装飾品を身に付け、それらに時代毎の付加価値を付帯し、今ではモノに雁字搦《がんじがら》めに縛られている。一九六〇年代にヌーディストが反社会運動として現れた気持ちも分かるような気がする。

少年少女の性は結婚相手が決まるまで、大らかに認められている。女子の方により強い選択権があり、自分の判断で一生を共にできる相手を見つけるという。そして結婚した場合、ほとんどの夫婦は離婚することなく家族を守って、長屋の一員として行動をする。稲作に従事する一年の巡りを、季節の移ろいと共に毎年毎年繰り返し老いるまで続けてゆく。道具や飾り物を手作業で作る反復練習で技術を磨き、より良き物ができた喜びを身に沁みて感じ慈しみ、大切に守る。人間としてあまりにまっとうな生き方をしている人達を前に、不満や悩みを持つ自分自身の姿が、情けなく恥ずかしく存在価値など無いように思われてくる。

ここの女性達は「私」という個人は何かと考えることはあるのだろうか。私が特別な存在という意識はあるのかないのか、穏やかな姿からは何も伺い知れない。協同組織体の一部分で、与えられた役割のままに一日を迎え送り、作物の出来不出来に精一杯対応して厳しい自然の中で昔からの生き方を繰り返して一生を終える。「私」という個性は織り物やビーズ、籠や傘つくりで表現するだけで満足できるものだろうか。識字も外界からの知識もなく、経験や体験にのみ頼る本能的な生き方には、思考する作業は少ないのだろうか。

ロングハウスの社会が、なぜ平和で自然的に共存できているのかを考えてみたい。まず第一の理由として部落長の下で纏まっているオサ社会、つまり彼の知恵と経験を敬い、問題解決のスベをオサが全て取り行うことで、全体の調和が保たれてゆく。

第二には生活居住空間が限られた小社会であること。数十人から数百人の人口を保ち、似通った部落との交流はあっても、絶えず自分達の共同体だけで数百年も存続してきた。近親結婚が多く部族内縁者の繋がりで部族の財産が守られている。外部との交流が少なければ、競争、強奪という意識を異常に脹らせずに済むだろう。

第三に閉ざされた社会のため伝統習慣、知恵や信仰（アニミズム）、迷信などが温存されてきた。それは農耕時期の決定や狩りの方法や祭りの仕来りなど、昔からの伝習に頼って守られている。彼らの持つ「美」の感覚や「力」の証しは、耳朶に重いイヤリングをつけ耳朶自体を数センチから数十センチも長く垂らすこと、首狩りをした勇者のみに許される手首から指までするイレズミ、ふくらはぎや腕のイレズミ、ある部族では真鍮の輪をはめて座ることのできない脚を作り出すなど、多種多様に見られる。そうした慣習に対して全ての人々が、純粋に伝承されたあるがままのものを認めている。比較よりも継続されてきた思い込みの価値観が主を占めている。所有物は少なく競争心は専らモノより体を使うこと、いわゆる魚採り名人とか伐採の確かさ、木登りの早さ、そして以前は戦闘の場で取った首の数などがあった。現在は闘鶏という形で闘争、競争心は肩代わりされている。

第四に外界との接触が極端に少ないため、外界の思想や価値観の影響がほとんど無かった。現在はモーターをつけた舟の数が激増し、出稼ぎに行く人達も多く、政府の方針で小学校教育が普及してきた。教育や就労で外界主として資本主義経済の動きに参加すれば、物質と金銭が伝統価値を凌駕してゆくだろう。自ら持つ風俗習慣が異なる体型と比較対照されて、新しいものにより興味が移り古来の世界が壊されてゆく。何が良いとか悪いとかではなく、オサ社会の土台は揺す振られ危うくなるのは、文明が世界中の未開地図を塗り変えてきた事実で周知のことだろう。利益を求めて争い、モノを求めて欲望が増し、部落全体の調和より個人の損得計算へと変化してゆく社会になるのが目に見えている。

第五に外部文明との接触で、動物感覚を大切に保持し大自然と共存できた、人間の生き物としての存続が困難になりいずれ失われてゆくことが挙げられる。出稼ぎに行き背広にネクタイ、皮靴で堂々帰村した人がいたという。しかし高温多湿のジャングルの中では、ネクタイも靴も拷問器具に変わる。ボタンは一つ落ち二つ無くなり、川で洗うわけにゆかない背広は、ただ悪臭の元になるだけである。外来人の下着であるブラジャーも、それのみが一人歩きのファッションになり、サロンの上に白いブラジャーを誇らし気にしている姿は、文化と呼ぶにはあまりに恥ずかしく痛々しくみえる。

外界との交流が多くなればなるほど、彼らが保ってきた生き方もプライドも失われてゆき、世界中に満ち溢れている並の人間になってゆくのだろう。

時代の流れに逆らって生きることの難しさ、文明文化という大義名分の下で行われる画一化……それを淋しいと思うのは縄文時代に憧れを持つ私の、エゴイズムだろうか。発見発明のお陰で豊かで快適な暮らしを享受している立場なのに、「思いやり」と「分け合い」を大切に守り生きている、ロングハウスの人々の顔が忘れられない。人間はもっともっとシンプルな存在であっても良いのではないかを、つくづく考えさせられる。

祭りの時には、ラタンで吊り下げられた黒く燻された首が、飾りの中心に置かれる。初めてロングハウスを訪ねた夜、首がいくつもぶら下がっている下が接待の場だった。案内役で一緒に来たマレー人から、一番新しいこれが第二次世界大戦時の日本兵のものだと説明された。

ボルネオに日本軍が上陸したのは、一九四一年だといわれている。石油を求めての侵略であった。上陸予想に先立ち、採掘、精製施設は会社側によって破壊されたが、日本軍はそれらをすぐ回復させ、戦争が終わる前までに約千百五十万バレルが採掘されたという。一九四六年六月にオーストラリア軍が、ラブアン島を攻略支配した。ボルネオ本土に上陸するオーストラリア軍を目前に、退去する日本軍は石油坑や建物や機械などを破壊し、穴に油を流し火をつけて逃げた。その時ジャングルの奥へ逃げた幾人かの兵が、このような姿でここにいる。シンガポールに従軍した父を持つ私には、人事《ひとごと》とは思えない同じ日本人と思うと息苦しくなっていた。国のために時代が押しつけた戦いで殺され、餓死をし、また自決したりと様々な最期を迎えた、父と同年代の人々。その人達の犠牲のお陰で、いま私はここにいる。ボルネオのジャングル奥深いロングハウスで、見知らぬ日本人の首の下にいるのだった。

ミリの町を歩いていると、マレー人の老人から声をかけられることがよくあった。「日本人かね」と。中には達者な日本語をまだ話せる人も二、三人いたが、ほとんどは片言の軍隊調の単語を覚えている程度である。彼らも日本軍の小間使いとして、石油採掘の人夫としてまたコックとして戦争に巻き込まれた男達だった。深いシワに隈取られた笑顔の優しい褐色の顔を見ていると、つい心の中で「日本人がしたことを、どうか許して下さい」と謝っていた。

ハワイに旅行し真珠湾を見ても、南米で亡びたマヤ、インカ帝国の廃墟や遺跡を見ても、アフガニスタンの王政転覆を見ても、トルコやイランの宮殿や宝物を見ても、戦争というものを実感として持てなかった。ベトナム戦争で心身症になり大学を去った友人を知り、反戦運動を活発に行う人達にカンパという形で応援しても、戦争はやはり遠くにあるものだった。

この土地で殺された日本兵の煤けた首を見て、私はようやく戦争の本当の意味が分かった。欲望を満たすための、人間同士の殺し合いであることが。どんな大義名分をつけようが、要するに野蛮な力をより強力に持っている人間が、人間の集団が、弱肉強食の論理で争い弱い者を食い殺し略奪しているということが。そんな人間の一人である自分を心から恥ずかしく感じ、自然のままに生き死にする動植物をつくづく羨ましく思っている。

歴史は勝者側の記録であり、彼らの正義が創り出され、その道筋に従う者の行動だけが重視され続くものであることを。力を貯えた少数者の視点から綴られた片々が、動物以下の待遇のまま犬死にしていった多数者とは、まったく関係のない壇上に輝く空中楼閣の残像であること。そして全てが時と共にどこかに置き去りにされてゆくこと。

黒く黙する日本人のものだという首の下で、私は自分がまぎれもない日本民族の一人だという、体の奥底で蠢《うごめ》いている何かと、全身全霊でぶち当たった気がした。同じ母語を話し、同じ空気や水や大地の恵みを受け、同じ先祖の遺伝子を持っていたこの干乾びた首は、今、ここにモノとして存在している。帰らぬ息子か父か夫か兄弟を待って生き続けなければならない、何十万人何百万人の家族の悲しみもまた私の中に存在している。現世に生きているのに現実感の絶ち切れたような、魂が空中遊泳でもしてるような奇妙な体験をしていた。刃物で切れば血の流れる自分の体が、暖かさも冷たさも感じられない異物体であるような感覚だった。

靴擦れと体中の虫さされと汚れた服で家に帰り、熱いシャワーを浴びビールで喉を潤すと、つい先程まで感じていた「太古の人の暮らし」という感動が雨散霧消してしまう。生命の意味も重みも、快適な生活空間に守られていると、感覚を研ぎ澄まして生きる必要が無いまま鈍り、惰性に取って変えられる。安全な日常とは両極端に位置する、その自分には保てない非現実感を味わうために、何度も奥地へ向かったのかも知れない。森羅万象の神々を信じている彼らの土地へ、キリスト教の伝導が入りイスラムの教えも徐々に広がっている。彼ら独自の文化形態が壊され、融合されていつか全く異なる民族の姿に変わってゆくのだろう。ちょうどその過渡期に出合ったことは、大地にしっかりと両足を踏まえて生きる、誇り高き人間の生き様を教えてもらったと言いたい。

リゾート地のように屋内外の設備が整い、世界の情勢から切り離された理想郷のようなキャンプ生活は、気の抜けたサイダーのように味気ないものになってゆく。

夫は転勤するたびに新しい仕事にチャレンジして満足だろう。自分の力量を発揮し評価を受ければ、昇進という結果がついてくる。大会社の歯車の一部品でも、プロジェクト全体像から見れば当事者で、その意義と充実感は苦労に足るものだろう。

張り切って仕事に向かう夫を送り出すと、何も特別にするべきことのない私の一日が、また始まる。家族は与えられた環境の中で順応し、暮らしてゆかねばならない。転勤のたびに新しい環境に慣れ、友人をつくり学校になじみ、新しい言語を覚える。体力と気力を奮い立たせて、少なくとも安堵できる家庭空間を再構築しなければならない。家を移るたびにカーテンの丈を伸ばしたり縮めたりするのが、私の中では引っ越しのイメージに結びつくものになってしまった。

犬を飼い猫も飼い、広い家で子供達は健康に育ち、表面上は何の不足もない幸せ家庭の典型のような生活である。しかし上手くゆかない夫婦関係の上辺だけを繕い、欺瞞ばかりの日常は、私の心を蝕んでいった。何もすることがない空しさ、何をしても意味のみつけられない虚ろさ、誰にも本当の自分を認めてもらえない淋しさ。あり余る時間を無為に過ごすことから生まれる脱力感と罪悪感。東京で異常かつ超行動的生活の反動というには、片付けられない無力な自分を嘲笑う、もう一人の私。堂々めぐりの一日また一日である。

不満を夫に聞いてもらいたくても、彼は反応してくれない。私の怒った顔が可愛いという。馬鹿にされているようで、情けなさと遣り切れなさばかり膨らんでゆく。その時三十一歳の私には、なぜ夫がそのような態度をとるのか理解できなかった。真剣に話し合いをしてくれない夫の狡さしか見えなかった。ただ落ち込み、薬とアルコールに依存して現実逃避をすることを繰り返す、まだまだ幼い妻であった。

このボルネオの生活の中で、私を現実に引き戻し躁うつ状態から立ち直らせるきっかけとなった、死が二つあった。

まず第一は母の死である。三月末に日本を離れてからたった五ヵ月しかたたない八月末、クモ膜下出血では母は五十二歳の若さで逝ってしまった。会社のヘリコプターでブルネイまで飛び、マニラ経由で羽田へ急ぐ。しかし台風のため新幹線は運転中止、東海道本線で十時間以上をかけて実家に戻った。満員電車に立ったまま揺られ、想い返されるのは母の一生であった。

田舎の大家族に嫁ぎ祖父母に仕え、外面の良い父と暮らし四人娘を育て上げた。長女の私は母に心労をかけ続け、何の償いもできず好き勝手に生きてきた。私のわがままな行動のしわ寄せは、母が責められる立場に置かせたことも多かった。自分が親になり、ようやく母の立場が理解できるようになり、感謝や想いを伝えられる……と思う、そんな矢先の突然の死であった。娘達も成長し、温泉や旅行や孫達との楽しみが始まろうとしていたのに。人のために尽くしてきた母の人生は幸せだったのだろうか。これが女性の一生というものなのか。母が生きた証しは私達四人姉妹だけなのだろうか。血の気の失せた母の静かな死に顔は、何の答えも返してくれなかった。

母と私は二十三歳年が違う。考えてみれば母は若くして子供を生み、たぶん自分のしたいことは何かなどと考えもせず、年月を送ったのだろう。戦時中に結婚した女性達と同様に、家を守り家族のために働き、土には手を触れない父の代わりに農作業にも励み、私達を育ててくれた。母の役割を充分にこなしてきた彼女の、女としての立場はどうだったのか。一人の人間として満足できる人生だったのだろうか。早婚の私は母を四十三歳という若さで、「おばあさん」にしてしまった。外国に離れていたから、私が子供連れで帰国した時だけの祖母実感だったとしても、余りにも早く母の人生の区切りを作ってしまったと思う。自分を押さえて人に優しかった母は、迷うことはあったのだろうか。短くして途切れた母の生命に腹立たしい思いをしたのは、母と係わりのあった多くの人達の同じ想いだったのではないだろうか。

私の心の中に、「母のような一生は絶対に繰り返したくない」という決意が湧き上がってくる。私には私らしく生きる権利があるはずだ。夫の付属物として生きるために、母は私を生んでくれたのではないはずだ。夫の都合ばかりに左右される人生は絶対に嫌だ。嘘で固めた生き方も恥ずかしい想いもしたくない。夫唱婦随というけれど、私の意見を彼は全く聞かないではないか。夫の出世に助力しているのだから価値のある人生に思われても、私という人間でなく他の女でも取り換えられる立場に過ぎないのではないか……。

混乱した頭の中を、言葉だけが堂々巡りをしている。結婚して十二年が過ぎても根本的な相互理解と尊敬がない私達の間は、平行線が交わることのない空ろな毎日だった。努力をしようと決意しても、一番大切なモノに触れようとしない努力は、ただの猿芝居のようだった。私は母の死をきっかけに、母とは違う、自分を信じ誇れる生き方を見つけなければ、生まれて来た意味が無いと強く思うようになった。自分らしい一生とは何かを探る、未来の姿を空想するようになっていった。

私にできることは何だろう。私が人の役に立つ場は家族と社交しかないのか。私の中で開発されている能力があるはずだ。何もすることの無い、何の評価も受けない、このキャンプ生活の無為に流れる時間を止める方法はあるのだろうか。空虚さを埋めるため四十歳を越して第三児、第四児を産む妻達のように、私はもう一度子育てをする意味を見つけられない。人生の後半を子育てにかけるのは個人の好みと問題だろう。恋愛にうつつを抜かし、高価な品々で身を飾っても空しさの消えない妻達の仲間にも入れない。将来の目標にしたいような女性は出合うこともない。閉ざされた社会は時間の無駄遣いをしているだけだという、焦りは募り辛い毎日が続いた。

会社が設置したクラブでは趣味の絵画教室やマクラメ編み、アマチュア演劇部や種々のスポーツが揃っている。私も他の妻達と同じように油絵を習い彫金をかじり、演劇部の端役に時間を潰していた。夫と共にゴルフプロについてレッスンを受け、ヨットに乗り小型飛行機の操縦も習った。初めて自分の手で空を飛ぶことは楽しかった。急降下で海面スレスレまで行き、また上昇する訓練はスリルがあり、先生から「カミカゼの子孫だ」とほめてもらう度胸もあった。上下左右ほんの少しの操縦桿とラダーの操作で、自由に動ける解放感は経験したことのない感覚だった。しかし単独飛行の免許を取ったとしても、それは単に趣味、それも随分高価な趣味でしかない。パイロットとして職業にするために必要な飛行時間と試験と費用を考えると、そこまで追求する余裕もないし夢物語である。あの単発エンジンの小型機を自分の力で動かした快感は忘れられない。ただ趣味だと割り切って、楽しい面だけを考えられない自分が情けなかった。空を飛ぶ興奮も自由さも、地上に降りると消え飛行場から家に帰る頃には、止まった時間の中に逆戻りしていた。何を手掛けてみても遊びでしかない。真剣勝負には決してならない虚無感しかなかった。高温多湿の熱帯の気怠《けだる》さや、四季の変化の無さも何もする気の起きないことに繋がっていただろう。汗みどろになりながらの哲学的思考は長続きしないだろうし、冷房をきかせた部屋でビールを飲みホロ酔い気分では、物事を深くつきつめることもない。全てに「道」をつけたがる日本人の習性か……と自嘲すればするほど、空々漠々と日だけが過ぎてゆく。

単調な日々の中で、もう一つ忘れられない死があった。大仰に言えば人種問題の表面化した、西欧と東洋の歪から生まれた事件だった。会社のクリニックで次期責任者を自認し、待ち希んでいた中国人の医師が、オランダ人の医師を斧で滅多切りして殺したのだ。犯行の理由は、責任者に昇格したのがオランダ人だった、というが私にはそれは単にきっかけを与えただけと思えてならなかった。

平常の生活では、白人と他民族との差はあまり感じられない。言葉を変えてみれば、感じさせない配慮がある程度なされていたといっても良い。会社内の身分の上下は社宅の位置と規模、パーティーに呼ばれる人選などに区別は見られる。イギリス人とオランダ人がピラミッド型社会の頂点にいることは顕らかで、次の層にアメリカ人、カナダ人、オーストラリア人、他のヨーロッパ諸国出身の白人グループがいる。その下に中国人や日本人、また一段階下にインド人とマレー人、原住民族のイバン族などが底辺を支えている。多国籍集団として一応仲良くしているようだが、水面下では足の引っ張り合いや羨望や嫉妬が渦巻いていた。

絶望と怒りで錯乱した中国人医師の起こしたこの事件は、その残酷な殺人の仕方と逃げ気のない彼の覚悟の重みとで、キャンプ内に大混乱をもたらした。この事件の反応は真二つに分かれていた。分別を無くし殺してまで欲しかったのかと蔑視する大多数の白人意見に対して、中国人医師と家族への同情は東洋人グループから多く出ていた。

私は中国人医師の若い妻と仲良くしていた。会話は英語だったけれど、同じ東洋人の立場で何となく気楽で心が通じ合っていた。白人社会のルールの中で、私達東洋人の位置や居場所など共通の状況下にいる同志として、背伸びも劣等感も持たずに話のできた友だった。体格や外見で差別意識を持つ必要はないけれど、常に比較されている立場では自分が小さな人間だという気持ちが育ってくる。理屈でも論理でもなく、現実に有利な立場と不利な立場の存在差があることに気付かされるのだ。

オランダ人医師に私はカウンセリングを受け、抗うつ薬と睡眠薬を調合してもらっていた。サラワクでのキャンプ生活も最初の一ヵ月ほどは物珍しく、新しい環境に慣れるまでそれなりに忙しく、気をまぎらわすことができた。しかし終わりの見えない単調な日々の繰り返しは、スポーツをし体を動かしてみても、体の芯に澱《よど》みが溜ってゆき、眠れぬ夜が増え睡眠薬の量も増えていった。眠らなくても人は死なない、と薬を飲まないように努力してみるが、またすぐ依存してしまう。夫は私の内面に巣食う空虚さという化け物の存在を知ろうともせず、相手にもしてくれなかった。私はこの医師にカウンセリングを受けるという形で相談をし、精神的に頼り切っていたのだ。

キャンプ内では不定愁訴や不眠や偏頭痛に悩まされる妻の数は多く、クリニックでは多種多様な対応をしていた。遅まきながら自我に目覚めた私のような虚無感に悩むケースから、弁護士とか特殊技術や専門を持つ有能な妻達は、自分の仕事を中断したり諦めて夫の転勤に伴ってきた生活の落差でうつ病になる場合があった。海上油田で働く技術者は一週間から二週間交代で、その間妻は一人で子育てし家庭生活を営む。夫に頼り切った生き方をしてきた人や海外勤務が初めてとなるキャンプ生活に精神不安定になるケースもあった。

体裁を繕って日常を過ごしながら、睡眠薬やアルコールに逃げない人もいる。彼女達は疑似恋愛に生き甲斐を見つけ退屈さを紛らわしたり、シンガポール、マニラ、香港、バンコックへショッピング旅行をし遊び回っていた。物質的には恵まれている平和な生活が、その平和さゆえに不満の坩堝となるとは皮肉なことだろう。世界中の不幸な女性から見ればこのキャンプ生活は理想郷に見えるかも知れない。贅沢な悩みなどで甘えるなと叱られるだろう。この小さな社会は市民としての責任のない仮住まいであり姿なのである。単純にユートピアを楽しめる人々には、天国に近い生活だろう。だが自分ではない自分の役作りをしていると感じる妻達にとって、希望という生命の泉が枯れてゆく時間なのである。

オランダ人医師の死は、頼れる父親を失って見捨てられた子供のような立場に、私を追い込んだ。そしてこの事件で、夫の取った態度から彼の中に存在する東洋人への目下感覚、白人の優越感がはっきり見えてしまった。人種差別を受ける人間の苦悩や悲哀を理解できない彼の言葉は、体制側に立つ人のものであった。そして私も、中国人やマレー人と同じ位置にいる人間であり同等に扱われていないという事実にも、気が付かないわけにゆかなかった。東洋人である妻を尊重せず、対等な人間として認めていない夫の本心を知った。薬に依存することでは何も解決しない、自分でどうにかまっとうな人間にならなければいけない立場にいることが、より鮮明になったのである。今の薬中毒のドロ沼をどうしたら抜け出ることが可能かと、改めて目を向けるようになった。

夫とのぎくしゃくした関係から逃げ出し反発するため、彼が私にしたのと同様にしてみようと賢くない私は男友達に近付いたこともある。しかし報復ごっこは、自分が狡く薄汚い人間であると貶めただけだった。現実を見つめれば罪の意識に苛まれただけである。自分自身への信頼と誇りさえ失い、ますます重く身動きのとれない暗闇の中で、踠《もが》き彷徨っていた。

生命は儚く突然消えてしまう。苦しむ自分を持て余し、死んだ方がましかも知れない、いや子供達を残して死ぬことはできない。死は自己満足をさせるだけ、ただ逃げ出したい卑怯さだけだ……と、真剣に生と死について突き詰めて考えるようになったのは、この二つの死に出合ってからである。私は自分の人生、女の一生とはどうあるべきかと、ようやく片目を開けて見つめることができたと思う。

無為に無駄に時間を過ごすのではなく、陶芸の技術を身に付けていつか自立するぞと決心し、現実的な計画を立てることにした。趣味で終わらせるのではなく、生計の礎として備前焼の勉強に力を入れる目標を定めて、短期長期と可能な限り岡山へ通うことになった。

主婦が一ヵ月とか三ヵ月、家を空けようとすれば相当の決意が必要だった。夫との関係が終わりになる可能性もある。家に置いてゆく幼い娘達には母親不在の影響が大きく、不安感や心の傷が残るかも知れない。無理を押し通す付けは将来返済不可能なほど膨らみ、取り返しのきかない結果も生まれるだろう。

しかし私には次の機会を待つ心の余裕が無かった。足掛かりのできた備前で、少なくとも備前焼の製成過程を全て経験してみないと、何の役にも立たない。原土から粘土をつくり成形、窯詰め、窯焚き、製品にするまで習うには最短でも三ヵ月、普通は半年間が必要でその積み重ねを何年もしなければならない。修業というには痴《おこ》がましいが、傍観者としてその工程を掠めるだけであろうが、今までのようにブツ切りの知識と観察を繋げただけでは、理解もできず何の応用もきかない。

もし備前焼でなく施釉陶器と出合っていたら、私の陶芸修行は随分違ったものになっていただろう。小さな電気窯を購入し工夫しながら、創作陶芸の道を歩むことができた筈である。

赤松割木を燃料に千二百六十度の白く輝く炎と、高温に耐える粘土と窯から生まれ出る備前の焼き締め陶器に出合ってしまった。窯焚き仲間が力を合わせ十日以上も続く酷しい炎との遣り取りは、腑抜けた日常と両極端に位置する本気の世界だ。人の出合いと同じように、偶然と必然が絡み合い、一本の道が敷かれていった。

半年間日本へ行くことに決まり、いろいろと準備をしなければならない。まず数十種類の料理を作り、日付を明記して仕分け包装し冷凍庫に保存する。少なくとも一日一食は私の手料理を食してもらいたい願いを込めて、サウナのような台所で必死になって調理した。

キャンプ生活は単純で安全だ。夫も娘達も昼食に帰宅し、小学校から帰れば子供達は外を走り回っている。住民は知り合いで幼い子供を持つ家庭が多い。夫は四時に帰宅するしアマが家事はしてくれる。夫の留守は友人宅に娘を泊めてもらう約束もとりつけた。

母親不在は問題であろう。私は半年間家を空ける条件に恵まれている有り難さを身に沁みて感謝し、備前焼に向かい合った。子供達への電話、手紙、夫に感謝の言葉など可能な限り家族への心遣いをして、頑張った。

備前焼の工程を三冊のノートに細かく取り、時間を惜しんであちこちの窯焚きに押しかけた。バケツを手に山土探しに山へ入り、古い窯跡を歩き、一連の勉強に区切りをつけた時、私の手はすっかり頑丈になり、指輪の似合わない太さに変化していた。

備前で勉強を続けてゆく目標が決まったことで、生活にメリハリがつけられるようになった。ただ無為な時間の繰り返しではなく、次のジャンプへの準備期間なのだと思い直すことで、キャンプ生活に耐えられるように変わった、新しい自分を見つけることができた。

合計五年間を過ごしたボルネオ島の生活には、多くの出来事が数珠繋ぎのように残っている。ある時ブルネイシェル石油が、クラブハウスを建て替えることになった。古いホールをパナガ・ゴルフコースに見立てて大変身させ、サヨナラ・ダンスパーティーを催すことになった。絵画クラブと婦人会有志で、ペンキを入れたバケツを手に、箒で十八ホールを壁一面に描いたことは、汗だくの楽しい思い出である。

新クラブハウスの美術工芸室建築には、私は陶芸クラブの責任者として設計の段階から参加した。日本から電動ろくろ数台、粘土や釉薬などを調達して教室を持っていた。電気窯焼成で酸化釉しか使えないが、粘土に触れられる私は幸せだった。軽く怪我をした指先から破傷風菌が入り、危うく一命を取り止めたことも、今では懐かしい。

キャンプ内の人の移動は激しい。休暇やホームリーブで長旅に出る人あり、転勤で帰国する人、新しい任地に赴任する人も多い。社宅が仮の住居であることを強く感じるのは、その住人が変わった時だ。友人として共有していた時間は、フィルムの一コマのようにある場面を記録しているに過ぎない。次のシーンでは他の登場人物で、「終わり」と「続き」の境目が分からなくなる。マリアンがどの彼女を指し、ジョンやビルはどの年に一緒だったのか薄ぼんやりした人々の中にいた年月だ。

二度登頂したサバ州のキナバル山、四千メートルの高さから眺めた朱に染まる雲海、上気した子供達の顔、ガクガク音を鳴らす下山時のひざ、一生食べたくないと思う量の固ゆで卵など思い出はつきない。四千年前の人骨が見つかったニア洞窟の恐ろしい暗闇と夥《おびただ》しいコウモリとツバメの糞の山、夜光虫の気味悪さ、ジャングルから聞こえる動物や鳥の異様な鳴き声、叩きつける雨の音など、ボルネオは正と反の世界に満ちていた。

旅人では決して出合えない多くの事柄を、モノや人々を、心のアルバムに刻んだ日々だった。

第八章

ロンドン大学・バンコック

一九七九年九月初め、九歳の長女をイギリスの寄宿制女子校に入学させるため、娘と私はロンドン郊外南西部の町、ウォーキングのオランダ人友人の家に泊まっていた。

ブルネイのシェル石油では、会社員子女のために幼稚園と小学校が用意されている。十歳位になると「イレブン・プラス」学力試験で上級校への進路選択があるため、子供達はイギリスやオランダに帰国し教育を受けることが定例となっている。セリアの町にマレー語の小・中学校はあるが、外国人のほとんどは子供の留学を選択し本国へ送っていた。

長女の制服を揃えたり、課外授業の乗馬用具や他の遊具などを選んだりと、入学準備に忙しくしていたある日、夫から電話が入った。ロンドン本社に転勤の辞令が下りたというのだ。月末にはブルネイを出国する予定にしたという。そしてイギリスに帰れば即、住む家が必要となるので、借家を探すのではなく、家を購入する方向で適当な一軒家を見つけておくようにと言ってきた。不動産屋を通してウォータールー駅に通勤便利な土地で、何軒か下見をしたがなかなか適当なものがなく迷っていた。駅まで徒歩で通えること、次女の通う小学校が近いこと、子供達が安全に遊べる静かな環境であること、そして一番大切な予算の問題がある。庭が大きければその手入れに手がかかり、二、三百年前の古い建築は風格はあるが天井が低く暖房が難しい。三つまたは四つのベッドルームとトイレ・バスが二つあり、犬を連れて帰るので庭囲いがしっかりして犬の放し飼いができることなど、条件を増すたびに選択範囲は狭まってゆく。

この時泊めてくれていた友人が、自分達は田舎で古風な庭の広い家を買いたいので、よければこの家はどうだろうと言ってくれた。不動産屋の仲介なしなら手数料も必要ないし、同じ会社の友人なので安心して契約できる。次女の通うカトリック系の小学校は歩いて三分、急行電車の停車する駅まで徒歩十分足らずの閑静な住宅地である。駅の近くにはショッピングセンターがあり、病院も魚市場野菜市場もある。カトリック教会も近いし七年前に住んでいたバイフリートから二駅南に下った街である。長男長女の学校まで車で三十分と大変便利な場所で、願ってもないことと、トントン拍子に話がまとまり購入することに決めた。

娘を入学させたのが六日、ロンドンを離れたのが十二日、ブルネイから引っ越し荷物をまとめて発送したのが二十五日と、まるで悪夢のような日々だった。時差ボケなどとのんびり体を休める暇も無く、今まで続けていた当たり前の日常生活のモロモロを、一切合切畳んでの大移動である。東京で結婚生活を始めてから十六年、アメリカ、イギリス、日本、ボルネオと移動してきた。ボルネオではミリとセリアでは二回家移りをしたので、今回のウォーキングへの引っ越しは区切りの良い十五回目となる。

夫は家のことに何も手を出さないので、全て私が取り仕切らなければならない。イギリスに着いて差し当たり必要なものは航空貨物で、他のものは船便のコンテナ、子供達の部屋のものにはそれぞれラベルをつけて整理梱包、夫の仕事と研究関連の書類や書籍は別の箱へとまとめてゆく。食器類も長旅で割れないように、手伝いの業者に指示し箱詰めをする。食べ残しになりそうな食料品や調味料は友人やアマに手渡し、プランターの観葉植物やランの鉢は皆プレゼントする。幸い家の掃除は人まかせにできるが、それでも忘れ物が無いようにまとめるのは大仕事である。

猫はマレー語の先生に譲り、犬はイギリスへ連れて行くので申請書を提出して許可証が届くのを待つ。航空貨物として一緒に連れてゆくための特別製の檻を注文する。その他しなければならない細々した事が山積みである。この犬に関しては書類上の手違いから、最終的にはブルネイに置いてゆくことになってしまい、大きな心残りだった。

二十七日、五年間住んだボルネオを出る日となる。シンガポールで開催されるレガッタ競技に夫が参加するため、次女と三人の旅立ちである。その後インドネシア本島とバリ島へ一週間の観光旅行が待っている。ボロボドール遺跡やジョクジャカルタの古い街並み、バリ島では青く澄んだ海、緑豊かな水田と数え切れぬほど点在する寺院、民族舞踊や影絵の上演、多様な美術工芸品などを見て歩く。ロンドンの本社勤務になるため、年一回のホーム・リーヴは無くなり、東南アジアへの旅は経済的にも困難になるだろう。そんな想いもあってインドネシアへの旅行となった。

夫がロンドンへ出発した後、私は次女と日本へ飛んだ。本当にこれが最後になる備前焼の研修に没頭したのである。次女を実家の妹に預かってもらい、十二月初めまでの短期間に、もう一度窯詰めと窯焚きの体験をすることができた。ノートを詳しく取り写真やスライドを撮り、外国で日本文化の話や講演を依頼される時の資料つくりにも専念した。ヨーロッパは遠い。いつの間にか日本や日本語の心地良さに慣れてしまった私は、再び始まる英語文化圏での生活を思いやっていた。

冬休みは十二月十二日から一ヵ月間、ハンガリーで過ごす計画である。次女と私が日本から直接ブダペストに入り、長男と長女は学期末を待ってロンドンから到着、そして夫はクリスマスの直前にやってくる。マイナス十五度の凍てつく冬は厳しい。ハンガリーの伝統的なクリスマスと正月の祝いなど、一連の行事を総勢八人の大家族で楽しむ日々である。クリスマスイブの夕食は鯉の姿焼き。レモンと玉ねぎの輪切りの上にパプリカをふりかけて、オーブンでじっくりと焼き上げる。鯉の下に敷いたじゃが芋に味がしみ込み、こげる匂いと比例して食欲はいや増す。ワインの産地として有名なハンガリーでは、デミジョンと呼ばれる藤の籠の中の大瓶に、計り売りで好みのワインを買うことができる。父は赤ワインのソーダ割りを手から離さない。

サンタクロースからのプレゼントは、クリスマスツリーの下に所狭しと置かれている。サロンツコーと呼ぶ金銀の紙でくるんだ砂糖菓子が枝々に下がり、エンジェルの髪と名付けられた極細のナイロン糸が、ろうそくの光を反射して煌めいている。父はもうほとんど視力を失っていたが、九歳と八歳の孫娘とワルツやチャルダーシュ・ダンスなど自慢のステップを披露してくれた。母の穏やかな顔、プレゼントを開ける皆の興奮した顔と笑い声、幸せな家族の肖像画だった。

翌日クリスマスの朝は雪道を下り、マーリア・ベシュニューの教会のミサに参加する。無事に迎えられた聖誕祭を祝いあって、村の人々と抱擁やキスを交わしていると、教会の鐘は凍てついた丘陵に澄んだ音色で響き渡ってゆくのである。

クリスマスランチは昨日首を縄でくくられ、二本足で歩いて登場した七面鳥の丸焼きである。母と夫の協同格闘劇で首を落とされた七面鳥は、私達全員の手で羽根をむしられ、食材に変化した。子供達と一緒に庇の下で低い箱に腰かけて寒さに震えながら、飛び散る羽根と雪の競演は忘れられない一場面となった。黄金色に焼き上がった丸焼きにシャンペン、家族八人で送る最後のクリスマスだった。

イギリスではごく普通の、小市民的な生活が始まる。次女を近くの小学校に編入させて、家の中を生活しやすいように整えてゆく。ボルネオではアマに家事、料理を一切任《まか》せていたので、家中全てが自分の管轄下にある日々は気持ちが良い。アマの掃除の邪魔にならないように、自分の居場所を移動させながら、まるで下宿人のような気がしていたものだった。家具を買い部屋の壁紙を貼り、外のペンキ塗りと庭仕事など、体を動かし自分の手で自由に飾れる空間を所有する楽しみを初めて味わった。借家と社宅を移り住んだので、釘一本打つのにも遠慮があった。

初夏になればベリー類や果物を農園に摘みにゆき、棚一杯にジャムやコンポートの瓶詰を並べる。子供達が学校に持って行ったり、教会のバザーに出したりと役に立つものだ。土曜、日曜日にかけて、子供達は月に二度寄宿舎から帰宅する。友達を連れてくることもあり賑やかで、これが普通の生活なのだとしみじみ思ったりしていた。

ロンドン本社に戻って配属された部の上司との間で、夫は人間関係を拗《こじ》らせつつあった。帰国してからの仕事が期待していたほどのものではなかったことも、彼には不幸の原因になった。長い年月海外勤務社員として、日本とボルネオで過ごしたことにより、白人の特権意識を強く身に付けていた。本社に戻れば何千人もいる社員の一人で、上下関係のはっきりした組織の中にいる自分の立場に気付くべきであった。しかし彼はこの大きな機構の一部品に順応することができず、特に直属の上司とは肌が合わず、意見の相違が拡がっていった。自分がトップに立ちたい夫には、屈辱感を殺して会社に通う日々は辛かったに違いない。

私達は家族が一緒に住む初めての家を購入し、生活は安定を見せていた。次女も公立校から長女と同じ寄宿制女子校に入学して、子供達が帰宅する日々は決まっていた。海外に住む時とは異なり、毎月彼らの顔を見て暮らす日々は、成長の変化を見守ることもできるし、校内活動やオープンデイに参加する楽しみもあった。夏冬春と長期休暇で帰宅する息子の態度は遠来の客のようで、親子の親近感が戻るまで少し時間が必要だった。同じ国、近距離に住める安心感は家族として、精神的に密接した心地良いものだった。

子供の成長に伴い増築をすればもっと快適に暮らせるだろう。表通りに面した二車輌用ガレージを改築して、下は私の陶芸工房に、二階はライブラリー兼客用寝室に改造することを決める。青写真を引き改築許可を申請し、ようやく市から建築確認を得ることができた。町並みの美観とバランスを保つために、イギリスでは増改築の許可を受けるのは大変困難である。地域によっては、外観の変容を絶対に認めない場所がある。これが何百年も伝統を保全するための政策であり、人々は古い石造りの建物に住む誇りを持っている。屋内も昔のままに保ち、代々伝わる家具を修理して大切に使い、また次の世代へ遺産として残してゆく。大都市や工業都市近辺の住宅地の変化は激しいが、一歩田舎に入れば古びた町並みにほっとするものがある。

建築業者を決め工事費の目処《めど》もつき、さあ工事に着工しようと腰を上げた時、夫が会社から解雇されてしまった。心配していた通り、ボスのオランダ人との衝突が原因の一つだった。

海外勤務社員として七年半、本社勤務合計三年間をしていたために、夫は不動産や株に投資をして少し貯えを持っている。会社を辞めたからといって即座にお金に困ることはなかったし、多額の退職金も受け取っていた。三人の子供達の私立校に通う授業料だけが、たぶん一人三百万円位だったと思うが、これだけが気にかかる。会社にいる間は本社に転勤になっても、教育費の補助を受けていたので学費の心配をする必要はなかった。ステイト・スクール（公立校）が悪いわけではないが、私立校のような細やかな教育方法に慣れた子供達には、できる限り同じ環境で存続させたいと思っていた。転勤続きということは、彼らにとって転校続きと同じだ。せめて教育だけでも一貫させたい、深く交わる友人関係を保たせたいと願っていたため、学費は絶対に必要である。結局家の改築は諦めるしかない。

夫は退職金にかかってくる高額の税金を避けるため、スペインへ行き本を書くという。アメリカ国籍の彼はイギリス在住期間との関係で、合法的に税金を少額で抑えることができると、税理士から助言を受けていた。人材バンクに登録をして、次の仕事を見つけるまで別居することになった。

次女が寄宿制の小学校に転入した秋、私もロンドン大学ゴースドスミス・カレッジの陶芸専攻科に入学した。イギリスで陶芸の勉強を続けたいと適当なコースを探していた時、友人からこの陶芸科へ推薦してもらったのだ。この科は美術教師のリフレッシュ・コースとして、また陶芸家にとっては新分野開拓のためにカリキュラムが組んであった。専ら実技が中心で磁器、炻器、陶器、彫塑と一通り復習する。その後各自の選択する専門に沿って、一年間研修し卒業作品を制作発表する。

備前で紐造りの観音像制作を、私は基礎から教わっていた。デッサン力もないし彫塑の勉強もしたことがないため、出来上がった像は表面の形だけを猿真似した、骨なし像の弱さが目立つ。京人形作家である原松風氏に見てもらった時、この欠点を指摘されていた。いつか彫塑をきちんと学ばねばならないと思い続け、いずれオブジェ制作もしてみたいと考えていた。彫塑の基礎的な知識が無ければ、バランスや形態も崩れるだろう。抽象的な作品を通して訴えたい自分の考えや想い、大袈裟にいえば思想をきちんと表現できず、自己満足で終わってしまうだろう。

私の入った学年は男女合わせて十五人だった。個人別に作業スペースを与えられ、この狭い空間内で制作が始まった。現役の美術教師や陶芸家の再勉強用コースなので、基礎的な陶芸全般にわたる復習は猛スピードで済ませる。ろくろ成型にゆく人、オブジェが専門の人、石膏型で泥漿鋳込《でいしょういこみ》の作品群をつくる人、また私のように紐造りに拘るなど多様だった。

ガス窯、電気窯、楽焼窯と設備は整い、窯焚き専門の技術者、粘土つくり担当のアシスタントにフルタイムの先生が三人いた。その他外部から講師を招いて特別実技や講義もあり、その学習環境は大変恵まれていた。三十代のイギリス人の中にドイツ人、アメリカ人と私の三人の外国人がいて、各国の陶器の歴史や特徴などの比較セミナーも行われ、広範囲な知識を相互交換していた。一人一人が能力を持つ個人として尊重されているので、適当なライバル意識を持って勉強に集中できる。二学期からは各自研究のために、必要となる特別講座の要請を大学に出すことが可能で、ある一定の予算内で教授の許可があれば良い。私はデッサンに打ち込みたいと、ライフ・ドローイングをリクエストした。モデルを使ってクロッキーやデッサン画を仕上げるクラスである。幸い何人かが興味を示してくれ、毎週一回裸体モデルを頼んで実技に入る。黒人男性、アラブ系男性、白人男性、若い女性、年配の女性など、各々に特徴があり面白かった。同じ人間でも骨格や筋肉のつき方に、これほど個人差や人種差があるとは考えてみたことがなかった。海辺でみる水着姿の人達を、モデルとして凝視していない自分だったと気付き、一人笑ったものである。個体差というが表面を単に眺めるその下には、想像以上の差があると発見した。個性を大切にというが大体それは表層の表現から観察されるものだろう。一人一人顔が異なるように、個体差があるのだという基本的事実に気付かされた。

初めてデッサンに取り組む私は、やたらに線を描き重ねるだけで、どこからどのように描けば目の前にいるモデルを、紙上に表現できるのだろうかと四苦八苦していた。見かねた講師が生理学教室から、骸骨の見本を借りてきてくれた。モデルと同じポーズを取らせ、モデルの体に墨で中心線や骨盤の位置などの印をつける。その繰り返し作業の中で、ようやく私は皮膚下の骨格の動きが理解できるようになった。全体の流れや方向性やバランスが掴めるようになると、あとは肉付けをしてモデルの特徴を強調してゆけば良いのである。遠近描写法でデフォルメしたり、細部にアクセントを持ってきたり、表現の範囲はデッサン上にぐんと拡がってゆく。

最初数人いたクラスメートも、各自卒業作品の制作研究に取り組むようになると、デッサンクラスに使う時間が無くなってきた。最後には私一人残っただけである。広い教室に一人のモデルと黙々とデッサンを続ける私。時々進行工合をチェックするために来てくれる先生を含めた濃密な学習空間となった。モデルの時給が何ポンドだったのか知らないが、とにかくこれほど贅沢な授業は後にも先にも経験したことがない。

卒業制作に裸婦像の彫塑を決めた私は、二十一歳のイギリス女性をモデルに選び、ポーズを決めて粘土で原型を造り始めた。ふくよかな胸と張りのある腹部の丸みは、若い体の中に秘められたエネルギーを、大胆に力強く今にも発散しようと待ち構えているようだ。大きな粘土の塊を成型台の上にドンと置いて、人体の形に仕上げてゆく。モデルに忠実に成形することが基本だが、部分的には製作者の感動を表現することもある。彼女のたっぷりとした腹部は素晴らしかった。ルノアールもレンブラントも女性の豊かさに感激し、それをキャンバスの上に再現したではないか。痴《おこ》がましいが私も生命を育む場としての、女性の大いなる豊かさを像どってみたかった。

ところが原型を制作してゆく途中で、モデルの彼女は豊かな美という観点ではなく、太っている自分の体に拘《こだわ》っていた。「私はこんなに見苦しくない」と言い張るのだ。デッサンの表現と、立体となる物体では現実感が全く異なってくる。翌週からりんごとヨーグルトのダイエットに突入した彼女が、七週間でどれだけの減量に成功したか知らない。彼女の乳房は熟年女性のように、胸上部にあった皮下脂肪がまず無くなり、垂れ下がってしまったのである。腹部はゆったりした膨らみから一気に三段腹へと変化し、私が見つけたミューズの美はどこかに消え去ってしまった。

さて原型ができると次は石膏で型取りをする。原型の高位置点を結び、後の作業で組み合わせ易くはずし易いように、部分に分けて型を作る。石膏型が完全に乾燥したら、粘土を型に押し付けて全体像をつくり、型をはずして余分な粘土の表面処理をして仕上げる。十七個の大小の型を全部組み合わせると裸婦像が出来上がる。原型を制作している時は、モデルを忠実に描写してゆくことが面白く、第一作目の作品としてはあまりにも大物すぎて欲深いモノだった。原型の高い山の部分を切り離し、線として区切る技術は難しい作業である。作品展までに三体つくり焼成しなければならない。私は午前八時から午後十時まで、工房に入り浸って専念した。家から大学まで片道一時間かかる。北に位置するロンドンの冬は暗い。冷たい雨の中、ただひたすら通学する日々を送っていた。

昼食は裏門から出てすぐ近くのパブへ行きビール一杯で元気をつけ、夕食は学生食堂のサンドウィッチと紅茶。私が在学した年度は特別に熱心な学生が多かったらしく、幾人か夜遅くまで作品を作っていた。これが後ほど問題になり、翌々年からは夕方六時に工房が施錠されることになってしまった。

本来ならば一年のコースであるものを、私はパートタイムの学生で通学し、二年間通った。講義として取る単位の数を減らして、工房での作陶にほとんどの時間を費やしていたので、実質的には二年間フルタイムで勉強したことになる。この頃は校則もゆるやかで公共資金も潤沢だったため、私達のような熱心すぎる学生を抱えても運営できたのだろう。

ロンドン大学のクラスメートは労働者階級の人が多く、私は友人達からブルジョアだと笑われていた。夫の経済的庇護の下にいてその依存物である私が、ブルジョアだとはそれこそお笑い種ではないか。彼らとの交流で私は社会人として自活し、生きるのがいかに困難なことかを見せてもらった。教育の現場へ戻る人、工房で作陶を続けながら地区の成人学級で陶芸を教えて生活費を稼ぐ人、パブでアルバイトをしつつ陶芸をする人など、卒業すれば皆以前いた場所へ帰ってゆく。陶芸の勉強に打ち込める至福の一年間が、将来の糧にしなければと頑張っている真剣な友人達を見ていると、イギリスで陶芸一本で生計を立てるのがいかに困難か分かってくる。その点日本では特殊な文化を持つ国として、陶芸家が地位を与えられ金銭的にも大変恵まれていることを再認識したものだ。

人材会社を通して海外勤務の仕事を探していた夫は、収入的には極めて好条件のクウェートやパプア・ニューギニア、セネガルなどの仕事を断り、運良くタイの国連に就職が決まった。六ヵ国語を話し博士と修士の専門分野を持つ彼は、新しい土地で能力を発揮する場を見つけ、喜んで出立していった。東洋で外交官待遇の職場という環境も彼は大いに気に入ったのである。三十代初めの頃アメリカで外交官試験を受けたことがあった。年齢制限と共産圏に家族のいることが難点となり、その分野に進むことのできない経験がある。イギリス、日本、ボルネオ、イギリスと十年以上回り道をしたが、ようやく自分の夢に近づき、落ち着ける仕事に到着したのである。

夫の就労ビザでイギリスに滞在していたが、彼の解雇によって私の立場があいまいになった。つまり、就労者家族ビザで通っていたものが、夫の出国によりそれが無効となったのである。アメリカ国籍を持っているため短期間、観光目的と家族訪問で簡単に入国できる。子供達は三人共寄宿生として学生ビザの発給を受け、在学中は合法的に長期滞在が可能である。私もロンドン大学の学生でいた間は、ビザの件では問題は無かったけれど、六月に卒業した後間もなく警官が家を訪ねてきた。「学生ビザの期限が過ぎているので、不法滞在になる」というのである。

次女はイギリスで生まれてイギリス国籍を持っているし、持ち家もあるので私はずっとイギリスに住むことが可能だと単純に考えていた。弁護士に相談してみたが、我家の不動産評価が移民法で要求されている財産価値より低いので、その少しの差額のために永住権の申請をしても許可されないことが分かった。

結婚以来国籍を持つアメリカ以外の国々を転々と移るたびに、夫の就労ビザが発行されていた。家族としてビザを受けていられたから、その国に夫と同居し滞在できたという現実を、この時まで本気で把握していなかった。漠然と夫の病気や怪我などで経済的な変動の予想はしていたが、離職という可能性を考えたこともなかった。その考え方が片寄り、甘いものだと言われても二言も無い。自立するための勉強をすると意気込んではいたものの、大学を卒業してすぐ就職先を探すことを実行に移さなかった私の怠慢があった。バンコックに単身赴任している夫とずっと別居を続けるわけにもゆかず、進路を決めかねていたのだ。夏休みには子供達三人が帰宅し忙しい日々を送っていた。イギリスで工房を持つ希望も失せ、また趣味か遊びのレベルに遠ざかってゆく陶芸修業を情けない想いで見ていた。

夏休みで帰国した夫と相談し、イギリスには住むことのできない私は、取り敢えず家を引き払い借家にするための準備をして、バンコックの夫の元に移ることになった。今まで訓練を重ねてきたものを無駄にしたくないと、備前に小さな工房を建てて半年ずつタイと日本を行き来することで夫と合意した。

イギリスを追い出された事実が、私の中でどうしても永住できる場所を探さなければいけないと思いを強くしていった。子供を訪ねる短期滞在は許可されても、自分達の持ち家に住み続けるためのビザの発行はもらえないという、根無し草の持つ不安感は経験したことのない人々には分からないものだろう。何が一番有効な方法なのか。アメリカに帰れば国籍があるのだから住むことはできる。しかし家を維持し生活費を稼ぐとなれば、私にはまだ売り物になるような特技も専門も無い。日本語教師の資格試験を受けようか、と考えたがそれが私の自立する道だとも思えなかった。カリフォルニアで再び不動産業の資格州試験を受けるには、十年前の知識では間に合わない。初めから勉強する覚悟と年月が必要となり、夫はあまりこの計画には乗り気ではない。

そうだ。生まれ育った日本へ帰ろう。少なくとも父も妹達も友人も沢山いる。英語を教えたり通訳をすれば収入に繋げられるだろう。陶芸の勉強も続けられるし、いざとなれば親身に助けてくれる人も他の国より多く存在する。タイとも近いし何とかなるだろうと決心したのである。

約十七年間に集まった膨大な量のモノの整理に手をつける。本や工芸品、子供達の所有物などを屋根裏部屋と一番小さなベッドルームに押し込める。バンコックでの生活に必要な社交用の食器類、ドレス類などを送り出して不動産屋と賃貸契約の条項を確認して、イギリスを後にした。

夏休みに帰った夫がひどい難聴であることに気付き、「風邪の後遺症だ」と言いはる彼をロンドンの専門医のところへ送り出した。精密検査を受けてすぐ、夫はタイへ戻っていった。長男は幼い頃風邪を引くたびに中耳炎に罹り、その後扁桃腺の手術をしている。小学生の時には乳炎削解術の手術を受けた。夫も子供の頃から扁桃腺をよく腫らしていたという。耳が弱いのは遺伝的だとは単純に思えないような、片耳が全く聞こえない夫の状態だった。とにかく検査結果が出るのを待つしかないが、私がイギリスを出る前までに、この結果報告は間に合わなかった。

備前に工房を建てたいという想いは、以前から密かに持っていたが、現実に結び付けられるとは考えられない未定の夢だった。イギリスでの工房増築が流れたために、にわかに現実へと歩き出した。工房の見取図をあれこれ描いては夢想していたことが、手の届く場所まで近付き私は嬉しくて、イギリスでの不運まで感謝したい気持ちになる。父が土地購入代金を出してくれることになって、天にも昇りたい気分である。タイへ行く前に備前に立ち寄り何ヵ所かの土地を見て回った。伊部地区内に欲しい土地もあったが、他所者だということ、女であることの理由で内金を払う前に話は皆壊れてしまった。以前備前で長期修業していた時下宿させてくれた大家さんが、持ち藪を譲ってくれることになり一安心する。土地造成の契約をし、日本建築専門の大工さんに間取り図を渡して、設計、建築確認、施工の段取りをつける。アメリカ国籍の私は日本に滞在するためにビザが必要となる。商業ビザで仕事ができるようにするため、急遽カリフォルニアで設立してあった会社の支社を東京につくることにし、株式会社として発足させた。これで次回来日する場合はビジネスビザを合法的に取得できるようになった。

私がタイに移り住んで間もなく、夫はオーストリアで催される会議に出席するために、十二月初めヨーロッパに飛んでいった。ハーレイ通りの専門医から検査結果とX線写真が届いたのは、夫が出発した後の留守宅にである。手紙には真珠腫という良性腫瘍だが肥大しているので手術を勧めると書いてある。びっくりした私は早速夫と連絡を取る。冬休みには家族全員ハンガリーに集まる予定にしていたので、彼はタイに帰国することをキャンセルして、会議終了後ハンガリーでもう一度専門医の意見を聞くことになった。その結果手術はできるだけ早い方が良いと決定、夫はそのまま入院した。

その時私は、イギリスからの引っ越し荷物の到着手続きのため、バンコックで一人待機中だった。税関通過手続きなど書類のサインを済ませ、荷物は借家にそのまま置いてハンガリーに入ったのは、夫の手術が無事に終わった直後である。子供達三人もイギリスから合流したけれど、前途の暗い冬となった。父は前年亡くなり、母と妹の二人だけで田舎のこの大きな家を保持していかねばならない。夫への経済的依存度はますます増大している。私は日本で足場を築くため、投資に踏み切ったばかりである。

幸い夫の手術は成功し、回復するまでハンガリーに残って療養することになった。母と妹が手厚い看護をしてくれているが、私は将来の不安のために落ち着きを失っていた。結婚して十七年、一度も大きな病気をしたことのない私達は、病気や怪我を想定して保険をかけ続けてきたものの、現実に手術・入院という場面に出合ったのは初めての経験である。

言葉では夫を激励しても、今まで経済依存を全面的にしてきた自分の非力さを考えると、いてもたってもいられなくなる。イギリスの家は購入してまだ三年、ローンはほとんど残っている。貸家にしてきたことで最低限維持するだけの収入はあるが、借り手が無かったり家の修理が必要な時はお手上げになる。

長男は高校三年生で大学受験を控え、長女、次女も中等部に進級したばかりである。これから多額の教育費が必要になるし、私が働かなければならないのは自明の理である。もし夫の回復が万全でなく、後遺症が残ったらどうなるのか。国連の仕事を止めなければならないかも知れない。そうすればバンコックに届いた荷物を解かず、どこかに転送しなければいけないだろう。でもどこの国に送れば良いのか。イギリスに家はあっても住むことはできないし、日本の工房建築は春にしか始まらない。バンコックで私は就職できるだろうか。アメリカに帰らなければいけない時はどうなるのか。もし帰っても高額の医療費を支払う能力は、私の力では及ばない。

建築契約を済ませた備前の工房を建てて、とにかく滞在できる場所を確保することが最重要だと私は結論した。日本なら家族や親戚や友達もいる。いざとなれば助力を頼める繋がりもある。ハンガリーにはビザが無ければ戻れないし、事実入院療養中に夫のビザ延期申請にも苦労があった。もし夫が退職すれば、タイの就労ビザは無くなり出国せねばならない。イギリスに家があっても観光ビザでしか入国できない。アメリカでは生活できるあてがない。

同じ問いと疑問符が頭の中をぐるぐる回っているだけだ。考えれば考えるほど、日本が一番良策のように思われてくる。日本へ帰ろう。もう一度土台から組み立て直して、家族を守るために頑張ってみよう。私の決心は日毎に強くなっていった。

夫の回復は順調にゆき、幸い仕事に復帰することができた。手術時に三叉神経に不具合が残り、そのため顔面マヒが残ったが生命に別存ないものである。翌年舌下神経を繋げる手術を受け、後遺症は驚くほど快方に向かい、テニスや水泳を楽しむ普通の生活に戻ることができた。

夫の手術をきっかけにして、二人の考え方にはっきりその差が生まれてきてしまった。私は二度と同じような不安感を持ちたくないと、経済的自立と恒久的な住み家建設を目標に、我武者羅に陶芸の勉強に打ち込んでゆくことになる。一日でも早く独立して、いざとなれば家族の柱になれるようにと、眠る間も惜しんで、手ひねりの素地をためていった。

夫は生命が助かったことで、自己中心的な考え方をより強めてゆく。死の瀬戸際に立たされたが、運良く健康を回復するという凄い体験をしてきた自分に、家族はもっと従うべきだと固執するようになった。思春期の子供達にも自分の意見を押しつけ、彼らからの批判を受け入れる大人の余裕を失っていった。話題を突然途中で遮り自分の言いたいことを哲学者のアリストテレスが……とかソクラテスが……という言い回しで話す。そして知識の押し売りのような、社交上あまり好意をもたれないような会話の量が増えてきた。相手を思いやり気遣うことの少ない人だったが、その性向に拍車がかかってきたようだった。タイでは白人男性を優遇視し増長させる社会意識が温存されている。白人イコール金持ちというイメージもあるのだろう。九死に一生を得たと信じる夫は、自分の優位置を再確認しながら勤務するようになっていった。

長男はオックスフォード大学の受験に失敗し、イギリスで滞在できる学生ビザの期限が切れた。半年間ハンガリーの高校に聴講生として編入し、ハンガリー語の勉強をしながらアメリカの大学入試に備えることになった。今までは少なくとも親と子供と二ヵ国に別れての生活だったが、夫の病気をきっかけに彼のいるタイ、私が半年間住む日本、娘達が勉強しているイギリス、母と妹と息子の住むハンガリーの四ヵ国になった。彼は翌年カリフォルニア州立大学サンタクルーズ校に入学したので、私達の生活圏は五つの国に跨ることになった。

バンコックの生活は私にとって抜け殻同然のものである。微温湯《ぬるまゆ》のような社交、ポロクラブとブリティッシュ・クラブに通う以外時間潰しをする方法がない。美術館のボランティア養成講座に加わりガイドも少ししてみたが、日本の美の奥行の深さと比べる悪癖があり、心底から傾倒できない仏像や収集品の説明には身が入らず、すぐ飽きてしまった。国連婦人会やカトリック日本人会に入会しても、私一人が浮き上がっている。夫の仕事に内助の功とプライドを持って携わり、家事手伝いを雇い自由時間と金銭的な余裕を満喫している妻達の生き方は、私にはもう空ろなものにしか見えない。ボルネオのキャンプ生活で、同じような腰かけ的生活を五年もした私には、バンコックの大都会に住んでも興味を深める対象物が見つからない。骨董好きなので古物市がある時や街の店頭をいろいろ眺めて歩いても、民芸布を求め洋服を縫ってみても一日は過ぎてゆく。自分の目標を定めたけれど、その場にいられない辛さは想像以上だった。

夫と半年間ずつ両国を往復すると約束をしたことが悔やまれてくる。日本で株式会社を設立したけれど、私が手にした商業ビザは三ヵ月有効なものだ。宇野の入国管理局に行き一回更新してもらっても、半年後には国外に出なければならないのである。子供達の春夏冬の休暇に合わせて、少なくとも年二回数ヵ月バンコックに住むことで月日の調整をしていた。彼らがいる時は家族で海辺へ、遺跡へまた内陸へと小旅行をして数日間を過ごす。子供がいれば会話も増え行動範囲も拡がり、親としての任も果たしイギリスにいた時と同じような家庭生活に戻れるのである。二年に一度あるホーム・リーヴはアメリカやハンガリーへ各々の国から遠征、集合していた。

夫と同居していても、何もすることのない日々は苦痛でたまらない。朝起きてもその日一日するべきことは何もない。家事はアマの仕事で、ただ奥様然と遊んでいれば一日が終わる。人も羨む境遇なのに、文句を言うなど罰があたるだろう。ポロクラブまでタクシーで行きプールで泳ぎ、サウナでリラックスした後ビールを飲みながら、勤務帰りの夫を待つ。新婚の若い夫婦なら燦燦と降り注ぐ太陽の下、特権階級が常連の高級リゾートにいる気分に浸り、喜んでいれば良い。軽い小説を読みたまにタイ語の会話集に目を通し、とにかく時間を潰す。仕事をしている夫だけがまともな人間で、私はくっついているゴミのように感じられた。

こんな無駄な生活を送るのは駄目だと思い、ある陶芸家の工房を訪れてみたことがある。しかしアメリカ、備前、イギリスと勉強してきた私の目には、味わいの少ない子供じみたレベルに思われ興味が持てなかった。趣味として遊ぶには充分なのだが、私の陶芸に対する目標とは異なり納得できなかった。何と思い上がり傲慢の見本のような私だったことか。バンコックの暑さは格別である。すぐ乾燥する粘土で手ひねりの作陶は無理がある。エア・コンの鈍い音と共に、私の脳みそが暑さで腐ってゆくような毎日が続いた。

タイでもう一つ私の性格に合わないのが、「マイ・ペン・ライ」とのんびり物事に向かう人々の態度である。熱帯の酷暑に順応して、休みつつ生きる人々の生活の知恵から生まれた「気にしないで、何とかなるよ」という言葉だろうが、駆け足で生きてきて、生き続けてゆきたいと考える私にはとても我慢ができない。もしバンコックが初の海外赴任だったならば、たぶんこの風土に合わせたのんびりした生き方や、数々の遺跡や文化を受け入れて楽しむことができただろう。

備前で仕事を始めようと勇み足の私には、無為な日々は耐え難かった。粘土さえあればあれも作りたい、こういうものはどうだろうと創造力は増し集中できるはずなのに、と焦りばかりが積もってゆく。私の中にようやく芽生えてきた「経済的自立」の決意が強くなればなるほど、備前で頑張るのではなくバンコックで暇を持て余す自分の腑甲斐無さが許せなくなる。体と頭を動かすことがエネルギーの原動力になることは、忙しく働いている時に感じる充実感や幸福感として身に沁みて知っている。宮廷のレディ達のような生き方は、私には似合わないしできないのである。

夫の病気も完治しビザの問題もなく収入も安定しているのに、私は不満ばかり示す。夫が面白くない思いをするのは当然だった。彼にも「もし自分が相手の立場ならどうするか」という想像力が足りないのだろう。彼の尺度は自らの台座から一歩も外へ出ず、基準は常時そこに固定されている。現実的で堅固なことは強みだけれど、全く異なる価値や基準を持つ相手からは、理解し合えない歩み寄れない壁が聳《そび》えているようなものになる。

「何が不満だ」という夫に、どう答えれば分かってもらえるのだろう。「バンコックにいる私は本当に生きていない。無為に過ぎてゆく時間が惜しくて仕方ない。すぐにでも備前へ帰って仕事がしたい」とはっきりと口に出せない。経済的に依存していることが弱みで、対等の立場として認められていないことを知っているから、その場をやり過ごすことしかできなかった。妻には従属を要求する夫にそれが間違った考え方だと指摘できない自分がいる。本当に情けない女だとしか思えぬ私がいた。ウィメンズ・リブ運動のバイブルともいえる、ベティ・フリーダン著『女性の神秘』の中の中流家庭の妻達と同じように、私は不幸だとつくづく思うようになった。少しだけ状況が変われば……夫の理解が本当に私のためを思いもう少し協力してくれれば……私が幸せなら家族全員が安定してゆくことを分かって欲しい……と願ってもそれは不可能だ。工房建築を許し半年間ずつ生活することを許したことが、彼の最大限の譲歩だった。

備前の工房が完成し、友人の穴窯を借りて少しずつ造りためてきた作品を焼き上げた日の感激は一生忘れられない。目の前に並ぶ器達。一つ一つ手で造り、不細工なものも美人もいる。それぞれが私の想いを受けとめてくれたのだ。これが私の財産だと、作陶で生きる決意を新たにしていた。

備前とバンコックを往復している年月の間に、夫は焼き物に熱中している私を持て余し、そして独り住まいの淋しさから他の女性に目を向けていった。生理的な性の問題もあっただろう。妊娠恐怖症の妻ではそして夫婦の義務感からの性は心地悪さの方が多すぎる。つい体が強張り人形になってしまう自分を、どう変えようもできなかった。そしていつの間にか私がいつも家にいないことが、他の女性との付き合いを容認していることだと問題は掏り替えられていった。私がバンコックにいる間は彼女は少し距離を置いた場所にいて、日本に帰ると家に入り、現地妻として生活をしていた。

理解し合うことを放棄した両親の間で、子供達は嫌な思いを我慢しながら多感な青年期を送ったことになる。済んでしまったことをどれほど謝ってみても取り返しはつかないが、この頃の私は溺れ死にしないように息をすることで必死だった。夫に迎合し彼の価値基準を受け入れて、経済的に完全依存をし可愛い妻を演じ、自我も希望も持たなければ幸せだったのだろうか。無事済んだのだろうか。若くて無知だった頃と違い、勉強もし自分も少し向上したと思い上がっていた私は、現実に存在するズレに対して目を瞑り、より頑なな心を育てていった。見ないようにすることで自分の身を守り、厚い殻に閉じこもっていた。

ある年のクリスマス、二十四日まで工房で窯出し展示即売をして、翌二十五日にバンコックに到着した。クリスマス・イブに間に合うように帰らなかった私に腹を立てて、夫は女友達を私の代理として食事に呼び子供達に会わせたという。私が遅れたのは旅費を支払うためだったのに、夫から見れば私が反逆したと思ったのだ。どうしても帰って欲しいのなら、航空券を送れば済むはずである。「自立したければしてみろ」と、生活費を一切渡さない事実には目を背け、酷い話だ。お金は働かなければどこからも降ってこない。私は一つ一つ手ひねりで陶器を造り、焼き上げた作品の売り上げで生活をしている。新米の備前焼が売れる数は少なく、毎月の必須支出である水道光熱費、電話代、ガソリン代金などは英会話を教えて手に入る四万五千円で賄っているというのに。腹立たしく思うのは私の方だった。夫がケチだということとは少しニュアンスが違う。自分のプラスにならないことには金も出さないし応援もしないという、はっきりした西欧の計算で動いているのである。

夫の女性関係に愛想をつかしていた私でも、家族五人での食事中にかかってきた彼女の電話に平気で対応している彼をみて、私は自暴自棄になったことがある。子供達の前では家族が一番大切だと詭弁を使う自分自身に対して、もっと愛想をつかしていたと思う。家族がそれほど大切なら、なぜ父親と一緒にいないのだ、そうすれば女性問題など起きない……という子供達に、私は答えることができなかった。大人になれば分かってもらえるだろうと、一人心の中で呟くしかない。アルコールをガブ飲みし、子供達の前で醜態を見せたことが何度もあった。睡眠薬やアルコールの力を借りて眠り、朝は抗ウツ剤の世話になり精神も躰もボロボロの醜い私の姿だった。ストレスから髪はとうもろこしの毛のように赤茶けて枝毛ばかりの目立つ状態で、指の爪には横線がくっきり浮かんでくるのである。夫は気付かぬ振りをし、臭いものには蓋と逃げていた。日本へ戻りたくても格安の期日規定の航空券しか買うことのできない私は、バンコックに残らねばならない。子供達が冬休みを終えイギリスとアメリカに帰った後は、また無意味な時間と屈辱の繰り返しが始まる。

徒歩でゆけるドゥシット動物園が、唯一のやすらぎの場所になった。夫が出勤したあと、一日中ボーッと動物や鳥の檻の前に腰を下ろし彼らを眺めて過ごす。狭い中に一生閉じ込められ、見世物になっている虎や豹、同じ道を行ったり来たりと夜行性の猛獣が落ち着きなく動き回っている。食事を与えられ、眠り、イライラと動き死ぬまで飼い殺しにされる動物達と私は自分を重ね合わせてしまうのだ。眠れない私の方が不幸のようにも思えてくる。猿達はせわしなく飛び跳ね檻によじ登り、ギャッギャーと吠えている。猪の囲いの中で背中の縞がくっきり残る子供が、母親の周りでじゃれている。外の世界は何もかも知らずに。コブラや赤と黄のダンダラ縞蛇、アフリカのミドリ毒蛇など、枝や草地の陰でひっそりと隠れている。小さな空間で獲物をとる本能も発揮することなく、何もすること無く潜んでいるのだ。

私はこれらの檻の前で考えていた。少なくとも私には自由がある。夫婦仲が上手くゆかなくても、備前に工房を建てたではないか。なぜこれほど自分を追いつめ、壊そうとするのか。親からもらった健康な身体を薬漬けにする娘を育てるために、母が苦労しそれで亡くなったと思えるのか。ボルネオで反省し決意したことを忘れるほど愚かな私であっていいのか……。捕らわれのまま死んでゆくしかない動物達の姿が、私を現実に引き戻してくれたのである。

自分の精神状態が悪く、幸せと感じる日々が極端に少なかったせいか、私にとって残念ながらタイでは嫌な思い出が多い。国連という特権階級に属していることで、夫の優越意識はますます増長されていった。政治家の持つ特権意識と相似しているといっても言いすぎではないだろう。スピード違反でタイ人の警官に止められた時、「外交官の青いナンバーが見えないのか」と威圧的な態度をとり、同じ東洋人である私は恥ずかしくて顔も上げられなかったこともある。

夫を批判する妻よりも、彼に服従奉仕する女性を間近に置く方を喜ぶ夫がいる。私達は本当に名ばかりの夫婦になってしまった。夫は離婚を考えたが、私は絶対反対だった。各国に散らばって住む子供達も成長してきたが、家族がなくなれば帰る場所が無くなる。せめて大学を卒業して自立できるようになるまでは、形骸だけの家庭でも無いよりはましだと、私は「家族」という単位にしがみついていた。いろいろな経験をしてきた私でさえも、たった一人で世界に放り出されたら心細く気が狂ってしまうだろう。前途に夢を持ち、これから責任ある大人に育って欲しいと願う子供達に、親の勝手な都合で完全な根無し草にすることなどできるはずがない。子供達には帰る家どころか国さえないのだ。離婚すれば全てが解決すると考える夫と女の自己中心的な考え方を、私は許すことができなかった。

日本の永住許可が下りたのは、一九九二年三月である。これで私は年に二度国外に出なくても、備前に住み続けることができるようになった。古いパスポートには日本の出国スタンプと入国のものが所狭しと押されている。

半年ずつ両国に住む約束など、実際に陶芸に携わり作品展をして収入を得ようとすれば、絵に描いた餅と同じ、何の意味も無くなった。工房を留守にする日々が長ければ、当然仕事の進行工合も遅く顧客との応対もできない。必然からとはいえ、いつの間にか子供達が帰る時だけバンコックに行く生活に変わっていった。

第九章

備前・初窯

一九八三年三十九歳になった私は、五月に行われる工房の建て前に合わせて日本へ来た。建坪四十三坪、二階建ての木造建築である。南に面して前は胡耶山、目の届く先には穏やかな山並みがあり、空は大きく拡がっている。

自分で間取りを計画した工房は、土間の仕事場を中心にした風通しの良い空間である。日本建築では東西南北を直線で結ぶような窓の位置にすることはないが、冷房の苦手な私は風通しをできるだけ良くするために、四方に窓をつけてもらった。外国の生活が長かったこともあり、小間切れのような部屋続きは息がつまりそうで、大きく開かれた空間に慣れていたのである。建築費を抑えため節目の多い柱を使い、床は台所も二階の私室もやはり節目ばかり目立つ檜材にしてもらう。畳と障子、聚楽壁に三和土《たたき》の土間、内と外にはっきり区切りのない共存している感じがする造りとなった。ただし風呂場だけは西洋式にしてある。長い西洋バスタブと洗面台、トイレを一室にまとめた外国様式で、明るさと広さが自慢といいたい。天井は身長のある家族のために、平均的日本家屋より二十センチ高くしてもらう。そのため障子、襖、引き戸などの建具は特別注文品になってしまった。二階は十五畳が二間だけ、板張りは私室で畳敷きの和室は客間兼花見、景色見部屋である。障子を外せば四枚続きの屏風絵のように、春夏秋冬外界の風景を楽しむことができる。黒い焼き板の外壁に灰色の釉瓦、外観はごく平凡な日本家屋が私の城となった。階下の四畳半、台所と風呂場の完成を待って、七月に私は強引に工房に入居した。二階の完成してゆく様子を横目で見ながら、友人の工房へ通い小さな器達を作る毎日を送っていたのだ。

自分の住む家が建てられてゆくことが、これほど嬉しいものだとは想像し考えていた以上の何倍もの喜びがあった。建て前の時、柱ばかりの上を身軽に自在に動く棟梁と大工さん達、竹でこまいを巻き壁を編んでゆく職人さん、屋根板が敷かれ瓦が葺かれ日一日と家の形が出来上がってゆく。ただ下から見上げているだけの私まで元気とやる気がもらえそうな動きと活気がある。毎日これらの職人仕事を見ていると、日本の伝統や文化はこのような地味だが生真面目で丁寧な「職人気質」の作業の上に成り立っていると実感できる。左官屋さんは家全体の天井が二十センチ高くしてあることを忘れた見積りを出していて、足りなくなった聚楽壁分は俺のオゴリだと気風の良さを見せてくれた。家が完成したその翌春から数回、花見の宴に棟梁をはじめ仲間の皆さんを招いて酒を酌み交わした思い出は、持ちつ持たれつ生きている日本の人情はこういうことだと教えてくれた。

伊部に工房を構えることに拘ったのには、大きな理由がある。恩師春山先生は高齢で、自転車で窯業試験場の急な坂道を上って通うのが困難になっていた。先生が徒歩で通える場所に工房を建てたい、いつまでも横に坐って仕事を覚えたいと私は願ってきた。先生の家から播州赤穂線の線路を挟んで徒歩十分かせいぜい十五分、山の麓でなだらかな上りはあるが、季節の変化を楽しめる道である。先生は理想的な場所に土地が見つかったことを喜んでくれ楽しみにしていたが、工房の完成を前に残念ながら老衰で亡くなられてしまったのである。

人の世とは不思議な巡り合わせで構築されている。春山先生の通える範囲に固執していなかったならば、私は今この場所で生活していないだろう。備前焼ができる場所なら伊部近辺のどこでも良いと、他の土地に工房を建てていたことだろう。藪を開墾して宅地にしてみると、山奥だと思っていた場所は団地の隣で、南正面には桜山があった。生活排水路を隔てた向こう側はつる植物の繁る低い雑木茂みである。山へ登る小道は欠けた甕棺の横を蛇行し、斜面には江戸時代の無縁仏となった墓石が苔むして静かに立っている。四月になると百本以上の染井吉野が満開になり、山陽地方に自生する三つ葉つつじの薄紫の帯が連なり、桃源郷に変身するのである。

工房の建築を夫との間で合意した時、私は半年間ずつタイと日本に住む約束をしていた。しかし実際に家を一軒持ってしまうと、この渡り鳥的生活には不都合なことが多すぎることに気付かされた。作陶の手を休めることはもちろんだが、部落の付き合い――道掃除、ゴミ箱掃除当番、冠婚葬祭、回覧板など——そして仕事上の人間関係にも支障が出てくる。それ以上に、誰も私が本気で真剣に陶業に携わっていることを信じてくれないのである。「羨ましいですねぇ。趣味の陶芸をするためにこの立派な工房を建てられたとか。ご理解のあるご主人なんですね。やはり外人さんは違うんですかねえ」、「優雅な生活ですね。外国と行ったり来たりできて」と人は言う。

内情は火の車、「英語を教えて入る収入、月額四万五千円が私の全収入です」という事実は表に出せるはずがなかった。笑い話のようだが二つパックになったトイレットペーパーしか買えず、来客が多い時など足りなくなったらどうしようと心配したこともある。自分の経済能力がこの程度しかないと、身に沁みて知った日である。

半年ずつ暮らす約束を破った私を罰する意味で、夫は一銭も渡してくれなかった。イギリスとアメリカの銀行に共同名義の当座預金口座があり、私も一応小切手帳は持っていた。もしどうしても必要なら、自分宛に小切手を振り出し現金に替えることはできた。

だが夫の「できるものなら全部自分でやってみればいい。そのうちすぐ音をあげるだろう」という言葉に、私は「絶対に自立してみせる」と自分自身を奮い立たせ、夫のお金を使わない決心をした。夫から見れば私は可愛くない強情かつ身勝手な女で、「妻は夫に従うべきだ」という方針に逆らい、性愛を分かち合うことを嫌がる相手は、不必要な存在になっていった。夫のお金を貰うためには体を提供して迎合することだ。合法的な結婚という名前の下に隠された、売春行為のように思われて情けなかった。そんな方向にしか考えを持てない私は卑しく惨めな人間にちがいない。目を瞑って我慢していれば、世間体には表面上幸せを演じて誤魔化してゆける。相手の立場も感情も考えず、私は自らを追い詰めてゆき、アルコールの酩酊の中に現実逃避を繰り返すタイでの日々を送っていたのである。

好きで一緒になったはずの二人は、なぜ平行線のような関係になってしまったのだろう。点同士がある時出合い、二本の線に成長し続けて、太く絡み合わせた強く安定した家庭を築くはずではなかったのか。それがある日何らかの原因で、人生の目的として築いた方向軸に僅かなズレが生じ、時間の経過と共にその距離が拡がりすぎてしまったのだろうか。

何度も何度も強制された引っ越しのために、私の心は伸び切ったゴムヒモのようになっている。夫の要求に合わせることができず、新しい土地や人々に適応させるという興味を持つことができないほど、弾力性を失ってしまった。嫌なものには目を瞑るという状態よりももっと酷い、自発的に目を閉じることさえできない。見開いた眼に映るものは意味がなくなり、影絵のように正体がない。ただ揺れている世界の中で、私は頑なな我が身を持て余していた。「こういう私しかいないの。理解して助けて」と叫ぶ声は夫には届かない。受け止めることのできない夫は、何をすれば良いのか分からないまま自室のドアを閉ざしていた。二人の関係を健康な状態に治すためには、双方の努力と協力が必要不可欠だろう。夫は簡単に私の病気やヒステリーのせいにする先入観に凝り固まったままで、夫自身にも原因の一部があるとは考えてくれなかった。

白人社会の中で背筋をピンと伸ばして生きてきたつもりだったが、心の奥には東洋人に対する夫の偏見と差別に傷つき、疲れてしまった。世間は別居している夫族の浮気には寛容である。男の生理として、妻がいないなら浮気は仕方のないことだ、と。夫の女性関係はほとんど東洋人が相手で、私はますます彼を避けるようになっていった。悪循環のドロ沼では、破綻の来る日は目に見えているようなものである。

頑張るしか選択の残されていない私は、少しずつ作品を造り友人の窯を借りて焼成し続けていた。小さな規模の個展を開き、現金収入を得るために挑戦していった。学生時代の友人達や父の知人などの応援を受けて、故郷で第一回目の個展を催してもらうことができたのは一九八五年のことである。食器や花器など手から生み出した作品を並べ、温かい眼差しに見守られて人前に立った日のことは忘れられない。まだまだ作品とは呼べない重く拙い焼物ばかりだが、心を込めて作った器達。私を助けようと買ってくれた人々から手渡されたお金を手にした時、私は深い感謝の気持と持ちきれないほどの感動に突き動かされていた。この時私は初めて陶器制作の仕事で、生きてゆける自信と確信を持つことができた。日本では陶芸家と称されるが、私は陶芸家でも作家でもなく陶器制作を業《なりわ》いとしている一人の人間だと考えている。たまたま偶然と成り行き、そして積み重ねた努力と時間の重みで、現在の自分が存在できるようになった。

一九六〇年代のウィメンズ・リブ運動、七十年代の母とオランダ人医師の死、「十九歳の時の祥子のままでいて欲しい」と願う夫への反発などが、計り知れない影響を私に与えてきた。無知な自分を恥じて、いつまでも成長し続けたい、賢い人間になりたいと切実に希求する私には、頂点に立ったと思う夫との格差は仕方のないものだったのだろう。「私は私自身でありたい。人の為ではなくまずは自分自身のために、正直に丁寧に生きてゆかなければ」という、人間としてのプライドを少しずつ取り戻したことが、現在の私を形成した原動力の根本となり、自立への道を歩み出すことができた。

その時々で協力し手助けしてくれた夫への感謝を忘れたわけではない。それがあったからこそ陶芸の修業を続けられ、工房まで建てられた。普通ならもっと平凡でもっと平穏な道を選ぶだろう。生まれつきの性質なのか性格なのか、私は自分の中に潜む可能性を開発する喜びを見つけてしまった。今までできなかったことが一つできるようになった時、まるで幼児のように手を叩き愉しめる心がある。そしてできるようになった自分を労《ねぎら》い褒めることが、いかに快感であるかも知ってしまったのである。

より良い人間になりたいと願うゆえに、勉強を続け向上心を失わず、どんな小さな機会でも見つけた時は、それを精一杯磨く努力をしてきた。せっかく大学進学させてくれた両親に中途退学したことを申し訳ないと思う気持から、足かけ十五年の月日はかかったけれど大学も卒業した。結婚後の引っ越し続きで得た大量の知識や経験が、私を少しばかり賢い人間に近づけてくれたかも知れない。両親は私が辛く悲しい人生を送るために、生み育ててくれたのではないはずだ。三人の我が子を持って、ようやく父母の慈愛に気づき、母を失くしたことで知った、自分自身が親であり続けることが、子供達の幸せに繋がることも教えられた。

祖父の世話好きな気質と責任感の強さ、祖母の持つ気丈さと私への溺愛、父母の期待と愛と保護を一身に受けて、私は人として育つための基本と土台を与えてもらったと思う。お転婆で見栄っぱりで強情な女の子だった私は、土蔵に入れられたり柿の木に縛られたり、地獄絵図や先祖の墓の前で叱られ諭されて大きくなった。これらの躾はすべて私がまっとうな人間に育つようにという、配慮からだったに相違ない。子供を躾ける立場になり、ようやく叱る大人の痛みが肌で理解できる。そして健康で責任感ある人として生きてゆける準備をすることが、子育ての心、即ち親の心なのだということもわかってくるのだった。

経済的な庇護と安定を確保するために、夫との生活に縋ることは恥ずべき行為であり、夫と私の双方を欺くことである。いっそ彼を憎むことができたら……と何度も思うけれど、それができない自分が情けない。人から疎外された悲しみを知っているだけでも辛いのに、それを突き詰めた憎しみなど私には到底できない相談だった。子供達のためにと信じて保ってきたが、擦り切れそうな糸で結ばれているような結婚も家庭も、名前のみのものに変わってゆくのをどうすることもできない月日が繰り返されていた。

封建気風の色濃く残る備前で、女の一人暮らしは飛び出た釘のようなものである。外人と結婚し日本的礼儀を忘れ、土地の約束ごとや慣習に疎い。化粧はせずTシャツとジーパンで泥まみれ。世の言う女盛りの女性とはほど遠く、パーマっ気なしの長い髪を後で一つに束ね一日中作陶をしている。大酒を飲み、外国や都会からいっぷう毛色の変わった人達が泊まりにくる。誰が見ても常識はずれであり、理解されないのが当たり前だろう。

詮索好きだが心根の優しい田舎の人々の間で、四季の巡りの美しい風土の中で、私は素直だった頃の私を徐々に取り戻していった。針ネズミのように突っ立ってた針で我が身を防御することも、亀のように堅い甲羅に身を竦《すく》めることも、羽根を切られた小鳥のように飛べず嘆き墜落することもなく、静かに一人でいられるようになってきた。焦っても足掻いても物事は成るようにしかならないと、諦感することもできるようになる。追従する作り笑いではなく、心の奥底から自然に湧いてくる笑みを、自分の体で感じられることもある。食べてゆくだけのお金しかないけれど、私はようやく幸せとはこういうものか、心から有り難いと思えるように落ち着いていった。東京・大阪・博多・名古屋・金沢などの大都市の貸画廊で、個展を年に二、三回開催して、どうにか作陶で自分の身一つは養えるようになってゆく。落とし穴とはそんな時にこそあるのだろう。

四十五歳になった一九八九年の初夏、骨壺展の企画が持ち上がったのである。手ひねりの食器や花器を製作していた私が、なぜ全く違う分野の骨壺にこだわり作るようになったのか振り返ってみたい。

一人暮らしをしていると将来の不安、特に経済的な面と老後について考える時間が多くなる。夫や子供達と一緒にいれば、日常の生活や細々した問題に慌ただしく対応をしているので、改めて「死」についてじっくりと考える時間がない。苦しい時には、死ねばどれほど楽になるだろう、死にたい、逃げ出したいといつも心の中では思っていた。そのために百錠近い睡眠薬をためて瓶に隠していた。これだけを飲んでしまえば、死にたい時には死ねる、という想いを拠り所にして生きていたのである。実行するとかしないの問題ではなく、とにかく最後の場として持っていた。

いざ一人になってみると、読書をしたければその時間はいくらでも自由に作れるし、死について考えようとすれば誰にも邪魔されず考えをつきつめられる。若い頃に読んだ哲学書や宗教書、臨死体験の書籍を備前市立図書館から借りて、週に五、六冊読破していた。小説や物語に対してはたとえそれらが希望や悲哀や耽美に満ちたものでも、作り事めいていてその虚構の世界に遊び楽しむことができない。自分の通ってきた過去に起きた事柄が多いこと、ドラマティックに見ようとすればどれだけでも膨らませること、経験したり垣間見たりするものが極端に激しいことなどから、紙の上の物語に対して想像が拡がらなくなっていた。

生と死。生とは何か、死とは何か。生を逃れたいと思い死も逃れたいと思う。人間として生まれた以上、死に向き合うその時まで毎日一歩一歩進んでゆく。その死のトキがいつになろうと、日々その一瞬を今という時の続きを、続いてゆく限り大切に生きるべきである。大切に今を生きる、その言葉を知ってはいても、自分の生き様の基本ではなく観念上の理想ことばでしかなかった。カトリックの教えに十代で出合い洗礼も受けた。世界中どの土地に行っても教会に通い、ミサに預かり祈りをささげている。しかし夫婦関係が毀れてゆく時、お互いの不信感が神への不信感へと繫がり、偽善と欺瞞の矛盾に悩んでいった。中年になり何もそのような四角四面に悩んだり、拘ったりする必要はない、しなければ済んでしまうことではないかと人は言うだろう。しかしこの悩みは蜘蛛の巣にかかって死にもの狂いで踠いている蜉蝣と同じ状態にいる。はかない生命をどうにかして救おうと、土壇場で逃げ道を本能的にまさぐっているのだ。蜉蝣の脳細胞は今置かれている危機から、生体として遺伝子の情報を体感したやり方で、必死にもがくことが生へのスベに繫がる唯一の方法だと知っている。彼は死んだらどうなるのか、死後の世界はあるのか、神はどうして救ってくれないのか……という人間の大脳が発する疑問など全く持たない。抽象的に生と死を考えることなく、蜉蝣として与えられた生命のままに生きそして死んでゆくだけである。断末魔のくるその時までもがき、蜘蛛を生き永らえさせる食糧として、循環的な生命がつながれてゆく。

残念ながら人間はそれほど単純ではいられない。学習すればするほど、知識の量が増えるほど、自然の営みから遠く離れた高尚な考え方というものに耽りたくなる。大脳が創り出す人間だけに通用する考え方や世界が、自然を包括する全世界だと思い込み、ますますその世界を分割して意義をつけてゆく。勘違いだと気付かぬまま無いものねだりをして、時間の無駄遣いをすることも少なくない。有るものは有るし、無いものは無いと分かり切ったことさえ私は区別がつかなくなっていた。無いものの中から有るものを想像し、有るものの実体を見ずに無いものとして片づけようとしていた。

本を読めば読むほど頭の中が混乱し、整理が全くつかなくなっていたのだろう。特に神秘思想にのめり込んで行けば行くほど、新しい全智の世界に近付いているような錯覚を起こし、自分で説明し自分を安心させてゆく大変不健康な精神状態に陥っていた。

工房の近くにエホバの王国会館があり、時折そこの人が訪れてくる。ある女性に聖書を読んだことがあるかと聞かれ、「私はカトリックなので一応読んだことがある」と答えた。考えてみれば私が目を通したのは、教会のミサや説教に関連した部分だけであり、旧約と新約聖書を隅から隅まで読破したことは一度もないことに気がついた。聖書をきちんと全部読んだことも無い、カトリック信者とは名前だけの自分に唖然とした。そして最初から丁寧に読み込もうと決心し眠りにつく前には必ず聖書に向かうようになった。

聖書は長男が誕生日にプレゼントしてくれた、聖ジェームス版のザ・ホーリィ・バイブルである。ケンブリッジ大学出版局でラテン語から英語に翻訳され、何度も考察を加えて教会で基本の聖書として使用されているものだ。最初私は日本語でカトリックの教えを学んだが、アメリカやイギリスに住み英語が理解できるようになってからは、英語の聖書と祈りの言葉に変わっていた。子育てをする上で教会の場は生活の重要な一部分となる。ミサでは英語と少々のラテン語を学び、また賛美歌も両言語が必要で、ラテン語の知識があれば世界中どこにいてもミサに参加しやすい。聖書を読むことに挑戦してから、三回読み終えるのに半年以上かかった。一度目は知っている部分だけ強く目に入ってくる。二度目はその前後を噛み合わせるように読む。三度目は理解するにはほど遠い部分を繰り返し読み考えてゆく。しかし矛盾に満ちた言葉の洪水に私はもっと混乱してしまい、その後は教会や聖書を介してではなく、直接天の神様に対して祈りを捧げ、疑問を問いかけるようになってゆく。聖書を読み通すことでその反作用として、既存の教会システムから遠ざかることになってしまったのである。

聖書の内容が英語だから理解しにくいとか、日本語だから分かり易いという問題ではない。キリストの言葉や行動を記憶に残した使徒達が、それぞれの理解度に基づいて伝承し書き継がれてきたから、オリジナルつまり原点ではどういうものであったかが、分からなくなってくるのは当たり前の話である。生と死について、私の頭の中では聖書を三度読み終わる前より以上に混沌としていった。生と死の意味を考えれば考えるほど、誕生の祝いや葬儀や立派な墓にできる限りの経費を使うことに気付く。誕生を寿《ことほ》ぐのは生命の始まりと次世代へと受け継がれてゆく喜びなのだから、洗礼式や宮参りの慣習が大切に伝えられてきた。まだか弱い生まれたてのイノチに神の、大いなる力の加護を頼みまっとうな一生でありますようにと誰でも祈るだろう。

しかし死者はもう何も感じないはずなのに、なぜこれほどまでに盛大な弔いの儀式や立派な墓の建立にこだわるのだろうか。残された人達の悲しみを麻痺させるためであり、社会的な地位や権力を誇示するためでもあり、儀礼によって償う罪の意識もあるだろう。人は皆さまざまに異なる考えを持っている。生や死に対してどのように思い対応しようが自由であろうし、制約じみたものを無視することもできる。唯一の事実は、生き物には必ず死が来るということだ。とすれば生きている間に自分がいずれ納まる我が死の象徴として、骨壺を身近に置いて日々の生活の中で愛《いと》おしんでも良いではないだろうか。例えばクッキー入れとか花生、また梅干壺として使いながらいつか絶対にくる死の訪れる日まで、大切にして一緒に生きてゆけば、生きる意味を考えその有り難さを身に沁みて感じられると思うのである。死から目を背けることで、現実の不平不満のみがより強く出現し、目先の欲望に翻弄されまた刹那的な行動に走らせる。死の意味する「終局」は、自らが生きてきた人生をいかに纏めて幕を落とせば良いのかを考えさせてくれるだろう。そして今という時の積み重ねが掛け替えのない貴いものだと理解される。

生命を再考した時から私の骨壺つくりが始まった。資料が少ないことがまず驚きだった。

葬送や墳墓に関しては多くが語られている。火葬という埋葬形式になる前は瓶棺や棺桶など土葬の習慣が主勢を占めていたから、小さな骨壺の情報が過少でも不思議ではない。本を調べ考古館や博物館、葬儀屋から仏壇屋を回って調べてみた。登呂遺跡や太宰府、古墳の発掘地にも足をのばしてみた。工房の前の山には斜面一帯が古い墓地で、備前焼の巨大な瓶棺がまだ多く埋められたままである。口を欠いた瓶の中には長い年月の間にこぼれ入った土以外、もう何もない。暗がりを堪えて人の世の移ろいなど知らぬげに存在しているだけだ。これらの調査の結果、骨壺はこうあらねばならぬ、という決定的な条件は何もないことを発見した。要は蓋があれば良いのである。大小は地方により異なり、その形態やサイズは千差万別、そして宗教の宗派によってもそれぞれ好みがあった。価格も何百円のものから一千万円以上するものまで、素焼から金銀製まであり、人の死後世界と現世の価値観の対比の妙に滑稽ささえ感じたものである。

私は紐つくりで骨壺を一つ一つ丁寧に拵《こしら》えていった。心静かに集中して、また時には大好きなモーツァルトのレクイエムを聞きながら、自由な形の骨壺を二百個も作り上げた。

ある日骨壺展の打ち合わせのために上京して、会場や宣伝方法、後援者への依頼やマスコミ関係へ協力要請そして展示会の運営方法などを話し合った。友人と夕食を約束していた雨の夜、彼女の急病で一人で食事をすることになった私は、宿泊していたホテルの近くで仕事場を持っている友人を誘ってみた。酒飲みを自認する私は一人静かに飲むよりも、友人達と喋りながら飲み食いの方を好んでいる。他用があるから夕食だけ一緒にという友人と話をしていて、その流れの中である会に出席するという彼に同行したことで、私の人生軌跡が狂ってゆくことになった。数人に電話した中でごく普通の飲み友達である彼と会っただけで終わる予定の夕食だった。食後に行く会の話題は興味深く、ごくプライベートな会だからと誘われたのである。ワインの心地良いほろ酔い、雨の街、話の面白さ……、一人でホテルに帰るのが何となく淋しく思われ、飲み直しに出かけるのも億劫で気軽について行った。そこは新興宗教が用いるのと同じ方法で、人に心理的な影響を与え洗脳し、そのグループに都合の良い自在に操られチェスの駒になる人材をつくり出す所であった。平穏無事な生活をしていたはずの私だが、心の中に「人生はこんなものではない」と不如意な不満を隠し持っていた。新聞や雑誌で報道され少しばかり名前も知られるようになってきた。感謝こそすれ不平不満など言えば、バチが当たるほど恵まれている。自由業の名の通り、一日二十四時間自分のもので、好きな作陶に没頭している。平和な伊部の生活で緊張感は薄れ、無防備であり過ぎたのだろう。

このグループに永田町のマンションに二週間監禁され、洗脳され訓練を受けた私は、いわゆる「神の子幻想」に取り付かれ、「世直し」の一歩を踏み出そうとしていた。私の持つ外国語能力、国内外を問わぬ広い交友関係、単純で一徹な性格など、彼らにとっては美味しい餌であったのだ。

計算通り変身してゆく私をみて、彼らは私の友人知人にまで触手を伸ばし始めた。彼らの指示のままに、ある夜司馬さんに電話をした。みどり夫人と二人、私の新構想と計画を聞いてくれる間に、私の異常な精神状態に気付いて長時間の会話のあと説得してくれたのである。グループに信用されるようになっていた私は、司馬夫妻という現実の外界に接したことで、夢から醒めて洗脳という呪縛を絶つことができた。一緒に訓練を受けていた男性と共にその場所から逃げ出し、当分の間世間から隠れていた。この事件は私の中にもう一度「生と死」をじっくり考え直せるものとなり、その後の生き方を大きく変えていった。

人生には何が起きるのか分からないものだ。監禁されるなど、あってはならない曲がり角からどうにか逃げられた私は、一時隠れていた場所から備前に帰った。人目で憔悴が分かるほど目だけが大きくなったけれど、工房に閉じ籠もり外部とは係わりを持たず、四十日間ひっそりと暮らした。心と躰の傷が落ち着くまで、キリストが砂漠をさ迷った四十日と同じ時間を費やして、ようやく私は人の前に出られるようになる。

秋空は高く澄み、小鳥達は囀り、梢は風に揺れている。私が狂う前とは何も変わっていない空の拡がりであり自然の姿だった。

骨壺展の売り上げで穴窯の築窯を予定していたが、この事件で展示会はキャンセルとなり、私は他の方法で築窯費を捻出しなければならなくなった。穴窯の大きさは長さ六メートル、巾一・八メートル、高さ一・四メートルのサツマイモを半分に切って寝かせたようなものである。備前では小さい窯だけれど、紐つくりで作品をつくるため一窯分の素地が揃うには八ヵ月以上かかる私には、これが最大のサイズなのである。

銀行からの借り入れ金だけでは、到底賄えない金額が必要となる。バブル時代は終わり、小さな土地を担保にしての借金では足りない。友人達や今まで応援してくれた客から、築窯賛助金という形で募り、約一千万円の資金を集めることができた。賛助金は一口五万円で、初窯の作品が焼成した後、その金額に合う作品を送るという契約だった。築窯に必要な窯場の建築費、窯の耐火煉瓦、壁土などの材料費の他に、十一月から翌年三月の窯出しまでの生活費、その他全てをこれで賄わなければならないのである。

ガッシリとした鉄筋にスレート、二階建ての窯場兼倉庫は、工房の西隣に残しておいた四十坪足らずの草茫々の空き地に建てた。工房の屋根スレスレに太い鉄筋を組み合わせてゆく、クレーン操縦者の腕前はまるで神技とでも呼びたい。二階建だけで済ませるには惜しい頑丈な鉄骨を、マッチ棒のようにいとも簡単に吊り上げ組んでゆく。大空を横切って動く鉄骨には凄い迫力がある。スレートで屋根が葺かれ、地面には山砂が二トン車に二杯運び込まれる。窯場としての使用目的より、異様に立派な建物が完成した。この巨大な鉄骨が四トン車で運ばれた時、私の敷地内では全く動きがとれず、近くの駐車場から一つずつクレーン車で持ってくるほどだった。どこにビルが建つのかと近所の人達が見物に来て、クレーン車と鉄骨の曲芸を笑ったものである。チャチなその場の間に合わせの窯場では、いずれ修理をする必要が出てくるかも知れない。もしお金の工面ができなければ、壊れた窯場の修築費用をどうしよう……私の先走る心配性が頭を擡《もた》げ、必要以上に貫禄のある窯場が出来上がってゆく。

築窯に取り掛かったのは十二月に入ってからとなる。友人とその弟子達の助けを借りて、四人で十日間の突貫工事を進め穴窯が出来上がる。耐火煉瓦の裏表《うらおもて》の区別のつかなかった私もノミと金槌で煉瓦を削る。モルタルを薄く間にはさみ積み上げ、窯の床から横壁、煙道や煙突と築いてゆく。窯の天井はベニヤ板をカマボコのように曲げ、滑らかな傾斜に固定しその上に壁土を乗せて形造る。

備前焼の窯といえば、通常登り窯を使用する人が多い。火前の焚き口のあるウド、炎よりも熱量で焼き締めるキミツ室、ウドと同じ位の容量の炭栈切りで焼成する一番、その後に二番、三番そしてケドと煙道、煙突というのが一般的な登り窯の姿である。登り窯は類似した焼き上がりの作品を、疵少なく大量に焼くために工夫された合理的な窯である。登り窯で焼成されると濃い紫色や小豆色になり、備前焼の特色ある色合いとして知られている。昔からの言い伝えに、備前の棚は上のものほど上物だと、登り窯の還元鉄の暗紫色が珍重されている。

私の窯は穴窯である。登り窯のように幾つもの室に分かれていないで、焚き口から煙突まで炎が一直線に走る、傾斜のある窯だ。備前焼が固い焼き締め陶器になる以前、平安時代から山の斜面に穴窯が築かれていた。これらの穴窯は山土の床に素地を並べ、土管のようなもので竹で編んだ天井を支え山土をかぶせた、簡易な造りのものである。山に囲まれている伊部の土地条件を活用し、土師器や須恵器の流れを汲む窯を、効率よく高温で焼き締めるように工夫され変化させていった。

工房の近くに江戸中期まで使われていた、南大窯跡が残り備前市によって保存されている。全長五十三メートル、巾三〜五メートル、傾斜角度十七度の巨大な窯跡が急斜面にある。窯の両側には破損した陶片が小山のように堆《うずたか》く積まれ、その上には葛やつる性植物が生い茂っている。夏場はマムシの住み家で、人間様は整備された小道のみを歩くように、注意書きの看板が立っている。

江戸時代の備前には、北、南、西と三ヵ所に大窯が築かれ、座の組織で運用されていた。大瓶《おおがめ》、船徳利、擂鉢などが主として焼かれ、備前国の特産品として全国に北前船で運ばれていた。座のシステムは藩の消滅と共に終わりをつげ、明治時代には個人窯へと変化し、製品も小物になり窯焚き日数も大窯の一ヵ月から十日間ほどに短縮されてゆく。現在備前市近辺を中心として、四百人以上の作家がいるという。窯元として工場で大量生産をしている会社もあるが、備前焼は個人または家族で作陶を続ける人達が担っている。

備前焼の九割近くは登り窯焼成されている。最近では穴窯の数も増え、ガス窯や電気窯など市場の要求に応えて、多種多様な作品が焼成されるようになった。伝統的な日用雑器ではなく茶陶や、造形的なものも増えたが、細工物は手間のかかることや仕上げのできる職人の激減で、新しい細工物師の誕生が待たれている。

穴窯は焼き物に直接炎にさらされる火前と、作品の周りを渡って走る炎から取り残される後側との間に、色差や肌触りに大きな違いができることをねらって焼成する。窯詰めの場所によって焼き上がる作品には、多色多様な模様が自然に生まれる。備前粘土には約三パーセントの鉄分が内臓され、これが酸化鉄から還元鉄まで変化する度合いは、自然にと形容するしかなく、一つとして同じものはないほどである。

登り窯では燃料として燃やされる松割木の灰が、穴窯でのように焚き口から煙突まで直線で飛ぶことはない。ウド、一番二番など一部屋ごとに灰の流れが押さえられるので、作品全体に灰が降り落ちることがない。炎に当たる正面と器の上部には灰がかかるが、他の器は棚組の内部に置かれ表面の模様が乏しくなる。そのために高温になった焼き上がる直前に木炭を加えて、強制的な部分還元を作り出す。火入れから十日も過ぎ高熱と激しい窯焚きの労働に消耗している体力では、この炭入れの作業はもの凄くきつい仕事である。

男女に差をつけるわけではないけれど、女であることと年齢を考慮した上で、私は自分の築く窯を穴窯にする選択をしたのである。図面の上では完璧な形の窯だったが、私は煉瓦の厚みを計算に入れることを忘れていた。そのため築窯中に窯の床の傾斜が、煉瓦六丁分（約三十八センチ）緩やかになってしまい、本当にサツマイモを半分に切ったような窯が出来上がった。窯は直線の部分は床と横壁のある部分だけで、あとは丸味を持って構成されている。

長方体の直線でできている煉瓦を、曲線の形に積み上げる技術は忍耐と知識と経験が重要である。にわか築窯職人見習いとなった私には、その行程は理解しにくく、友人達との窯つくりは大仕事となる。手の血豆を潰し、汗だくで腰痛というオマケ付きの作業である。傷だらけのグローブの手に変わったけれど、形が整ってゆく我が穴窯を見ると嬉しくて愛おしくて、大声で唄い踊り出したくなるような幸せを味わった。ようやくここまで来られたのだ、と。

備前の窯は通常築窯専門業者に依頼して築かれることが多い。この特殊で専門技術に支払う代金は大変高価だが、一度窯が出来上がると十五年から二十年間は使用できる。焚く頻度や立地条件によって耐用年数に差はあるが、備前では作家のほとんど全員が個人窯を所有している。友人の窯を借りて作品を焼成していた間、窯を持たないヤツは作家ではないと言われていたものである。土と煉瓦で築かれたものを、ピカピカと言って良いのかどうか、しかし私には新品で輝いている「サミア」ちゃんなのだ。築窯業者に頼む経済的な余裕のない人達や若い作家は、自分の手を汚して作業しなければ窯を持てない。夕方になれば一段と重みを増したように感じる煉瓦も、金槌で煉瓦の代わりに指を叩いて涙が落ちたことも、出来上がってみれば全て良き思い出だ。

窯が完成すると窯詰め用の備品が必要になってくる。カーボランダム製の棚板と棚足に加え他の窯道具が入用だ。四十五センチ角の棚板をまず五十枚購入した。一枚が八千円以上する。千三百度の酸化・還元の高温に耐える本焼き用の棚板はずっしりと重い。棚足は大きな作品用の四十センチ高さから、皿類など平物用の三センチ高さまで種々必要で、大小合わせて数百個揃えなければならない。備前特有の窯道具としてはセンバと呼ばれる、灰かけ用の鉄またはステンレス製の、シャベルの先を角取りしたような長柄のもの、先がL字型の灰棒、T字型の灰押し棒、色見本を取り出す細い鉄棒などの他に火鋏が必要になる。色見本は粘土で小さな輪をつくり、窯詰めしながら棚板の作品の前におく。これを焼成中に取り出しながら焼け工合を確かめてゆく。最近はデジタル温度計で合理的かつ科学的に、窯焚きを進行させる作家が多くなった。

窯を自然乾燥させている間に、眠る時間も惜しんで素地を作る。窯焚きに必要不可決な赤松の割木が、ある人の横槍で私の所に回ってこなくなってしまった。乾燥した割木でなければ窯は焚けない。友人の好意で彼が保有していた割木を借りて、初窯に火入れをしたのは一九九〇年三月上旬だった。

初窯を焚く時は窯が新しいので、余分な湿気を考慮して窯焚きをしなければならない。千束必要ならば一割か二割多く割木を用意して、窯内の素地のみでなく窯自体を焼成しなければならないのである。五十キロ入りLPガスを三本で、まず三日間モセ（湿気）取りをしたあと、松割木に変えて温度を徐々に上げてゆく。備前の粘土は粒子が細かく、ゆっくりと丁寧に焼き締めないと疵《きず》になり易い。湿気や冷たい空気、急激な温度差に弱く、髪の毛一筋ほどの切れが入ってしまう。

窯詰めで焼き上がりの景色が変化する備前焼は、一つとして同じ表情のない面白さがある。友人の窯を借りて窯焚きの経験をしていたが、真新しい窯を焚くのは初めてのことだ。割木を用いてから約一週間か十日で、窯の大きさにより多少異なるが大体窯焚きは終了する。

一週間を過ぎてもまだ黒い煙を出し続ける煙突を遠くから眺めて、私の飲み友達は皆心配していた。彼らは二、三十年の陶歴を持つ中堅作家であり、とうとうある夜、窯焚きを覗きに来てくれた。私はどうにかして窯を焚き上げようと必死で、試行錯誤を繰り返すばかりである。手伝いの男の子二人も手の出しようもなく困っている。私は窯焚き方法の指示を二、三時間ごとに変えて、どうしたらよいのか混乱の極みだった。窯の温度が順調に上がってくれないのである。たぶん窯詰めもこの新窯の効率性に合っていない。熱量を貯めて焼き込んでゆくのではなく、多くの熱が煙突から逃げて、無駄がありすぎたのだろう。

新窯を焚く時や窯詰めなど、弟子入りをして指導を受けた先生筋から手助けしてもらうことがある。私は弟子入りをしたこともなく、頼りない窯焚きのブツ切り知識しか持ち合わせていなかった。そして助けに来てくれる先生もいない。見様見真似の新米には、難しすぎて全く手に負えない初窯焚きであった。

炎の色を見て一目で窯の現状を悟った友人の一人が、追加分の割木を自分の窯場から運んでくれた。最終段階の大焚きと横焚きに入ったところで、その後の指示を手伝いの男の子達に細かく与え、彼が帰っていったのは明けの明星が輝く頃だった。彼らのお陰で私の初窯焚きはどうにか終了し、賛助金で援助してくれた人々への記念の作品を送ることができたのである。神と仏と友に感謝を捧げて。

窯を焚くと言葉では簡単にいうが、火入れをしてから炊き上がるまで、二十四時間誰かが火の番をしなければならない。八時間交替で三人の焚き手がいる。夜中を受け持つ人は寝ずの火の番で、炎だけでなく睡魔とも戦う長い時間だ。工房の周りは竹藪と草木や溜り水があり、半年間は藪蚊の大群が我がもの顔でうなっている。そのために窯焚きは年一回、十二月から三月までの間に決めている。自分の体力で作品をつくり焚くためには、一年間時間が必要なのだ。千二百度まで上がると、とても窯の近くにはいられない。高温に何時間も向かい、直接炎に皮膚がさらされると即、大火傷をするので軍手を二枚と木綿シャツの長袖でしっかりと防御する。

私も火傷に関しては苦い経験がある。窯の上口を開けてからは、ここから数本の割木を投げ入れて焚く。千二百度を超えると手早く七〜十本位の割木を入れなければならない。炎の熱量が急激に増すと、煙突に向かって逃げきれない炎が固まりとなって、焚き口を舐《な》め外まで噴き出してくるのだ。龍が火を噴くような激しさで、上口から黒煙と共にぐわっぐわっと寄せてくる。一度に入れる本数を投げ入れるまで上口は開けておかねばならず、遠く離れていては割木は入れられない。あっという間に私は前髪と眉毛と睫《まつげ》を焼いてしまった。痛さは我慢できても睫が無いことが、いかに塵《ちり》よけに必要なものなのかを改めて身に沁みて知った。

人の体には生きるために必要なものばかりで出来上がっていると、つくづく実感した経験だった。

穴窯の天井を煉瓦ではなく山土で築いたことで、想像外のいろいろな問題が起きた。山土がある程度乾燥すると、支えていたベニヤ板の内天井を落とし、内部からゴム槌でトントン叩きながら土を締めてゆく。板枠を外す以前に外側を長い板でバンバン叩いて土の密度を増す作業は終えている。厚みが十数センチある山土のドームは、表面が乾いていても内部には水分が閉じ込められている。トントン叩いている間に残っている水分が浸み出して、その重みで天井の土が下がり、ひどい時は剥《は》がれ落ちてしまうのである。実験的に山土の間に耐火キャスタブルセメントを入れたことが徒になり、土を締めている間に中央部分の土が落下してしまった。腕の力で必死で支えても落ちる土の強さには勝てない。ニュートンの法則よりも、山崩れや地滑りの恐怖に近い感覚だった。結局中央部分は脇の厚みの半分ほどしか、山土は残らず天井の厚さに大きな差をつけてしまった。

生の土が高温で焼き締められてゆく時、土は大きな一つの塊りであったものが、温度の差によってその焼き加減が違ってくる。炎の当たりが強いと締まっていない土はめくり上がり、本体から離れよう剥がれようとする。窯を焚いている最中に、天井の土が身をもじり剥がれつつあるのを見るのは、恐ろしいなんて言葉では全く足りない。全部は落ちないだろう……いや落ちるはずはない……。しかし一度火を入れた以上、焼き上がるまで止められないのである。とにかく友人達の助けで、火を止めた時の安堵は、天にも昇りたいありがたさであった。

窯の炎を止めてから、焚いた日数と同じくらいの時間をかけてゆっくりと冷ます。この期間が一番体を休めることのできる唯一の日々となる。期待と不安は横に置いて、窯詰め窯焚き期間中汚れて散らばっている工房を片付ける。焚き残った割木を積み上げ、大洗濯をし蔑《ないがし》ろにしていた家事雑事を、一つずつ終了させてゆくのだ。映画を見たり友達に会ったり、近くの温泉で疲れきった筋肉をほぐしたり、十日間はあっという間に過ぎる。

上口の蓋を外して懐中電灯でまず、火前の棚の焼け工合ところがしの上に残った灰の状態を見る。真っ暗な窯内で一条の光りに照らされて、焼き上がった陶器が静かに並んでいる。大きな傷になったものも無く、天井もどうにか落ちずに収まっているようだ。

焼き固まったドベ土をハンマーで揺《ゆる》め、ゆさぶりながら焚き口の煉瓦を一個ずつ外してゆく時は、期待と不安が入り混じり複雑な気持に満ちみちる。ベテランの陶芸家は、火を止めた時に大体の焼き上がりが分かるという。私には開けてみて初めて知る世界だった。

火前に溜まった灰を掻き出して、大きなゴミ袋三つに入れる。ころがしして焼いた作品を床から取り上げ、窯変の色は朱か、疵《きず》はないかとまず手にとって調べる。窯内はまだ温もりが残っていて、ころがしの花入れも徳利もまだ温かい。ゆっくり吟味する間もなく、ダンボールの箱に次々と詰めて工房へ運び込む。ころがしの陶器が片付くと、次は火前の上の棚から順番にはずして、作品を運び出すのである。自然灰釉がどろりと溶けた、いわゆる胡麻垂れと呼ばれるものである。壺の肩から中央まで、だらりと流れた黄色がかった灰釉の風情は、備前焼の一つの特徴で存在感がある。棚から作品を下ろす時、つい一つ一つ手に取り、表と裏、ひっくり返して底の状態を見ながら箱に詰めてゆくのである。窯の中に一時間もいると、じわっと汗ばむほど窯の温度は暖かく保たれている。

工房に運んだ器の灰をブラシで落とし、サンドペーパーやみがき棒と呼ぶ目の粗い砥石で表面のガサガサを削り、水洗いをする。灰の下で隠れていた微妙な色の混ざり合いが、濡れた焼き肌の上に姿をみせる。人間の手の技では決して表現できない、天然自然の色の集合体である。その幽《かそけ》く味わい深い土肌に閉じ込められた色は、使われているうちに深みと照りと重みを加味してゆく。焼き締め陶器を使う醍醐味は、器を育ててゆくことに尽きる。無釉で地味な器が、年月と共にいつしか妖艶な美女に成長してゆく。特にころがしまたは窯変と呼ばれる、灰かぶりの器達にこの変化の妙は生まれ出てくる。

現在に至るまで二十年間焼き物を作っていると、いろいろな思いがけない出合いがある。私にとって一番嬉しいのは、昔作品を求めてくれた人が美人に育った器を手に、再び個展会場を訪れてくれることである。窯変のものは一窯の中でも、幾つしか数がとれないし疵《きず》になり易い。創作した作品の形と焼き上がりのバランスがとれているものは、もっと難しく従って価格も安いとは言いにくい。

「十五年前に思い切って買わせて頂きました」と、大事に風呂敷とタオルで包んだ花生を、バッグの中からそおーっと取り出して見せてくれる。使い込まれ吸い付くようなぬめっとした土肌に変わった花生は、いかにも「私はずっと愛され続け、本当に大事にしてもらっているのです」と訴えているかのように、輝いている。近くにいる人々もその嘆賞《たんしょう》の輪に入り、焼き物談義に花が咲く。作者冥利に尽きる瞬間である。

手ひねりの器には、それぞれ個性があると私は信じている。指先で形を造ってゆく作業は、ろくろ成形とは違って数倍の時間がかかる。一つの作品が仕上がるまで使用された時間の中に、創る人間の想いも一緒に練り込まれてゆく。体調が良く気分が弾み嬉しい時には、軽いリズムと落ち着いた息をしながら作品が生まれる。疲れたり焦ったり悩んだりしていれば、指も腕も動かず心も重苦しいままで作品に移されてゆく。機械ではなく生身の人間が作るものには、必ずその人の何かが注入されていることを誰も疑わないだろう。

受験生を抱えていたある母親は、子供の勉強中は終わるまで眠らず待っていたという。心の中に不安が湧くたびに、丸花生を膝に抱えて撫で擦っていると何となく落ち着き、無事にその期間を乗り越えられたと報告してくれた。またある人は玄関に置いた花生に季節の花々を活け、その十二ヵ月の写真を郵送してくれたこともある。個展会場に詰めている私と会話することで、一つの焼き物に付加価値が付き、そしてその器は単に物としてだけでなく日常の生活の中で可愛がってもらっている。私は食器や花生など普段使いの作品を主として作っている。コーヒーカップや湯呑、小皿や鉢などに四季の食材を盛る度に、私の事を思い出してくれるお客が沢山いる。

これらの多くの人々の想いを受けて、今日まで生きてこられた。自分の作ったモノを媒体として、出合いがあり友が増え人の輪が拡がってゆく。これほど幸せを教えてくれる職業は他にあまり無いのではないかと、感謝する毎日がある。健康に気を配り、体が動く限りすこやかな作品を生み出してゆきたいと願うのである。

一塊の粘土の源は岩山だっただろうが、堆積されてゆく幾万年の間に有機物の生命を包み込んでいった。かつての生命にほんの少し手を加えて、陶器という永遠性を持つものに変身させる仕事は、生命というものに対して畏れと謙譲の心を私の中に育ててくれた。

第十章

生きる

夫はタイの国連に勤務、長男はニューヨーク市立大学院で法学部在籍、長女はオックスフォード大学の医学部で勉強していた一九九三年四月十二日、次女がイギリスから突然帰ってきた。コカイン中毒でボロボロに壊れた躰と心を引き摺って。

イギリスの最西端にあたるコーンウォールの、私の陶芸仲間からある日電話が入った。彼女のホリディ・コテッジでボーイフレンドと一緒に、休暇を過ごしている次女の様子がどうも異常な気がする。今すぐ娘を安全な場所に隔離した方がいい、そうでなければ大変なことになると私を脅かしたのである。

ロンドン大学ゴールドスミス・カレッジで同級だった彼女は、私の家族のことをよく知っている。娘が小学校時代から行き来があり、青年になった子供達と共に二、三度、彼女の家をベースにしてコーンウォールの旅をしていた。彼女の切羽つまった言葉に仰天し、すぐ日本へ来るように電話の向こうの娘を説得する。口実は窯出しをして忙しいので、一週間だけで良いから手伝って欲しいと、表向きの理由を大袈裟に出した。

嫌々ながらも合意した娘を大阪空港まで迎えに行ったのは、電話をしてからちょうど七日後である。飛行機から降り立った娘を見て、我が眼を疑ってしまった。ふっくらとしていた優しい花のような娘は、骨と皮だけに痩せ細り、力のない瞳で近寄ってきた。何が起きたのか、どうしてこんなになったのか、頭の中は一瞬白紙となる。しかし表面は平静を装い、娘を庇いながら備前へ連れて帰った。

モロッコで有機栽培をした時に過労働で体調を崩したという、娘の説明を鵜呑みにして信じた私は親馬鹿で盲目であった。麻薬と不規則な生活、同棲した相手から受けた暴力、モロッコとスペインを二、三ヵ月毎に移動する不安定な生活などで、二十一歳の娘は極限まで追いつめられていたのだ。

最初は麻薬中毒の症状をひた隠しにしていた娘も、禁断症状が顕われるともう誤魔化せない。精神錯乱状態で、亡霊のようにブツブツ呟き続けじっとしていられない。二時間おきに食べ物を与えるのだが、栄養失調の異常な体はそれを受けつけてくれない。一人では手に負えなくなった私は夫に助けを求めたが、女と旅行に出ている彼の居所がつかめるまでに数日かかってしまった。

娘の症状は酷くなる一方で、友人に紹介された精神病院に三ヵ月間預けざるを得なくなった。六月五日に入院させた時、夫にお金を出して助けて欲しいと頼む。共同名義の口座から入院費を払うためである。彼は領収書をきちんと保管しておくようにと言い、この時は援助をしてくれたのだった。

入院中、娘は二十数種もの薬を与えられ、共同部屋に閉じ込められる惨い状態の中にいた。麻薬が切れてゆく時の錯乱と苦痛は激しい。それを抑えるために強い薬が投与され、人間ではなくまるでモノを扱うような乱暴さで対応されていた。薬の影響で自律神経を壊された娘は、三ヵ月の間に異常に肥満して、私に届く手紙の内容は支離滅裂なもので読むことさえ恐ろしいものである。このままでは娘は廃人になってしまうのではないかと、危機感を持った私は広島の知人の紹介で、麻薬を専門に扱う精神病院へ出向き、万が一の時の救急車の手配を依頼して、娘を退院させる決心をした。夫がようやく訪ねてきたのは娘の退院直前で、二人で病院に面会に行ったが、娘の状態が酷いからという理由で会わせてもらえなかった。彼がわざわざ訪ねてきたのは娘のためではなく、私に離婚話を切り出そうとしていたのだと、後になって分かった。この時の私は親として半分はある責任を取ろうとしない夫を許せず、食事も出さず帰ってもらった。

広島の病院に通院し、今まで多量に摂取していた薬を中止することになる。副作用の少ない精神安定剤を一種類だけにして、とにかく様子を見ることになった。加えて高名な漢方医である小川新先生に紹介されて、漢方薬でゆっくりとしかし確かに娘の体質改善を進め、健康な体と心を取り戻すことにしたのだ。

二度三度と共同口座から引き出しを続けたら、年明け早々に夫の単独意志でこの口座を解消されてしまった。そして二月、私の所にアメリカから離婚訴状が届いたのである。弁護士をしている長男に、離婚裁判を専門にしている女性弁護士を紹介してもらう。彼女を代理人として依頼したこの裁判では、夫の離婚申し立てには充分な根拠がないという理由で却下された。そして私には弁護士費用の百五十万円の借金が残った。アメリカの裁判では、私が離婚に合意すれば慰藉料が取れたはずである。しかし私は父親として責任逃れした夫を許すことができなかった。父親であり壊れてはいても家族である。それでも逃げようとする人と離婚すれば、他人になり何の係わりも無くなってしまうだろう。入院を余儀なくされる前の二ヵ月間、毎日私は娘から過去の家族のあり方を責められ続けていた。不安定だった家庭や、国もない家もない子供時代だった、親としての責任はどこにあるのだと。酒で感覚を麻痺させ泣きながら、私も娘と同じく夫の転勤続きの被害者なのに、なぜ私だけがこれほどまでに責めを受けなければならないのか。狂っている娘と二人、途方に暮れた日々が続いた。夫は近寄らないことで自分を守り、問題を見ないことで解決したと思っている。夫の妹が言うように「お兄さんは誰でも皆、ほんの少し傷つけている」、それを知らないのは本人だけなのに。

退院してきた娘は、自分でボタンをはめることもできず、手を振って歩くこともできないほど運動能力が退行し麻痺していた。アイスクリームを餌に毎日連れ出す散歩、有機野菜と玄米を主とした自然食など、まるで赤ん坊を育てるようにして日にち薬で回復を待った。長い長い時間であった。だが若さというものには計り知れない力が秘められている。娘は死と絶望の淵から、二年半の年月をかけて蘇ることができたのである。最初入院した精神病院の医者から、「百人中、百人治らない」と言われたことを覆すことができたのだ。

娘と密着して生活したこの時期、多くの友人知人から温かいサポートを受けられた私達は本当に幸せな人間だと知る。医療費と生活費を稼ぐため、東京から博多まで各地で個展を開いていった。貸ギャラリー、展示場そして個人の家などどこででも小さな展示即売を行っていった。私達に同情した人々が作品を買ってくれ、宿泊までさせてくれた。娘を励ますために贈り物をしてくれ、気晴らしの日帰り旅で海、山、名所旧跡に連れ出してくれる。じゃまにしかならない娘を工房に招き、見守ってくれる。毎朝花柄のエプロンを風に靡《なび》かせて、伊部の町を走り抜け通うところまで回復してきた。心も体も張りつめたままで苦しい時、長電話で慰め、励まし、支えてくれた友達もいる。半分は夫が背負うべき重荷を、これらの友が肩代わりをしてくれたのである。

人々に助けてもらったこの二年半の間に、私達は改めて人の情《なさけ》の有り難さに気がついていった。人とはその字型が示すように、お互いを支え合って生きているから人なのだと。そしてたった一人では存在できないものであることを。世の中には優しい心を持つ人達がいかに多くいるかを。

何もできない赤ん坊の状態から、一歩ずつ確実に回復し成長し直してゆく娘は、自分が見捨てられた不幸な子供ではなく、溢れるほどの愛を皆から受けている身だということに、心の芯から気がつき感謝するように変わっていった。ヤケを起こし破滅寸前まで突っ走ったことは、夢の中の出来事のように遠ざかり、まさに新しい人生のよみがえりの一頁を開くことができたのである。多くの人々へ恩返しをすることをこれからは自分の生きる基本にしなければ、と決意する娘を見て、ようやく私は自分も母親になれたと思えるのだった。

私自身の狂気体験と、娘のコカイン中毒からの復活で、私は改めて「いのち」と人間として「生きる」ことの意味を実感として教わった。一度精神的にしろ肉体的にしろ経済的にしろドン底まで落ちてみると、いかに平凡で健康な日々が貴重なものであり、ありがたいことか身に沁みて感受できてくる。

朝眼を覚ますと、薄ぼらけの中で囀る鳥の声、陽の昇るにつれ山襞に沿って消えてゆく霧、冷たく迸しる蛇口の水の心地良さ、朝食の美味しさ、ラジオから流れるニュースにコメントしたくなる脳の働き……生きているからこそ、健康であるからこそ五感を通じて感じ取ることができる。

人間はなぜ物や金銭や地位にこれほど執着するのだろう。どうして人を妬み恨み、上ずった息で一日中走り回るのか。何のためにそんな生き方に固執し続けて、立ち止まったり心の中で自問自答することなく、目先の忙しさに振り回されてゆくのだろう。多忙なことが現代人の代表的な生き方であるかのように、また情報化社会の先端をゆくモデルにでもなったかのように粋がってはいないだろうか。

背伸び駆け足人生のツケとバチが一度に押し寄せ、私は一時停止を余儀なくさせられた。断崖絶壁の上に追い詰められ、前にも後にも動けず死んだ方がましだと飛び降りた時、途中の枝に引っ掛かって生命だけは取り止めた。狂気から戻ってこられた私の眼も心も、今まで持っていた価値観のベールが剥ぎ取られ、新しく清らかなベールを与えてもらえたように思われる。中庸がなく極端に傾く性格の私に、人生九十年の中間点の四十五歳で神様がくれた試練の一幕であったのだろう。

私は「今」という時を「一歩ずつゆっくりとできる分だけを大切に過ごす」ということを、ようやく理解して生きられるようになった。「なるようにしかならない」という意味も、本当にそうだと素直に頷ける。はっきりとした実感としてそう思える。だから来る者は拒まず去る者を追わず、あるがままに今を生きている。素顔の私。格好をつけたい私。ここまでしかできない私。焦りそうになるのを抑えることができるようになった私。幼児のような驚きの目で自然を観察し楽しむ私。年を取り覚えの鈍くなった私。名前や漢字を忘れて慌てる私。白髪も増え皺も多くなった私などいろいろな私がいる。今という瞬間の続く、その時を丁寧に味わいながら、私は生きている。

一九九九年は冠婚葬祭離別と、人生の大事件が身の回りで起きる時になった。人生の節目を集中的に経験させる一年間で、私はイギリスに二度、アメリカに二度、ハンガリーにも二度渡航し、足が宙を舞っていたような日々を送ったのである。

五月一日、メイポールの周りで花飾りを付けた少女達の舞い踊る春の日、長女がイギリス人と結婚する。

婚約をする前の夏休みに、結婚の許可をもらうためにハンガリーに来ている父親を訪ねに行った。夫は結婚式の費用を出すことに合意をしたので、二人はそれぞれの立場を考慮して結婚式の準備を進めた。十四世紀の石造り、クームの教会でオックスフォード大学合唱団にいる友人達の歌声に送られ、ささやかだが心温まる式を挙げる。私は教会内の花を飾り、健やかに美しく育った娘を祝い涙ぐんでいた。ところが夫は挙式四日前に娘の勤務している病院宛に、Eメールで欠席を知らせてきた。もちろん結婚費用も出さなかった。長女の落胆は酷く、心がまた深く傷つけられてしまった。医者の娘に対して「コレステロールの数値が高く、飛行機の旅はできない」という理由で、娘の生涯で一番大切な日である結婚式を、身勝手に欠席したのである。

父親から新夫へと渡される儀式に穴をあけるわけにはゆかない。イギリスで寄宿生活をしている間の保護者であり、私達夫婦の三十年来の友人に父親役を頼むことにした。イギリス銀行のプレンダーレイス氏に急遽代役を引き受けてもらい、無事に式を終えることができたのである。カリフォルニアから夫の遠い親戚も三人来てくれたというのに、父親は不在という不自然さだった。披露宴はウィンストン・チャーチル卿の生家、ブレナム宮殿のオレンジャリーである。オックスフォード大学医学部出身の娘の友人達と、ケンブリッジ大学出身の彼の友人達など、百人の披露宴は華やかに若々しく祝福に包まれたものである。

私は黒留袖の礼装で出席する。田舎の小さな教会には村の人々も集まり、和服を見たこともない人々の視線を浴びて、美しく育った長女を誇りに思い感傷的になっていた。長男はタキシード姿で、次女はブライドメイドのダークグリーンのロングドレスに身を包み、すっくと立っている。三人の成長した子供達を見ていると、こんな大切な時にも逃げてしまう夫を情けなく思う自分と、もし彼が来たらぎくしゃくした想いが娘の晴れの日を汚すかも知れない心配もあり、夫の欠席にほっとしている自分を見詰めていた。長女はこの結婚式の費用を自分達で支払う羽目になり、新婚生活は借金で始まった。夫が経費に合意せず、式に欠席すると最初から知っていれば、もっと簡素な披露宴を計画したのにと長女は嘆いていた。彼女は父親との係わりを拒否して、気を取り直して第一歩を踏み出していった。父親を尊敬できなくなってゆく長女に、何もしてやれない私は、ただ彼女が強く賢く生きて欲しいと祈るしかなかった。

十一月初め、ニューヨークで私はチャリティ個展の会場にいた。長男の所属するボランティア団体「アジア太平洋地域のエイズとＨＩＶ患者を支える会（アピチャ）」後援で、備前焼の個展が開催されたのである。十一月四日から十三日まで、約百五十点の備前焼を展示する。日本クラブは五十七番通りにあり、カーネギーホールの向かい側になる。ここはニューヨークとその近辺に住む日本人や日本企業が会員のクラブで、チャリティ個展ということで会場費は無料、広いギャラリースペースを提供してもらえた。

オープニングパーティーは、オードブルとワインの簡単なものだが八十人ほどの人々が集ってくれた。ギャラリーが星の数くらい多いニューヨークでは、毎日数えきれないオープニングパーティーが行われる。四十人集まれば大成功という話である。アピチャの人々の計画と努力と支援で、ニューヨークの大都会の坩堝《るつぼ》の中でアジア人がエイズ患者として、どのような状況に置かれ、どのような救済ができるかをアピールし宣伝するために企画された個展である。

会期中にギャラリーを訪れる多くの人達に、絶望と痛みに苛まされ孤独のうちに死亡する患者の存在を知ってもらい、多額の寄付をもらうことができたのは幸いであった。エイズもＨＩＶも無知と偏見で無視されている。自分とは全く係わりがないと片付けられている。正しい知識があり充分な治療を受けられるなら、社会人として普通の生活をできる患者が多くいることを、ぜひ知らせたいと思うのである。ニューヨークの日本人クラブに所属する日本人は、海外駐在員であったりまたこの土地である程度の成功を修めた人々だろう。苦しむ同胞の存在を少しでも知ってもらえればと、皆懸命に努力したものである。ちょうど同時期に瀬戸内寂聴さんの講演会が日本クラブで行われた。広い部屋満員の盛況で、私は一階のギャラリーに一人でも多く足を向けて欲しいと、心の中で願っていた。だが興味の方向が違うのか人種が違うのか、瀬戸内さんも聴講者もそ知らぬ振りで通り過ぎてゆく。アピチャの活動に意識をむけてもらうことが、いかに困難かを知らされた日である。

アピチャは広報活動の一環として「ナビゲーター」という小誌を発行している。そこには大きく分けてメディカルガイド、セルフケアガイド、ファイナンシャルガイド、用語解説、関係団体リストそしてワークシートが包括されている。

まずメディカルガイドの目次を見ると①HIV陽性とは何を意味するか、②HIVウィルス量、及びCD4値とは、③HIV/AIDS関連薬にはどのようなものがあるか、④日和見感染症とは、⑤HIVはどのようにして妊娠中の女性から胎児に感染するか……とエイズとHIVに関して分かり易く説明している。

セルフケアガイドでは①健康を維持する方法、②栄養価の高い食事をとるには、③バクテリアなどへの感染予防、④ペットや動物からの有害な影響から身を守るにはどうすれば良いか、⑤どのような運動をすべきかとある。

ファイナンシャルガイドでは①生活保護、②社会保障、③食料補助、④医療援助が細部にわたり解説され、いかにして患者が社会の一員として生活できるかを教えている。関係団体リストにはアピチャの他、コミュニティベースの団体とサービス団体の住所と電話番号と支援の内容等がのせてあり、患者が必要とする援助を受け易い方法を案内している。

地味で苦労の多い活動であるが、アピチャを運営し行動する東南アジア、中国、日本と太平洋諸国の人々の熱心さを見ていると、日本ではこのような奉仕精神があまりに少ないことに気付かされる。そうなって欲しくはないが、もし日本の若者の間でエイズが蔓延することにでもなれば、人々はパニック状態を起こし、臭いものに蓋をするような除外活動の方に力を注ぐのではと、心配するのは私一人だろうか。今は情報化社会というのならば、本当に必要な情報が多くの人々の耳に届くようになってもらいたいものである。

この個展中にハンガリーの母が老衰で亡くなり、その葬儀が行われることになった。私にとってハンガリーの家は、二十年間の想いの詰まった場所であり、母とは深い繋がりを持つ間柄である。何も知らない私にハンガリーの料理を教え、家族の歴史や風習を教えてくれ、何年もの日々を一緒に過ごした人である。夫と妹から母の死について何の連絡も無かった。彼らの間では私はもう過去の人間であり、夫のつき合っているタイ女性の方が大切な存在に変わっているのだ。

個展中に会場を抜けることには問題もあるが、私はこれで最後になる母に別れをきちんと告げたいと思い、日帰りの強行便でブダペストに飛んだ。フランクフルトで乗り換えマーリアベシニューの家に着いた時、もう親戚や子供達は皆教会に集っていた。急いで教会へ走りミサにぎりぎりで間に合うことができたのである。墓地へ埋葬が済み帰路の飛行機の時間まで、想い出深い家で親戚や友人達とささやかな飲食をして、大急ぎでニューヨークまで帰る。息子と次女はアメリカから長女夫婦はイギリスから集まり、家族として写した数枚の写真が残される。これが三十六年間の結婚と家族の一緒にいる最後の写真となった。母の遺言で、ハンガリーの家屋敷は三人の孫達に残されることになった。彼女が必死で守ってきた家を、夫とタイ女性に渡すことを不安に感じた母の決断なのである。

長女の結婚式に出席しなかった夫を、母親としてまた敬虔なカトリック信者として、悲しく許し難く思っていたのではないだろうか。亡くなる一ヵ月前に遺言を書き直した母の心を考えると、彼女の義理の娘であって良かったと、尊敬と感謝の念さえ覚えるのである。

ニューヨークの個展を終えて、その足で再びハンガリーへ向かう。今度は離婚調停のためである。夫の実家に泊まるわけにゆかないので、日本人向けの小さなホテルを予約した。頼んでおいたハンガリー人の弁護士と最終的な細かい打ち合わせをして、簡易裁判所へ出向く。雪の散らつく寒い朝、道路には除雪された雪が黒く汚れて凍っている。私のハンガリー語能力では法律用語は困難なので、通訳も頼み三人で裁判官の前に立つ。お互いの言い分を言葉にしたあと、判決は即、下された。ハンガリーの法律では、私達の離婚に反論する根拠は皆無であり、現在別居中の二人の状態から見れば離婚は当然成立するというのだ。未成人の子供の養育費は夫が（または妻が）負担する義務があるが、成人した子供達の場合は、夫から妻への慰藉料の支払いは全くない。ハンガリーの家は法律上孫達に渡り、夫はタイに住みハンガリーにはいないので、彼の持つ海外での財産はこの裁判所の関知するものではないと言うのである。

私は完全に敗北した。二人で貯め作ってきた財産は一銭も来ない。ここまで徹底的に無くなると、反ってあっけらかんとしてしまうものである。弁護士はこの敗訴に申し立てをするようにと勧めてくれたが、私はこれで止めることに決めた。

離婚することだけに執着している夫は、結果として私には何も残らないことが分かっていて、ハンガリーでわざわざ離婚訴訟を起こしたのだ。卑怯な手段を使う人間に、一体何を言えばいいのか。マリッジ・カウンセリングという言葉さえ知らぬと、はっきり裁判官の前で嘘をつく人に、何を話せばいいのだろうか。

日本とアメリカで弁護士をしている友人達は、この話を聞いて両国で無効訴訟を起こすように助言してくれた。ハンガリーの法律の及ばない、二人が国籍を持つアメリカでは私に有利に働き財産がとれるだろうという。お金は喉から手が出るほど欲しいけれど、そのために費やさねばならないエネルギーと時間が惜しい。好きで一緒になった相手と自分の落ち度を言い合って戦いたくない。夫は欲しいものを手に入れて満足だろう。これで幸せになれると信じられるなら、それで良いではないか。私は自分の手で稼ぐことができるようになってきた。もう離れよう、別れよう、そう考えるしかなかった。

別れというのは厳しいことだ。泣くくらいなら、そうなる前にすべき努力を払うべきではなかったか。いろいろな想いが頭の中でぐじゃぐじゃと蠢《うごめ》くばかりだった。宿舎のバンドゥナツミさんの優しさは、死にたくなりそうな私をどれだけ勇気づけてくれたことだろう。夫の従弟夫婦や他の従弟が私を心配して、夕食に誘ってくれる。夫と別れてもハンガリーには自分達がいる。まだ親戚と同じだ、いつでも遊びに来れば歓待すると慰めてくれる。けれど私は二度とハンガリーに帰る日は無いだろうと思っていた。気を取り直した私は、翌日から雪の中、オペラを観て歩いた。宿舎にじっとしてもいられず、ブダペストの街には思い出が溢れている。どこへ足を向けても楽しかったことが、いまは辛く思えるばかりである。オペラ座の華やかなステージを見ながら、私はハンガリーにさよならを告げていた。

アメリカ経由で帰国する私は、スタンフォード大学院に在籍する次女の家で、約一週間眠り続けた。ただただ眠りたかった。疲れ切った体と心を癒すのは、心配りをしてくれる次女の存在と眠りだけだった。娘の頼もしさに甘え、彼女が心配するほど眠る日々だった。

一九九六年、麻薬中毒を完全に克服した次女は、アメリカの大学でもう一度勉強したいと言った。不安を抱えながらも娘の将来を考えると、日本に残しておくことに意味はなく思いきって手放すことに決めた。サンフランシスコ市立大学、カリフォルニア州立大学バークレー校を卒業し、九九年にはスタンフォード大学大学院で、博士課程へ奨学金をもらい通学している。娘の温かい眼差しと庇護の下で、眠り姫のように過ごし日本へ帰ったのである。

次女は二〇〇三年九月二十七日、同年齢のアメリカ人と結婚した。二メートル近い優しい目をしたもの静かな男性である。二人は半年をかけて結婚準備をし、バークレイのメソディスト教会の牧師に式を依頼した。別れた夫は彼女の結婚式にも出てこなかった。

朝早く式場の花飾りと披露宴のテーブル花盛りのため、オークランドの花市場まで注文しておいた真紅のバラとアイビー、アスパラの枝、ユーカリなど車一杯仕入れて、私は汗だくで準備をした。私に娘は二人しかいない。彼女達の人生の門出に母親としてできることは全部したいと私は欲張り、生まれて初めてこの大がかりな仕事に挑戦する。花々の中に腰を据えて盛り花を十数個つくり、パーティー会場に運んでもらう。式場は緑溢れる枝物を中心にしてマントルピースの両脇まで垂らし、中央には水引き細工の鶴と亀を据えた。大きな時代ものの燭台の仄ゆれるあかりの中で、オペラ歌手のソプラノアリア独唱、そして友人と息子の詩の朗読があり、新夫婦の個性溢れる結婚式となった。

日本から私の末の妹と姪も結婚式に参加してくれた。ハンガリー人の親戚やアパートの大家さん夫妻、多くの友人達の祝福を受け披露宴は生バンドの演奏とダンスで大いに盛り上がった。姪の和服と私の留袖姿はカメラマンの興味をそそったらしく、二人の草履が仲良くアップで撮られて残っている。長女夫婦は二人の男の子を連れてイギリスから来て、長女が妹のブライドメイド役をつとめてくれる。オーストラリアやイギリスの娘の友人達も集まり、若い人々を見ていると時代は確実に変化してきたと実感する。

長女は医師としてフルタイムで働き、彼女の夫は自然保護の仕事や著作をする自由業である。子供達は週三日、村のチャイルド・マインダーの家に預け、週二日は父親が世話をしているという。夫の協力を得て家庭を築いている娘を見ていると、ウィメンズ・リブ運動でアメリカの女性達が闘ってきた結果が、現実にごく普通に実行されていることがよく分かる。

女が仕事を持ち自立することが当然となり、パートナーと家事育児を共有できるようになるまで四十年の年月が必要だったと言える。自分の力で人生を生き生きと歩んでゆく娘達を見ると、女性解放と叫んだ運動の成果が見える気がする。私は自分の無知無力と若気の至りから、自立できるまで苦しみ、人には負けない量の努力もし狂いもし、ようやく自分の足で立つ実感を持てるようになった。口うるさく娘達に専門職を身につけるよう、方向づけをしてきたのも、私の犯してきた失敗をして欲しくない願いからである。女は強くならなければ、賢くならなければ、より良い世の中を築くことはできない。経済的な自立が人間的な自立に繋がり、責任を知り誇り高く生きられる。人間として自信と自尊心を持てば、子供を育てる時の土台を守り続けることができるだろう。娘やその友人達を見て感じるのは、人生の目標を定め理解あるパートナーを見つけ、仕事を持ち家庭を築き、しっかり前を見て生きていることである。親である私達の世代よりも、ウィメンズ・リブ運動で求めた自由と権利の意味を知る彼女達は、一回り大きく大人の女性に成長したのではないだろうか。白いウェディング・ドレスをまとい、誇らしげに笑みを浮かべた娘は輝いている。

備前の工房で約二十年間、私は不登校やウツ病、家庭内暴力で行き場を失った人達を、ボランティアで預かる日々を送ってきた。

自分自身がウツ病だった事実を認めたことと狂気体験をしたことで、私は心を病む人にそっと寄り添い一緒に過ごすことができるようになったと思う。助けを必死で求めていたボルネオ時代に、母や頼っていた医師の突然の死に直面した。自分のことは自分で解決するしかないと、頭では分かっていても辛い時にはアルコールや薬に逃げ、自己嫌悪に陥る繰り返しだった。友人や医師が助けの手を差し伸べてくれ支えてくれたから、私の生命の糸は切れずに済み現在に繫がっている。無理を押してまで助けはできないが、手を差し伸べることはできるだろう。話を聞いたり食事をしたり、時には同じ部屋で床を並べ朝まで話を聞くこともある。電話の向こうで泣きじゃくる声を三時間聞き続けることもある。孤独の穴に自分を追い込む性質の人は、誰かと繫がっていると感じる安心感が絶対に必要なことである。人生の一点でしか係われなくても、私はその誰かになってあげよう、そうして二十年弱沢山の人達の相手をしてきた。

親の立場、子の立場をみていると、いつも同じ疑問が湧いてくる。人はなぜ相手を自分の思い通りにしようとするのか。支配することで自分を強いと信じたいのか。経済的に精神的にまた暴力で相手を縛り優位に立ち、何を証明したいのか。自分がされたら嫌なことをなぜ相手に強要するのだろうか。

大切な子供を過保護で育て甘やかしておき、いつか一人前になるための基礎である躾も教えも怠る親が多すぎる。子供が自ら持つ力を発揮させる方法を教えず、小さく良い子の殻を被った小人に押し込めている。社会のせいだとか教育のせいだとか他に責任転嫁して、簡単に他人に相談してコトは終わりだという人が増えているのではないだろうか。

子供は親のレベルから出発することを、しっかり自覚するべきである。遺伝子も環境も全て親の責任で受けつがれ続けられてゆく。「三つ児の魂百まで」というが、乳幼児期の土台つくりの大切さを考えない親が、そして正反対に考えすぎて親の価値観を押しつける親が、子供をウツ病へ不登校へ暴力へと追いつめてゆくように私は思う。

弱肉強食の生物の生存の仕組は残酷だという。人道的見地からみれば、生命尊重の正論かも知れない。しかし本来ならば生き残れる力を持たぬ生命が大量生産をされているといえば言いすぎだろうか。その負い目や欠陥を背負って生き続ける弱者の立場や意見を聞くこともなく、他人が世論が牛耳っている気がしてならない。人間としての会話もなく、防腐剤の入った生命力のない食事を取り、情報社会という言葉に踊らされている人間は、果たしてこれから生き続けられるのだろうか。健康な身体があるからこそ健全な心が育つことは自明の理である。それを実践する親の少ないことに、私は空恐ろしい思いを持っている。

女性解放運動で獲得したはずの、女性の尊厳という意識はどこへ消えてしまったのだろうか。女性の意識向上は多方面で証明されている。有機栽培食品の共同購入、ウィメンズセンターの設置、草の根運動で獲得した環境保護対策、乳幼児保育所の拡大、男女共同参画社会の実現、核家族で孤立する母親を助ける教室、カルチャーセンターや公民館活動のありとあらゆる講座、数え上げればきりのない女性進出が見られる。

四十年前のように、生きがいを探して悩む女性は少なくなった。流行を追い外食をし趣味を楽しみ、若さと健康保持のためにジムへ通い、自分磨きに花盛りの観がある。けれどその子供達は忙しい親に相手にされず、コンピューターを相手に仮想世界に浸っている。痛みや苦しみや不都合から逃げることを覚え、子供の特権といえた喜びの表現や笑い、発見や驚きの表示さえ不自然さを持つ子供が増えてきた。考えるだけで苦しくなる。

せっかく人間として生まれてきたのに、子供がまるでペットのように扱われて良いのだろうか。女性解放運動で、女はより賢くなるために時間をひねり出したのではないのか。私と同年代の母親達が、今子育てをしている我が子を育ててきた過程に、親として当然手渡すべき知恵と責任と方法を教えずに来たように思えてならない。あり余るモノに囲まれ、便利さに流されて「人の手」の価値が薄れている。モノつくりだけでなく、子育てにこそ手をかけ時間をかけ丁寧に繰り返すことでのみ育つものが失われてしまった。本来ならば楽しいはずの青年期をウツ状態で過ごし、自殺しか考えられない若者を見ると、自分の通ってきた道を思わずにはいられない。辛くなるための生命ではない。悪いのはあなた一人ではない。そして自分で自分の一生は生き抜かなければいけないのだと、声を大にして言いたい。

私には大きな夢がある。還暦を過ぎて、まだ夢を持つのかと呆《あき》れる人もいるだろう。そろそろ人生の下り坂、晩年の用意にせっせと貯金をする方が良いではないかと笑われる。世界中に移り住み旅をし、一生に閉じ込めるには多すぎる経験と体験をさせてもらった。一生ではなく、何人分もの一生を送ったような気がする。そこで学んだものを若い人達に伝えたい。そのために手づくりの母子センターを建て、異世代が共同生活をしながら、イノチとは何か、日本人とは日本語とは何かを学んでゆくことが、その夢である。親から子に伝わらなくなってしまった、人間として大切なことを、日常の平凡な繰り返しの中で一つでも二つでも手渡すことができたら、中には実行してくれる人もあるだろう。より良い生命を育むために、考える力を養い、お互いに助け合い、笑い声の絶えない空間を作ることができたら、どれだけ幸せなことだろうか。

私の尊敬する宇野多美恵さんは、相似象会誌第十五号の中で、このように書かれている。

「書いたことを、書いた者が、実際に実行するスベ」

「読んだことを、読んだ者が、実際に実行するスベ」と。

私の言語表現能力は低い。言葉にしたことを理解してもらうのは、同じような体験をしていない人には難かしいだろう。

例えば「パパイヤ」という果実一つとっても、スーパーマーケットに並んでいるし、食べた人も多いに違いない。けれどボルネオ島の市場にズラリと並んでいた完熟のパパイヤのとろけるような果肉と香り、ライムをしっかりかけて味わう仄かな酸味と甘味の絶妙なるバランス。ぎっしり詰まっている柔らかな黒い種を裏庭に投げ捨てると、二、三年で実をつける生命力の強さ、夜の間にジャングルから出てきて、熟れたパパイヤをもぎ取ってゆく猿の憎らしさ。またバンコックでは固く青いパパイヤを千切りにし石鉢で叩いてつくる甘酸っぱいサラダがある。その中に隠れている細かく刻んだ飛び上がるほど激辛の小さな青唐辛子。どれだけ水を飲んでもいつまでもヒリヒリしている舌の感覚など、単純に一つの果物の後ろには、少なくともこれだけの思い出が入っている。一つモノをとってもこれだけの量の想いや感覚やそれから連鎖され関連づけられる事柄がある。数が増えれば増えるほどそれらの絡み合いは複雑になり深くなってゆく。それが一人一人の個性と価値観の土台になり、人間性というものを創り上げてゆくのではないだろうか。

書かれた言葉より、私は話す言葉の方を好む。なぜならば相手が理解できるすぐ近くまで、説明を重ねることが可能なからだ。言い方を変えたり異なる例をあげたり、他のものに例えたりと時間はかかるだろうが、相手の眼を見ながらそして反応をチェックしながら多面から話すことができる。

理解できない所は飛ばし読みし、興味本位で批評し、すぐ忘れ去る時勢のこの頃、当たり前のことを当たり前と感じられない人に、どうすれば考えを伝えることができるのだろう。頭ではなく体で覚えてもらうには、同じ時間と行動を共有することが近道になる。例えば料理にしても、言葉で説明するよりも実際にしてみせて、それを真似してもらう方が分かり易いだろうし実際に役立つ。生きることは、日常の当たり前に繰り返されることの意味を知り、意識して連続させ続けることだと思う。ただ続けるのではなく、より適切に工夫し実行し、それに喜びを見出してゆく。

考えただけでも、ワクワクするではないか。

別れた夫が何度となく言った言葉が耳の中で鳴っている。「ウィメンズ・リブが悪いのだ」と。

私は六十年代のアメリカでその胎動を聞き、七十年代の日本でその発展を目にした。女性とはどうあるべきか、というその理想に突き動かされて、様々な場で時を重ねて、今の私という人間を育ててきた。考えることを学び、イノチの大切さを理解し、数々の友人に出合え各々の考えを話し合えた。多くの知識や情報の中から、何が自分にとり大切で必要なものかを選り分けることもできるようになり、少しの知恵も持てたと思う。

手を使い体を動かして造り出す備前焼は、私の何千、何万という分身になってくれた。この子達に支えられて私は生活をしている。経済的な自立を達成するまで、二十三歳で初めて粘土に触れてから二十数年かかったけれど、たぶんそれだけの時間と訓練が必要だったのだろう。誰にも迷惑をかけないように、だが沢山の人々に支えられて、私は今日も幸せを噛みしめている。

夫との間で長年続いた葛藤も、別離という形で終止符が打たれた。彼に出合わなければ今の私は存在しない。彼の目的に合わせて数ヵ国を移り住み、備前に落ち着く二十三年前までは、引っ越し回数は十六回にもなった。忙しく苦しかったことも多かったけれど、想像できないほど多くの経験をさせてもらった。私は日本に「終の住処」を見つけ、ようやく安心して生きられるようになった。

ハンガリーを十八歳で亡命してから、彼も流れ動く生活の中で、自分の「終の住処」を探していたのではないだろうか。退職してからもタイに住み続けるために、タイ女性との重婚をあれほど強引に求めたのだと思われる。妹が一人住み、実家のある厳しいハンガリーの冬は、熱帯亜熱帯に長年生活した彼にはもう耐えられない土地になってしまった。夏の間だけハンガリーに帰る、渡り鳥的な生活形態を見れば納得できる。成人した三人の子供よりもそして孫達の係わりよりも、自分自身を大切にしパートナーに傅《かしず》かれて、東洋で優位を保つ生き方を選んだ。それが彼の人生の選択ならば、私はその意志を尊重してあげなければならないと思えるようになれた。祖母と祖父として孫達に対する気持ちが異なるのは、女と男の差よりも人間として、どれだけ人と係わりたいかの違いのように思われる。彼が娘や孫とのつき合いを欲しないのなら、淋しくてもそれはやはり認めてあげるべきだろう。「終の住処」の場所は各々異なってしまったが、私は自分自身として素直に当たり前に生きられる、この備前での日々を心よりありがたいと思えるようになった。

責任ある大人に成長した三人の子供達は、各々の道を人生の目標に向かって歩んでいる。父親母親との係わりも、彼ら自身の判断を基準にしてつき合う賢さを身につけている。インターナショナル・エリート・ジプシーだった私の家族は引っ越し、転校、人種差別、病気、アイデンティティ・クライシス（自己喪失と危機）を乗り越えて、今を一所懸命生きている。遠く離ればなれになっていても、掛け替えのない家族の繋がりを噛みしめて。

エピローグ

人からは「炎女」と思われた私の人生は、炎のように激しいものだっただろうか。

火の発見により人類の生き方が急速に変化し、数万年をかけて現代文明を築いてきた。炎は力である。そしてその背後には底知れない破壊の力も重ね持っている。

全く正反のモノを持つ炎の姿に、白と黒をはっきり分けたい性格の私は、ほんの少しだけ例えられても仕方ないかも知れない。人は誰も炎の縁《ふち》から離れては生きられないのだから。炎への想いも人それぞれあるだろう。

幼い頃毎日出合ったのは釜飯を炊き、湯が滾《たぎ》っていた竈《かまど》の炎であり、風呂の焚き口でチロチロ燃えていた炎である。火鉢に埋められた炭から時々揺らぐ小さな炎は、焼き餅のこげた匂いやカルメ焼がぷくーっと膨らむのを胸を弾ませて待っていた日の思い出。練炭のいくつもの小穴から仲良く揺れる炎は、いつも煮豆の大鍋がかけてあり、外では落葉焚きの炎がさつま芋の香りと共にあった。雷や台風で停電になった時のろうそくの淡い光は、部屋の隅までは届かずよく知っているはずの部屋内が、急に他の場に変わり何か恐ろしいものでも潜んでいる気がしたものだ。

炎と一口にいうが、料理に関してだけをみても火種、火気、火花、とろ火、弱火、中火、強火、炭火、埋み火、熾《おき》と皆炎の状態を教えてくれる。日常の生活にこれだけ多種類の炎が、主として女の手で調節されていた。ガスコンロの便利な時代になり、炎の表情は半分に減り現在普及しつつある電磁器では、もう炎は全く存在せず熱量だけである。

春浅き頃田畑では藁火の煙がまっすぐ空へ立ち上り、野火の煙も夕暮れの風に靡《なび》いて地上を這ってゆく。乾燥注意報が続くとちょっとした火の不始末で、山火事になったり家が焼ける。火の気のない所に炎は生まれず、火の手が上がると間もなく火炎に包まれ、火柱が烈火のごとく業火に変わり火達磨になり多くが灰燼に消えてゆく。あってはならぬ戦争に出征する家族を切り火で送り、銃火や砲火そして激しい十字火の中からの無事帰還を祈る。そして浄火や神火が夜の神域を照らす境内で、篝火に舞う薪能を鑑賞することもあるだろう。

オリンピックの聖火に胸をときめかせ、世界と対比する母国への思いを新たにすることは、誰にとっても心湧く機会だろう。嫉妬の炎《ほむら》を燃やす恋の失われた夜、遠く不知火を眺めて心を癒すとなれば、演歌の世界になってしまう。炎という文字一つにもこれほど多岐な表現を与える日本語の微妙さは、どこの国の言葉と比べても引けをとらない。ただ残念なことは、これらの言葉の多くがもう死語に近い場に追いやられてしまったことだろう。

二十九歳で初めて備前を訪れてから、窯焚きの炎に魅せられてきた。下口から数本の割木を焚き、窯内の床を焼き温度を徐々に上げてゆく数日間、炎の姿は幼少のような小ささ可愛さから育ってゆく。温度が上がるごとに燃える速度は増し、割木をびっしり詰めすぎると空気が入らず酸素欠乏で黒煙が囲りを包む。湿気を含んだ割木は重く表面や木の皮だけを炎が走り、芯まで燃やすには時間と手間がかかる。素焼になったら上口を開けて、本格的な窯焚きがスタートする。二、三本から少しずつ本数を増して焚き口から落とし、窯内は暗朱から赤へ、黄から白へと光ってゆく。炎で満たされているはずなのに、真赤に輝く内部はもう炎の姿も流れも、全て飲み込んで一色に溶ける。大焚きで上口の縁を舐め噴き出す炎は、人間の力と格闘しているようだ。しかし窯焚き人はその強烈な炎をコントロールして、炊き上げるのである。窯を閉じても微かに聞こえる余炎の音は、大仕事を終えた人だけの知る、疲れを取り去る嬉しい子守唄のような響きになる。「ゴウゴウと窯鳴りを起こし、煙突から高く上っていた火柱も収まり、静かな空気が窯焚きなどどこにあったかというように、いつも通り流れている。窯ぐれで良かったと、ひしひしと身に沁みて思える一瞬である。「炎女」という痴《おこ》がましい題をつけたけれど、私はいつまでもその名に恥じないよう真直ぐに、生命の火を保って終わりの来る日まで生き続けたい。

還暦をきっかけに自分の人生を振り返ろうと、言葉や作品に自らの来し方を投影する人が増えている。六十年間とにかく生き続けられた感謝と感慨を忘れず、歩んできた道を再確認してみよう。考える脳と動き続けている肉体と共に、この凄い時間をよく無事に過ごせたと思うだろう。長い年月の間には様々な出来事があり、数えきれぬ記憶の底に沈んだ人々や反対に印象が焼きついて離れない人々との係わりがある。

私史エッセイ『炎女』の終わりに、私は改めてイノチについて思わずにはいられない。

イノチとは何か。どこにあるのか。なぜイノチと呼ばれるのか……。生きているものは全てイノチを持っているのに、それが本当に何モノかをはっきりと説明できる人は極僅《わず》かだろう。イノチが切れそうな断崖絶壁に立たされて、自分がイノチによって生かされて来たことに気付く。もちろん気付かないまま一生を終える人もいるし、二つとないイノチを無残に扱い蹂躙し続ける人もいる。こんな暗い世の中に生きてゆく意味がないと、自らイノチの綱を絶つ人もいる。

結婚で歩み出した人生は私を世界中に連れ回し、多文化と異思想に合う場を与えてくれた。平凡なのか非凡なのか、そのような外形から推し量り定義する必要はない。通り過ぎた一つ一つの出来事の中に、私の生きてきた思い出のカケラが残っている。一枚の写真にその瞬間が凝縮されているではないか。眺めて思い出すモノと共に、眼を閉じるとその写真の回りに漂う匂いや色や湿度や、閉じ込めていた感情までが鮮やかに浮かび上がる。多くの知識を詰め込んできた脳細胞に刺激電流が走り、忘却の彼方にいたモノが上演再開するその不思議さ。それを感じて喜んだり悲しんだり、懐かしがったり悔しんだりする心の有様、そしてそれを他人のように距離を置いて見ている、もう一人の私。

人の一生とは何か。私に考えられるのは、生命の始まりの卵子のような安定充足した形に、戻る道筋を歩むことだと思われる。

人のイノチは卵子と精子の出合いから発生し、適切な場が与えられることで育ってゆく。成長する環境は千差万別、それらにその時々で順応したり反撥したり、拡張したり収縮させたり増強したり減少させたりしながら、安定する場を求めて変化に対応しつつ通過する。その場の積み重ねと経験で、イノチの量の差である「人格イコールまっとうな生き物としての人間の価値」が築かれてゆくのではないだろうか。加齢により必ずしも人格は形成されてゆくものではない。加齢により失われる人格破壊の方が多い。認知症の名のもとに人間より物体に近づいてゆく多くの人を見ると、二十年後、三十年後の自分の姿に重なる可能性を思う。

けれどそのように済し崩しに消えるイノチではなく、確かにイノチが存在存続している意識を保つために、私は次のように考えたい。

生まれたばかりの赤ん坊の未発達な脳細胞は、感受する刺激の量に合わせてシナプスが増し続けて、人間の核となる土台ができてゆく。単純な例を取り、人間が変化する形を想像してみよう。一つ一つの刺激に反応して、ツクツクと金平糖の角のように突出して感受性が育ってゆく。最初は極少な点のような角が、何回も何万回も近似の刺激に出合うことで、しっかりとした強い角に育ってゆくだろう。ある年齢になると、つまりある体験量にまで満ちると、角は各々独立した形で外側へ突き出て、平均的な金平糖と見られる形に到達する。大雑把にこれを幼児期または三つ児時代と呼びたい。

次の過程はその蓄積された角の一つが、同じような隣の角と橋渡しをするように、合同建設作業に精を出す。学習により知識と情報が増え、それらを抽象的に整理統合してゆくことで、金平糖の角は少しずつ太く丸くまとまることによって、数は減ってゆく。舌にぶつかる砂糖のトゲを感じられなくなるようなものである。感受性の核も金平糖の大きさからきび団子くらいに育っているだろう。栗きんとんのように他方向に成長する時代を少年期と呼びたい。

そして思春期には生体ホルモンのシャワーを浴びて、体の成長と心のあり方の間に不均衡が起き、それを乗り越えるために意識的な思考や行動が生まれてくる。つくつく出ている栗きんとんの角は隣同士でしっかり手を繋ぎ、丘陵的な点々から面へと成長する。面とはある程度多くなった情報を、一つの視点又は感覚から考えることのできる基盤になる。ある人は三面体、他の人は四面体……八面体などの感じで一まず落ち着きを見出し、安定する。この時代に人間として生きるための、基礎が固まってゆく。核の大きさはきび団子からまんじゅう、また人によってはアンパンくらいまでの差が出てくるだろう。

問題はこの次の段階にある。保護されてきた家庭や学校などの環境から、大きな社会を構成している場へ出陣する時、そして戦い続けてゆく時期である。就職、独立、結婚などに自分自身の意志で、毎日の出来事を決定してゆかねばならなくなる。成人として大人として、一人前の人間としての評価を常に受けてゆく。自分の将来像の目標を立て、目前にある目的を次々と達成させてゆく、長い長い時代になる。この間に個人の差、つまり個体差が固定される。学ぶことを諦めたり努力を怠ったり、逃げることを覚えたり他人の所為《せい》にしたりと、道の途中で腰を下ろす人もいるだろう。オリンピックやスポーツ選手のように、芸術文化や手工芸で才能を極限まで磨き上げ、頂点に立つ人もいるだろう。社会に認知されたある程度の知識の評価に自己満足して止まる人もいるし、何の評価も得られずに黙々と精進しつつ静かに生きる人もいる。どれが良い悪いではない。人間は自ら進む方向を潜在意識で選んでいる。それと共に息切れをしてきたら、何処で歩むのを休止するかをも選んでいる。

「苦労する能力があるから困難な道ばかり選ぶ、その問題を解決し乗り越える力を与えられているのだ」という言葉にあるように、わざわざ苦労をしている姿は、苦労を避ける人には道化役者のように見えるかも知れない。しかしここに、基礎的に固まった多面体を変化させる秘密がある。正三角錐が鈍角三角錐にまたは鋭角三角錐に変形しても、基本的な感受性、人間性の形は三面体、つまり四面でモノゴトを認識し対応しているにすぎない。要するに四面で自分の価値判断を下し、行動に繋げていることになる。基礎的形態がどのような多角形であろうとも、その表面を意志の力で突っ張って守っていると、多少の凹凸が生まれ歪な多面体になる。変形を嫌ってその形状を維持するために、外部刺激や価値観や評価を撥ねのけてしまうだろう。自分に固執すると言いかえても良い。そうすればある一つの多面体で象徴される、その人間の成長はそこで停止すると思われる。

苦労する能力を持つばかりに、心身を壊し死ぬほどの場面に出合っても、必死にその場を潜り抜けるとその苦労が体験として身についてゆく。例えば六面体で基礎的な生存をしていたのが、四つの角全てが壊された時には十四面体に変わっている。苦労する能力は捨てることも忘れ去ることもできないものなので、長い年月の間に面の数は増え続ける方向に行くしかない。苦労から逃げ出せる人は、本当に苦労をする能力を持つ人ではないから、ある出来事や一地点の挫折でその多面体の成長は止まってしまう。

多面体がその表面に面を集め続けると、限りなく球体に近付いてゆく。球の形態は万物の中で一番安定している。卵子と同じイノチを内在させる美しい形である。人生の終わりに辿り着き築き上げた球体に近い超多面体の形態は、卵子の一つのイノチと大きく異なる。多面体の人格はその内部に数えきれないイノチの体験と感動と喜びを湛えているのである。地球上で与えられたイノチの持続時間が残されている間は、昨日の続きである今日の「今」という時を、丁寧にゆっくりと一歩一歩意識して歩んでゆきたいものである。

「ウィメンズ・リベレーション」運動は果たして私に、どのような影響を与えたのか振り返ってみたい。

亡くなった夫は事あるごとに、女性解放運動のせいで私の人格が変わったとなじっていた。人格というものは本来有する性格の上に、多くの経験や体験を重ね着することで、人間を造り上げる土台になると思われる。お転婆で興味の塊りだった女の子が、打《ぶ》つかり叩かれ潰されながらも、自分の意志を持ち学習と工夫の両手を拡げて努力してゆく内に、いつの間にか身につけてゆくのが、いわゆる人格と呼ばれる中心軸を造っていったような気がする。

女性解放などと女性に拘《こだわ》る必要などない。要するに責任あるまっとうな人間に育つための、既成概念をいかに整理し理解し、自分の身の丈に合った生き方を選び取るのが、解放という意味だと私は解釈したい。人のモノサシではなく自分自身の尺度を持ち、健康な体と心を保つことを目標にして、しっかり大地を踏みしめて生きることが、人として自由な究極の姿であるはずだ。夫とは平行線のままで縁が切れていった。多くの思い出も屑籠の中に捨てられたかも知れない。夫を愛するとは何なのか分からないまま、一人で踏み出す私がここにいる。

私は人間として、日本人として、自立した大人として、三人の子の母として、三人の孫に遺伝子を渡すことのできた祖母として、今、生かさせてもらっている。

この幸せをありがたさを、何に向かって声を張り上げ祈りを捧げれば良いのだろう。いずれ死の訪れで極微粒子の灰に姿を変えた私が、天然自然の中を自由に飛び交う時まで、そして雨と共に大地に降り下りて、新しいイノチを育む養分や糧になれる日まで。炎のように激しかった人生が埋み火となり、ただの温もりに変わってゆく自然さに身をまかせて。私は今を生きている。

※ 本書は主に二〇〇七年までに書いたものであり、年齢などは当時のものをそのまま記している。

WOMEN'S LIBERATION

ALCOTT, LOUISA MAY "An Old-fashioned Girl" New York, puffin Books, 2004.

APICHA (Asian & Pacific Islanders Coalition on HIV/AIDS INC.) "Client Navigator Guide" New York, 1999.

CARABILLO, TONI "Feminist Chronicles 1953-1993) Los Angeles women's graphics, 1993.

FRIEDAN, BETTY "Feminine Mystic" N.Y. Deli Publishing, 1963.

GITLIN, TODD "The Sixties, years of hope, Days of rage" U.S.A. & CANADA Bantam Books, 1987.

KERBER, LINDA "U.S.History as Women's history" U.S.A. University of North Carolina press, 1995.

KNIGHT, BRENDA "Women of the beat generation" Berkeley, conari press, 1996.

SCHLOSSER, ERIC "Fast food Nation" N.Y. perenniel, 2002.

STERN M. "Louisa May Alcott, Selected Fiction" Canada, Littel Brown & company, 1990.

BORNEO

HARPER, G.C. "The discovery and development of the seria oilfield" Brunei, Museum of Brunei, 1975.

THE BRUNEI MUSEUM "The Brunei Museum journal, vol. No.1" Brunei, 1977.

MORRISON, HEDDA "Sarawak" Singapore Federal publishers, 1976.

ROTH. H. LING "The natives of Sarawak and British North Borneo" 2 vols London, Truslove & Hanson, 1896.

TAN SRI DARO MUBIN "Living craft of Malaysia" Singapore, Times Books International, 1978.

WRITE, LEIGH "Vanishing World" The Ibans of Borneo, NY/TOKYO weatherhill, 1972.

HUNGARY

PARSONS, NICHOLAS. T "Hungary" Budapest Novetrade kiadó, 1990.

TÜKES, TIBOR "Magyarország" Ǵepes Földrajz, Budapest Móra Ferenc könyvkiadó, 1971.

鹿島正裕『ハンガリーの現代史』東京　亜紀書房　一九七九

ポンシャン・クシトフ　松村剛次訳『ヨーロッパとは何か』一九九三

日本のウーマン　リブ

亜紀書房編集室編『性差別への告発』東京　亜紀書房　一九七一

朝日新聞社『'86民力』一九八六

ベトナム戦争の記録編集委員会編『ベトナム戦争の記録』東京　大月書店　一九八八
江口朴郎『日本の歴史　第32巻　現代の日本』東京　小学館　一九七六
婦人研究グループ編『世界女性の「将来戦略」と私達』東京　㈱草の根出版会　一九八六
岩間芳樹『ザ・デイ　the day 2』ＮＨＫ取材班　東京　日本放送協会　一九九五
角間　隆『恐るべきアメリカ』東京　ＰＨＰ　一九八二
神田文人・小林英男『決定版　20世紀年表』東京　小学館　二〇〇一
山崎幸子『男女共同参画政策と女性のエンパワーメント』東京　労働教育センター　一九九八
鹿野政道『現代日本女性史　フェミニズムを軸として』東京　有斐閣　二〇〇四
女性史総合研究会編『日本女性生活史　第5巻　現代』東京　東大出版社　一九九〇
館　稔・黒田俊夫『人口問題の知識（新版）』東京　日本経済新聞社　昭和五十一年
常盤新平『エクスクアイア、アメリカの歴史をかえた50人　下』東京　新潮社
宇野多美恵『相似象　第15号』東京　相似象学会　二〇〇三
ワトソン・ライアル　内田美恵訳『シークレット　ライフ』東京　筑摩書房　一九九一
山下悦子編『男と女の時空〔日本女性史再考〕11』全13巻のうち11　溶解する男と女　現代　上　東京　藤原書房　二〇〇一

私史エッセイ　炎女

２０１７年９月30日　初版発行

著　者　トロック祥子　SACHIKO M. TÖRÖK
発　行　吉備人出版
〒700-0823 岡山市北区丸の内２丁目11の22
電　話　０８６(２３５)３４５６
ファクス　０８６(２３４)３２１０
ウェブサイト http://www.kibito.co.jp
Eメール mail:books@kibito.co.jp
印　刷　株式会社三門印刷所
製　本　株式会社岡山みどり製本

ISBN978-4-86069-520-0 C0095